岩波文庫

32-323-6

アブサロム、アブサロム！

（上）

フォークナー作
藤平育子訳

岩波書店

目　次

主な登場人物（上巻）

ローザ・コールドフィールド（一八四五―一九一〇）　グッドヒュー・コールドフィールドの娘。ジェファソンにて生まれる。一九一〇年、ジェファソンで死没。本巻の主要な語り手の一人。

グッドヒュー・コールドフィールド（一八六四年没）　テネシー州生まれ。ローザとエレンの父。一八二八年、ミシシッピ州ジェファソンに移り住み、ささやかな商店を営む。南北戦争勃発後、屋根裏部屋に閉じこもり、一八六四年、食を絶ち死没。

エレン・コールドフィールド・サトペン（一八一七―六三）　グッドヒュー・コールドフィールドの娘。テネシー州生まれ。一八三八年、ミシシッピ州ジェファソンにて、トマス・サトペンと結婚。一八六三年、サトペン百マイル領地にて死没。

クエンティン・コンプソン（一八九一―一九一〇）　ヨクナパトーファ郡におけるトマス・サトペンの最初の友人の孫。ジェファソンにて生まれる。一九〇九―一〇年、ハーヴァード大学在学。一九一〇年六月二日、マサチュセッツ州ケンブリッジにて自殺（『響きと怒り』による）。『アブサロム、アブサロム！』の語り手として再登場。

ミスター・コンプソン（一九一二年没）　クエンティン・コンプソンの父で、本巻の主要な語り手の一人。

コンプソン将軍（一九〇〇年没）　クエンティン・コンプソンの祖父。ヨクナパトーファ郡におけるトマス・サトペンの最初の友人。

トマス・サトペン（一八〇七―六九）　ウェスト・ヴァージニアの山村に生まれる。スコットランド系イギリス人の血を引く貧乏白人《プア・ホワイト》の子供の一人。一八二七年、ハイチにて、ユーレリア・ボンと一度目の結婚、三一年離縁する。一八三三年、ミシシッピ州ヨクナパトーファ郡に姿を現わし、サトペン百マイル領地を建設。一八三八年、ミシシッピ州ジェファソンにて、エレン・コールドフィールドと二度目の結婚。南軍ミシシッピ歩兵連隊少佐、のちに大佐。一八六九年、領地の一角で、貧乏白人《プア・ホワイト》ウォッシュ・ジョーンズによって殺害される。

ヘンリー・サトペン（一八三九―一九〇九）　サトペン百マイル領地にて生まれる。トマス・サトペンとエレン・コールドフィールド・サトペンの息子。一八五九―六一年、ミシシッピ大学に在学。南軍ミシシッピ歩兵中隊（南軍学徒隊）の兵卒。一八六五年、学友であり妹ジュディスの婚約者チャールズ・ボンを、サトペン百マイル領地の門前で射殺。その後行方不明になるが、一九〇五年頃屋敷に帰り、一九〇九年、サトペン百マイル領地にて死没。

ジュディス・サトペン（一八四一―八四）　トマス・サトペンとエレン・コールドフィールド・サトペンの娘。サトペン百マイル領地にて生まれる。一八六〇年、チャールズ・ボンと婚約。一八八四年、サトペン百マイル領地にて死没。

クライテムネストラ・サトペン（クライティ）（一八三四―一九〇九）　トマス・サトペンと黒人

奴隷女との娘。サトペン百マイル領地にて生まれ、生涯サトペン一家を守り、晩年、ヘンリーを屋敷に匿《かくま》うが、一九〇九年、ローザに見つかり、家に火を放ち、死没。

チャールズ・ボン（一八三一―六五）　トマス・サトペンとユーレリア・ボン・サトペンの一人息子。ハイチに生まれ、ニューオーリンズで育つ。ミシシッピ大学に在学中、ヘンリー・サトペンと知りあい、トマス・サトペンの娘ジュディスと婚約。南軍ミシシッピ歩兵中隊（南軍学徒隊）の兵卒、のちに少尉。一八六五年、南北戦争終結直後、サトペン百マイル領地の門前で、ヘンリーに射殺される。

ユーレリア・ボン　ハイチに生まれる。フランス系ハイチ人砂糖農園主の一人娘。一八二七年、農園監督トマス・サトペンと結婚。一八三一年、離縁される。ニューオーリンズで死没、死亡年月日不明。

ウォッシュ・ジョーンズ（一八六九年没）　出生年月日および出生地不明の貧乏白人《プア・ホワイト》。トマス・サトペン所有の廃屋となっていた釣り小屋に無断で住みつき、サトペンの居候となるが、一八六一―六五年、サトペン出征中は、サトペンの屋敷内で雑用を引き受ける。一八六九年、サトペン殺害後、保安官に撃たれ死ぬ。

メリセント・ジョーンズ　ウォッシュ・ジョーンズの娘。出生年月日不明。メンフィスの淫売宿で死亡したと伝えられる。

サトペン家系図

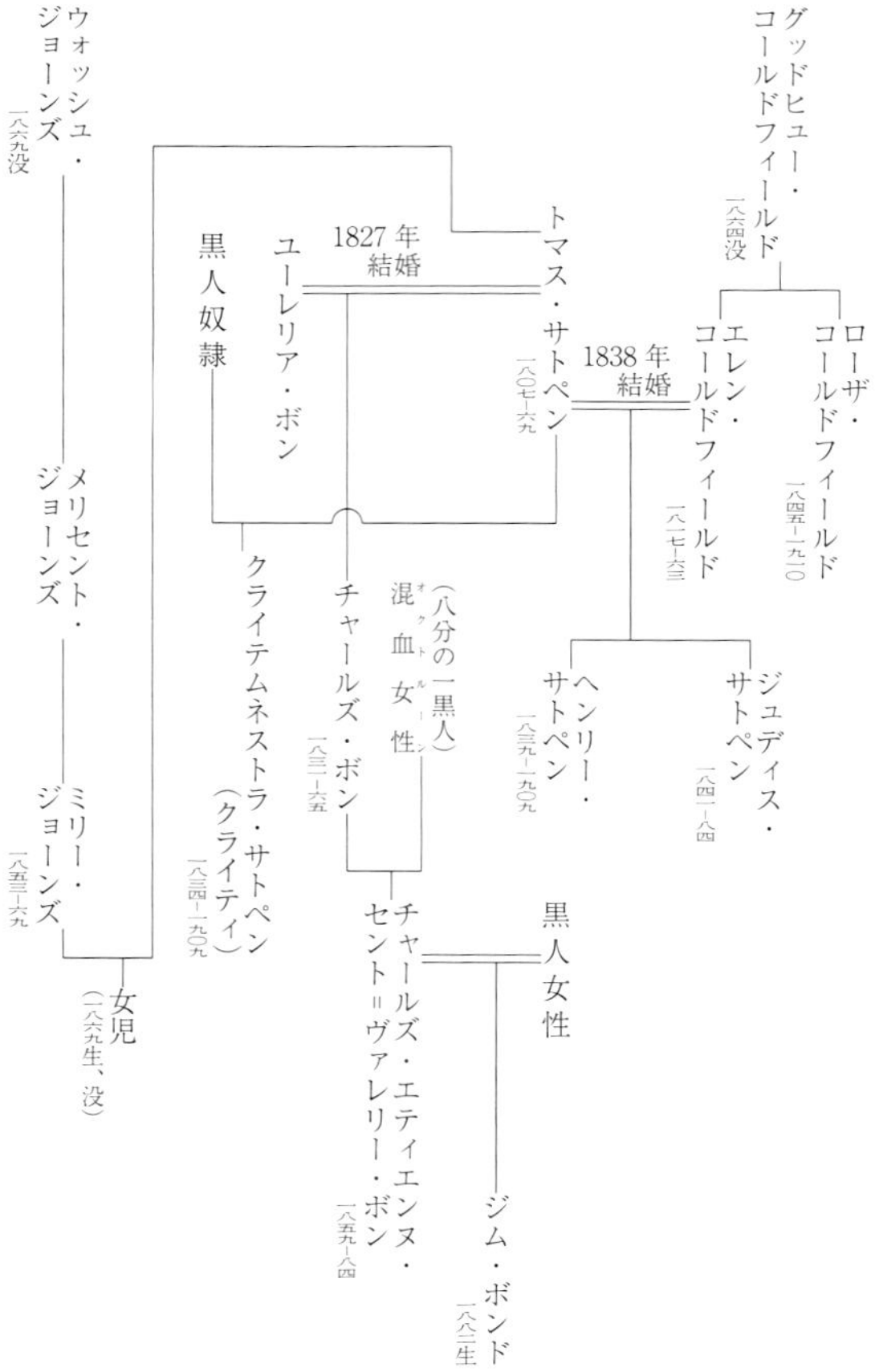

グッドヒュー・コールドフィールド 一八六四没
ローザ・コールドフィールド 一八四五—一九一〇
エレン・コールドフィールド 一八一七—六三
1838年 結婚
トマス・サトペン 一八〇七—六九
ジュディス・サトペン 一八四一—八四
ヘンリー・サトペン 一八三九—一九〇九
1827年 結婚
ユーレリア・ボン
黒人奴隷
(八分の一黒人)混血女性《オクトルーン》
チャールズ・ボン 一八三一—六五
クライテムネストラ・サトペン(クライティ) 一八三四—一九〇九
チャールズ・エティエンヌ・セント＝ヴァレリー・ボン 一八五九—八四
黒人女性
ジム・ボンド 一八八二生
ウォッシュ・ジョーンズ 一八六九没
メリセント・ジョーンズ
ミリー・ジョーンズ 一八五三—六九
女児(一八六九生、没)

各章の語りについて

Ⅰ

一九〇九年九月、ミシシッピ州ジェファソンのローザ・コールドフィールドの家。語り手は六十四歳のローザ。聞き手は町の青年クエンティン・コンプソン。南北戦争を挟み、ローザ一家が宿命的に巻き込まれることになったサトペン一族の興亡が語られる。

Ⅱ

一九〇九年九月、Ⅰ章と同日の夕刻。ミシシッピ州ジェファソンのコンプソン家のヴェランダ。語り手はミスター・コンプソン。聞き手は息子クエンティン。ローザに呼び出されて、午後じゅう話を聞かされたクエンティンは、その夜サトペン屋敷に出かけるつもりのローザに同伴を頼まれ、夜半に迎えに行くと約束していったん帰宅。ミスター・コンプソンは父コンプソン将軍から伝え聞いた、一八三三年のジェファソンへのトマス・サトペンの劇的登場から、サトペン百マイル領地の建設、三八年、エレン・コールドフィールドと結婚するまでの経緯を語る。

Ⅲ

一九〇九年九月、前章までと同日の夕刻、時間的にはⅡ章に続く。場所と語り手もⅡ章と同じ、コンプソン家のヴェランダ、語り手ミスター・コンプソン、聞き手クエンティン。語られる内容は、ローザがトマス・サトペンとの婚約を破棄した謎、南北戦争前後の彼女の苦難。一八五九年、ミシシッピ大学へ入学したサトペンの息子ヘンリーの、学友チャールズ・ボンを伴っての冬休みの帰省。翌一八六〇年に流れたジュディスとボンの婚約の噂。そして同年クリスマス・イヴに、サトペン屋敷で「何かが起こ」り、ヘンリーが生得権を棄てボンとともに出奔するまで。

Ⅳ

一九〇九年九月、前章までと同日の夕刻。時間的にはⅢ章に続く。場所と語り手・聞き手も同じ。ミスター・コンプソンは、クエンティンの祖母にジュディスが預けたチャールズ・ボンからの手紙を取り出してきて、章の終り近くで披露する。手紙に続いて、南北戦争から帰還したヘンリーが、サトペン百マイル領地の門前でボンを射殺するところまでが語られる。

Ⅴ

一九〇九年九月、ミシシッピ州ジェファソンのローザ・コールドフィールドの家。時間的には、Ⅴ章はⅠ章に続いていると考えられ、Ⅱ―Ⅳ章は、Ⅴ章のあとで起こる。語り手はローザ・コールドフィールド。聞き手はクエンティン・コンプソン。最後の一頁程を除き、原書ではすべてイタリック体(訳書では太字)によるローザの熱っぽい一人語り。ローザは、婚約破棄の原因となったトマス・サトペンの侮辱を決して許せず、以来四十三年、「憤怒」とともに生きてきた心のうちを縷々披瀝。最後に、サトペン屋敷に「四年前から何ものかが隠れ住んでいる」と主張。一方のクエンティンは、ボンを射殺した直後にウェディング・ドレスを挟んで並び立つ、ヘンリーとジュディスの兄妹の光景に心を奪われる。

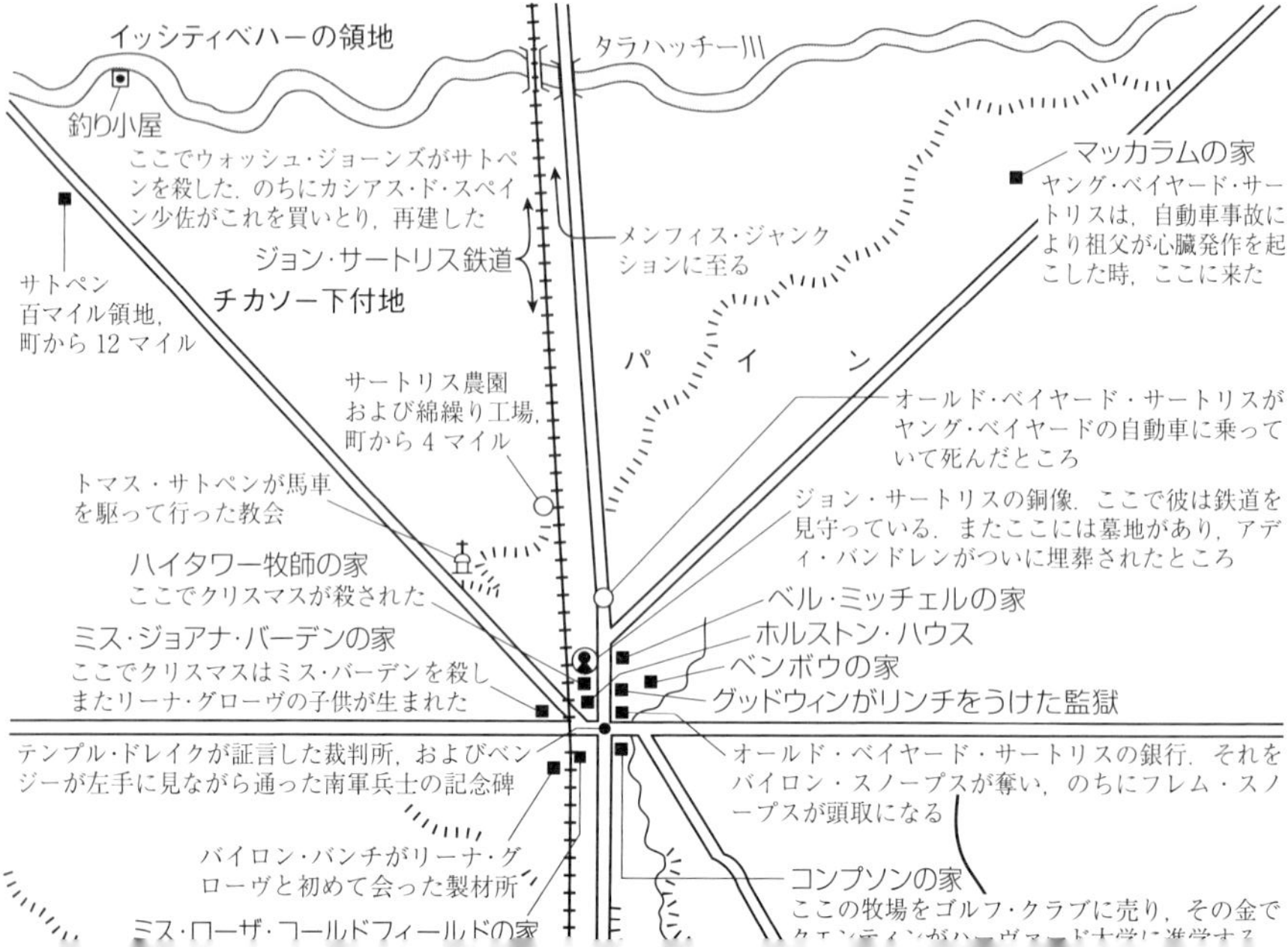
イッシティベハーの領地
釣り小屋
タラハッチー川
ここでウォッシュ・ジョーンズがサトペンを殺した．のちにカシアス・ド・スペイン少佐がこれを買いとり，再建した
ジョン・サートリス鉄道
メンフィス・ジャンクションに至る
チカソー下付地
サトペン
百マイル領地，
町から 12 マイル
マッカラムの家
ヤング・ベイヤード・サートリスは，自動車事故により祖父が心臓発作を起こした時，ここに来た
パ　イ　ン
サートリス農園
および綿繰り工場，
町から 4 マイル
オールド・ベイヤード・サートリスがヤング・ベイヤードの自動車に乗っていて死んだところ
トマス・サトペンが馬車を駆って行った教会
ジョン・サートリスの銅像．ここで彼は鉄道を見守っている．またここには墓地があり，アディ・バンドレンがついに埋葬されたところ
ハイタワー牧師の家
ここでクリスマスが殺された
ベル・ミッチェルの家
ホルストン・ハウス
ミス・ジョアナ・バーデンの家
ここでクリスマスはミス・バーデンを殺し
またリーナ・グローヴの子供が生まれた
ベンボウの家
グッドウィンがリンチをうけた監獄
テンプル・ドレイクが証言した裁判所，およびベンジーが左手に見ながら通った南軍兵士の記念碑
オールド・ベイヤード・サートリスの銀行．それをバイロン・スノープスが奪い，のちにフレム・スノープスが頭取になる
バイロン・バンチがリーナ・グローヴと初めて会った製材所
コンプソンの家
ここの牧場をゴルフ・クラブに売り，その金で
ミス・ローザ・コールドフィールドの家

ヨクナパトーファ郡の地図

1936年の初版に掲載された，フォークナー手描きの地図を日本語にしたもの．原画は表紙カバー参照．

アブサロム、アブサロム！（上）

I

長く静かで暑く物憂く死んだような九月の午後の、二時を少しまわってからほとんど日没近くまで、二人は、ミス・コールドフィールドが父親がそう呼んでいたままに、今も仕事部屋《オフィス》と呼んでいる部屋に座っていた――その薄暗くて暑くて風通しの悪い部屋は、彼女が子供の頃、陽射しや風が当たると熱気が入るとか、暗い方がいつも涼しいとか言う人がいたので、四十三年（一八六六年から現在の一九〇九年までを指す）もの夏のあいだ、ブラインドを閉じ締めきったままにしてあり、そのため、その部屋の中では（太陽が窓のそちら側を、日増しに激しい暑さでまともに照りつけるにつれて）、細かい埃《ほこり》の立ちこめる黄色い光の線条《すじ》が格子模様を作るようになっていたが、クエンティンには、その埃は、まるで風に吹き落とされたみたいに剝《は》がれかけたブラインドから部屋に散って、かさかさに干からびた古ペンキの粉末のように思えた。一つの窓の前にある木組みの格子棚にはその夏二度目の藤の花が咲き乱れ、そこへ時折、雀が気まぐれな風に乗ってやって来ては、乾いた元気のよい埃っぽい音を残して飛び去った、そしてクエンティンの向かい側には、ミス・コールドフィールドが、姉のためか、父親のためか、それとも夫でもない男のためなのかわからなかったが、もう四十三年間も着たままの永遠の黒い喪服をまとい、背のまっすぐな椅子に背筋を伸ばして座っていた、その椅子は彼女には高すぎたため、両脚の脛《すね》と足首が、まるで鉄でできてでもいるかのように硬直してまっすぐ垂れ下がり、子供の足みたいに床まで届かず、それに苛立ちながらもどうしようもない静かな怒りを滲《にじ》ませていた、そして彼女はあの薄気味悪い、やつれて驚いたような声で話し続けるので、しまいには聞いているのが苦痛になり、いつの間《ま》にか聴覚が混乱してしまうと、彼女の、無力ながら諦めきれない挫折した夢の、遠い昔に死んでしまった相手が、怒りをこめて繰り返し語られるうちに呼び起こされでもしたように、夢見心地に勝ち誇る、永遠にしずまることのない埃の中から、音もたてず無愛想に、あたりに害をまき散らす気配もなく、その姿を現わすのだった。

彼女の声は途切れる様子も見せず、ただぱっと消え入った。残酷で音もしない九月の太陽に照りつけられて何度となく蒸留され乾ききった外壁に、その夏二度咲きの藤の花が咲き乱れていたが、そこには、甘い、あまりにも甘い香りにむせかえる、薄暗く屍棺《ひつぎ》の臭いのする木蔭があって、そこへ時折、雀が雲みたいに群れてやって来ては、少年がしなやかな棒きれを遊びがてら打ち鳴らす時のような大きな音をたてて羽ばたいていた、そして、両手首と喉元を結んでぼんやりと三角形を描いているレース飾りの上から覗く、やつれ果て蒼ざめた彼女の顔が、まるで十字架にかけられた子供のような恰好で、腰かけたその高すぎる椅子から彼の方をじっと見つめているあいだ、長年にわたって処女を守り通してきた年老いた女の肉体から発する嫌な臭いがあたりに漂っていた、そしてその声は途切れる様子も見せず、乾いた砂地から砂地へと流れる小川か細流のように消え入ったかと思うと、しばらくしてまた聞こえてくるのだが、するとあの亡霊が、もっと幸運な亡霊だったなら、住み着く家を持っていて、その家に取り憑いていただろうに、彼の場合はその声に取り憑くほかないかのように、影のような慎ましさで瞑想に沈む姿を現わすのだった。静かに雷鳴がとどろいたかと思うと、学校で賞をもらった水彩画のように平和で格調高い風景の中に、彼（馬に跨《また》がった悪魔のような男）が、髪や衣服、顎鬚《あごひげ》にまだ微かな硫黄の臭いを浸み込ませたまま、突如として闖入《ちんにゅう》してくるのであり、彼の背後には、人間並みに直立してやっと歩けるようになったばかりの、野獣とでも言えそうな野生の黒人《ニガー》の一団が、野生でありながら落ち着いた態度で従っており、その中に手枷《てかせ》をはめられたフランス人建築家が一人、厳然としてはいるが、憔悴しきった姿をさらしていた。馬上の男は顎鬚をたくわえ、身じろぎもせず、手のひらを上に向けており、背後には野生の黒人の一団と囚《とら》われ人の建築家が音もたてずに群がり、逆説的な話だが、流血とは無縁そうな、平和的征服の道具であるシャベルやつるはしや斧を手にしていた。その様子をしばらくのあいだ茫然と眺めていると、クエンティンは、それらの人たちが突然百平方マイルの土地に侵入してきて、静かながら呆気にとられている大地を略奪し、音もしない虚無から家と格式高い庭園を手荒に引きずり出すと、それらを、まるでトランプの札をテーブルの上に叩きつけるようにして、手のひらを上に向けてじっと動かず、尊大にふんぞり返っているその男の足元に叩きつけ、大昔、神が　光あれ（旧約聖書「創世記」一章三節）　と言って光を創造したようにして、サトペン荘園あれ　と唱えて、サトペン荘園を創造するところを目《ま》の当りに見ているような気がした。そのうち、聴覚が戻ると、彼は二人の別々のクエンティンの声を同時に聞いているように感じた——一人は、南部にいて、一八六五年（南北戦争終結の年）以降は死んで亡霊となり、望みを挫かれて怒り、あがき苦しんでいる饒舌な人たちのひしめく深南部《ディープ・サウス》（1）で、ハーヴァード大学へ入学する準備をしながらも、おおかたの亡霊たちのようにおとなしく眠っていることを拒絶して、遠い昔の亡霊たちの話を聞かせようとする亡霊の一人に耳を傾けている、また傾けざるを得ないクエンティン・コンプソンと、まだ亡霊になるには若すぎるが、それにもかかわらず、彼女と同じく深南部に生まれ育ったからには、いずれは亡霊となる宿命を免れ得ないクエンティン・コンプソンとの二人だが――この二人の別々のクエンティンは今、とても人間とはいえない人間たちの長い沈黙の中で、とても言葉とはいえない言葉で話しあっているが、それはこんな会話だった　この悪魔は――その名前はサトペンといった――（サトペン大佐）――そうサトペン大佐だ。その男はどこからともなく、何の前触れもなしに、見たこともない黒人の一団を従えてこの土地に現われ農園を造った――（乱暴に切り裂くようにして農園を造った、とミス・コールドフィールドは言う）――そうだ、乱暴に切り裂くようにして造った。そして、彼女の姉のエレンと結婚して息子と娘を生ませた――（優しさのかけらもなく生ませた、とミス・ローザ・コールドフィールドは言う）――そう、優しさのかけらもなく生ませた。子供たちはその男の自慢の宝となり老後の楯でも慰めでもあったはずなのに――（子供たちがその男を破滅に追いやったのか、それとも彼が子供たちを破滅に追いやったのか、何ともわからないが、とにかく死んだ）――とにかく死んだ。誰からも悔やまれずに死んだ、とミス・ローザ・コールドフィールドは言う――（彼女以外の誰からもだ）。そう、彼女以外の誰からも。（それと、クエンティン・コンプソン以外の誰からも）。そうだ。それとクエンティン・コンプソン以外の誰からも。

「あなたはハーヴァード大学へ入るために、近くこの町を離れるそうですが」と彼女は言った。「もしそうなら、いつかあなたがジェファソン（ミシシッピ州オクスフォードをモデルにした架空の町で、ヨクナパトーファ郡の郡庁所在地）みたいな小さな町に戻られて田舎弁護士として腰を落ち着けられるようなことはないと思います。だって、北部の人たちはすでに、南部で若い人たちが活躍できる余地がほとんどないようにしてしまったからです。ですから、もしかしたらあなたも、南部の紳士や淑女たちの多くがそうしているように、文筆業に携わることになられるかもしれません。そうなったら、ひょっとしていつの日か、今日の話を思い出してそれをお書きになることもあるでしょう。その頃にはあなたはもう結婚されているでしょうし、恐らく奥さまが新しいガウンとか新しい椅子の一つも買いたいと言われるかもしれませんから、この話を原稿に書いて雑誌に寄稿されたらどうでしょう。あなたは恐らくその時になって、同じ年頃の友だちと外に出て遊びたいと思っていたのに、せっかくの午後をまるまる家の中に閉じ込めて、あなたが幸運にも知らずに済んだ人たちや出来事について、長々と話し聞かせたこのおばあさんのことを思い出して下さるでしょう」。

「はい」とクエンティンは言った。だけどこのひとは本気でそんなことを言ってるんじゃない　と彼は思った。本当はこの話を人に語り伝えてもらいたいからなんだ。

まだ時間は早かった。彼はポケットに、正午《ひる》ちょっと前に幼い黒人少年から手渡された、お目にかかりたく、ご足労願いたい、と要請する書付を入れたままだった――それは奇異な、堅苦しい、形式ばった依頼状で、実際、ほとんど別世界から届けられた召喚状に等しかった――昔の良質の便箋の、風変わりで古風な紙に、達筆ながら薄くて読みにくい字体で書かれてあったが、自分の三倍も年長で、これまでずっと知っていたのに百語と言葉を交わしたことのない婦人からの依頼にひどくびっくりしたためか、それともたぶん彼がまだ二十歳《はたち》(2)の若者に過ぎなかったために、彼にはその字体に、ある冷やかで執念深い、無慈悲でさえある性格を読み取ることができなかった。彼は昼食を終えてすぐにその呼び出しに応じ、九月初旬の乾いた埃っぽい暑さの中を、自宅から彼女の家までの半マイルの道のりを歩き、家の中へと案内された（その家も実際の大きさよりはやや小さく見え――それは二階家で――ペンキも塗らず、いくらかみすぼらしかった、それでも、彼女同様に、それが実際に置かれている世界よりも、あらゆる点で少し小さい世界に適合し、補完するように創られたかのように、不屈の忍耐力で持ちこたえてきたような趣をそなえていた）、その家の中に入ると、暑さに喘ぎながらのろのろ進む時間が、この四十三年間吐き続けてきた嘆息のすべてを、墓にでも埋めて閉じ込めてきたかのように、外よりももっと暑い空気がこもっている、鎧戸《よろいど》を締めきった玄関の暗がりには、もはや衣擦《きぬず》れの音もたてない喪服をまとったあの小柄な姿があり、両手首と喉元を結ぶレース飾りが青白い三角形をなしているその上にぼんやり見えるあの顔が、物思いに沈み、切迫した真剣な表情を浮かべて彼の方をじっと見つめ、彼を招き入れようと待っていた。

このひとはその話を人に語り伝えてもらいたいからなんだ　と彼は思った　このひとが決して会うことも、その名前を聞くこともないような人たち、そして、このひとの名前を聞いたこともなければ、このひとの顔も見たこともない人たちに、いつかその話を読んでもらって、なぜ神様がわれわれをあの戦争で負けさせたのかということを、知ってもらいたいからなんだ、つまり、われわれ南部の男たちの血とわれわれ南部の女たちの涙を流させることによってしか、神様はこの悪鬼の仕業《しわざ》を抑えつけ、その名前と血筋を地上から抹殺できなかったのだということを知ってもらいたいからなんだ。だがそのすぐあとで、彼はそれらのいずれも、彼女が手紙を寄こした理由でもなければ、またそれを、よりによって自分に寄こす理由でもないと思い直した、なぜなら、もしただその話を人に伝え、その話を本に書いて印刷してもらいたいだけだったなら、わざわざ人に頼む必要などなかっただろうからだ――なにしろこの婦人は彼(クエンティン)の父親がまだ若かった頃から、(公認されていなかったにせよ)その町の、その郡の桂冠詩人として令名を馳せており、僅かながら目の高い購読者を持つ郡の新聞文芸欄に、悔しい思いで執念深く保ち続けてきた不敗の魂から生まれた抒情詩とか頌歌《オード》とか碑文詩を寄稿していたからだ、ところが、そのような詩が残っているというのに、町と郡が知っていたこのひとの家族の、戦争にまつわる話というのは、父親が宗教的良心に基づいて戦争に反対し、南軍の徴兵調査官の目を逃れるため自宅の屋根裏部屋に隠れ（壁で塞いでいたとも言われる）、ついにはそこで餓死したというものであった、この娘は隠れている父親に夜ごと密《ひそ》かに食事を届けながら、同時に、無駄骨に終わった南部の大義の、もはや蘇ることのない犠牲者たちの、一人一人の名前を永く記憶にとどめるべく、詩に書きとめていたのだった、それと彼女の甥の話もあって、彼は四年も妹のフィアンセと同じ部隊に従軍していたが、妹が婚礼衣裳を着て待っていたというのに、結婚式前夜に屋敷の門前でそのフィアンセを射殺したあげく、逃亡し姿を消したままで、それからの消息は誰にもつかめなかったということだ。

彼女がなぜ自分を呼び出したのか、彼にわかるまでには、まだ三時間はかかっただろう、というのは、この話の初めの方はクエンティンがすでに知っていることだったからだ。それは彼がこの二十年間同じ空気を呼吸し、父親からその男について聞かされるうちに、おのずと受け継いできた遺産の一部だったし、その男自身が呼吸したのと同じ空気を、一八三三年六月のあの日曜日の朝から一九〇九年のこの九月の午後までの八十年にわたって吸ってきたこの町の――ジェファソンの――遺産の一部だったからだ、その六月の日曜日の朝、どんな過去を持っているかもわからぬままに、あの男は馬に乗って初めてこの町に姿を現わし、いかなる手段を用いたのかもわからぬが、ともかく土地を入手し、明らかに無からその家を、しかも大きな邸宅を造り出し、エレン・コールドフィールドと結婚して二人の子供をもうけたが――息子の方は、娘の方を花嫁にもならないうちに寡婦《かふ》にしてしまい――こうして彼はその定められた生涯を送り、非業《ひごう》の(少なくともミス・コールドフィールドは、当然の、と言っただろうが)最期《さいご》を遂げたのだった。クエンティンはそのような物語とともに成長してきたのだが、登場する名前はいつも取り替えられたし、しかもその数は限りなくあった。彼の子供時代はそのような名前に満ち満ちており、彼の身体そのものが、敗北者たちの名前が朗々と響きわたる、がらんとした広間《ホール》であり、彼は一つの存在ではなく、一つの実体でもなく、一つの共和国だった。彼は頑なに過去を振り返る亡霊たちがひしめきあう兵舎であり、その亡霊たちは戦後四十三年たった今でもなお、あの病気を治してくれた熱から回復しきれず、自分たちが戦ったのは病気とではなく、熱そのものとであったことを理解しないまま、熱からいまだに冷めきらず、熱のために衰弱しているものの、病からは自由になったのに、それが何もできない、不能という名の自由で(3)あることに気づくこともせず、いまだに悔恨に浸りながら頑迷な意固地さで、熱の向こうの病を振り返って見つめているのだった。

（「だけど、なぜこの僕に話をするんだろう？」と、馬車でまた戻ることを約束してやっと彼女から解放された彼は、その夕刻、家に帰って父に言った、「なぜ、この僕に話をするんだろう？　土地であれ、大地であれ、それが何であれ、あの男に愛想を尽かし背を向けて破滅させた話が、僕とどんな関係があるというんだろう？　そのために、あのひとの家族まで破滅に追い込んだとしても、関係ないじゃないか？　僕たちの名前がサトペンであれ、コールドフィールドであれ、何であれ、大地はいつの日か僕たちみんなに背を向け、みんな破滅させることになるんだから」。

「ああ」とミスター・コンプソンは言った。「ずっと昔、われわれ南部の人間は、南部女性を淑女にしてやったんだ。ところが戦争が始まって、その淑女たちを亡霊にしてしまった。だから、われら紳士たるものは亡霊となった淑女たちの話を聞いてやるほかないではないか？」。それから父は、「あのひとがおまえを選んだ本当の理由を知りたいかい？」と言った。夕食後、二人はヴェランダの椅子に腰かけて、ミス・コールドフィールドがクエンティンに迎えに来るように指定した時間になるのを待っていた。「それはね、あのひとが自分と一緒にあそこへ行ってくれる人を必要としているからなんだよ――誰か男を、それも紳士を、しかもあのひとが望むことを思いどおりにやってくれるような若い男をな。そこでおまえを選んだわけだが、その理由というのは、おまえのお祖父さんはサトペンがこの郡で知り得た、友人と言えそうな唯一の人だったからだし、それにあのひとはきっと、サトペンが自分とあのひととのことを、つまり実際には実を結ばなかった婚約のことを、反古《ほご》になった結婚の約束のことをお祖父さんに話したかもしれないと思い込んでいるからなんだろう。もしかしたらあの男がお祖父さんに、いざという時になって彼女の方から結婚話を壊したわけも話していたかもしれないとね。さらには、おまえのお祖父さんがその話を私に話し、私がおまえに話しているかもしれない、とあのひとは信じているのかもしれない。そうだとすれば、ある意味では、あの事件は、今夜あそこでどんなことが起ころうとも、内輪だけの話に終わるだろうし、家族内の秘密は(それが秘密と言えるならだが)ずっと外に漏れずに済むわけだ。おまえのお祖父さんの友情がなければ、サトペンはこの町にちゃんとした地盤を築くことができなかっただろうし、もしそうした地盤を築くことができなかったとしたら、エレンと結婚することもできなかったはずだ、とあのひとはまだ思い込んでいるのかもしれない。だからたぶんあのひとは、あの男のせいで自分と家族がこうむった災難に対して、お祖父さんの孫であるおまえにも責任の一端があると、きっと考えているんだろうよ」。）

彼女が自分を選んだ理由が何であれ、父の言うとおりであろうとなかろうと、本当の理由がわかるまでには長い時間がかかりそうだ、とクエンティンは思った。一方、そのあいだも、闇に消えていく彼女の声と反比例するかのように、彼女が許すことも復讐することもできない、あの男の呼び起こされた亡霊が、ほとんど生身の実体と永続性をそなえたものになり始めていた。亡霊自身は、地獄の瘴気《しょうき》と救われぬ者の放つ妖気《ようき》に取り巻かれ閉じ込められながらも、平和そうに、もう危害を加えることもなさそうに、今ではさして注意さえ払う様子もなく、物思いに耽っていた（物思いに耽り、考え込み、ちゃんと知覚力も持っているように見え、あたかも、彼女がどうしても与えようとしなかったあの平安は得られなかったものの——彼はおよそ疲れを知らぬ身だったので——それでも彼女が加えようとする危害や苦難の及ばぬところにしっかりと踏みとどまっているようだった）——この人食い鬼の姿をした亡霊は、ミス・コールドフィールドの声が語り続けるうちに、クエンティンの眼の前に、その鬼から二人の小型の人食い鬼の子供が分かれ出て、彼ら三人がぼんやりと背景に退くと、四人目の亡霊が現われ出た。これが、その母親で、つまり死んだ姉のエレンだったが、このニオベー（ギリシャ神話に登場するアンフィオンの妻。十四人の愛児をレトに自慢したため、レトの子アポロとアルテミスに愛児を皆殺され悲嘆のあまり石と化して涙を流し続けた）は涙も見せず、悪夢にうなされて悪魔の子を孕《はら》み、生きて動いている時も生きている感じがなく、悲嘆にくれても涙一つ流さず、今では静けさと無意識の悲しみを湛《たた》えていたが、それは彼女がほかの人たちより長生きしたとか、あるいは自分が先に死んだからというのではなく、まるでこの世に生きたことが全然なかったかのようにさえ見えた。クエンティンはその家族を今実際に見ているような気がしたが、その四人は、かしこまった生気のない端正さを装って、当時のごく当り前の家族の群像のように並び、ちょうど色褪せた大昔の写真みたいに引き伸ばされて、今話し続けている声の背後の壁にかけてあるように思え、しかも当の声の主は、その写真がそこにあることに気づいてさえおらず、彼女（ミス・コールドフィールド）は、これまで一度もこの部屋を見たこともないかのようだったが——その写真に写っている家族の群像はクエンティンにすら異様で、矛盾に満ち、奇怪な様相を漂わせており、とても完全には理解できず、（二十歳の彼にとっても）どうにも正常ではないように見え——その群像の最後の者でも二十五年前に、最初の者は五十年も前に死んでしまったというのに、彼らは今、死んだような家の、風通しの悪い暗がりの中から呼び起こされ、決して許すまいと決めている、厳めしく執念深い年老いた女と、いらいらしながらじっと話を聞かされている二十歳の青年のあいだに立ち現われた、青年はその語る声が聞こえているあいだも、心のうちでこんなふうにつぶやいていた　人を愛するには恐らくその人を充分に知る必要があろうが、四十三年間もある人を憎み続けるとすれば、その人のことを充分すぎるほど知るようになるだろう　だからもしかしたら憎み続ける方がいいのかもしれないもしかしたらその方がいいんだ　なぜなら四十三年も経てばどんな相手だってわれわれをびっくりさせることも、心から満足させることも、激しい怒りを覚えさせることもなくなってしまうだろうから。それに、もしかしたらこれも（この声も、この話しぶりも、この信じがたく耐えがたいほどの驚嘆も）、彼女が若い娘だった遠い昔には大きな叫び声だったに違いない、とクエンティンは思った――決して後悔しまいという、若くて不屈の魂の発する、不可解な状況や残酷な事件を告発する大きな叫び声だったに違いない、だが今は違う、今はただ、古い侮辱の中で、サトペンの死という最後の完全な辱しめによって踏みにじられ裏切られ、絶対に許すまいと思った古い決意の中で、四十三年も戦陣を張り続けてきた、孤独でねじまげられた年老いた女の肉体の発する叫びに過ぎなかった。

「あの男は紳士ではありませんでした。とても紳士などと言えたものではありませんでした。あの男は一頭の馬と二丁のピストルと、これまで誰も聞いたことがなく、馬やピストルと同じように、本当に彼のものかどうか怪しい名前を持って、この土地へやって来て、身を隠す場所を探したのですが、ヨクナパトーファ郡(ミシシッピ州北部に想定されたフォークナー小説の舞台になっている架空の郡)がその場所を提供したのです。それから、あの男を追ってあとから次々にやって来るかもしれない、ほかの他所者《よそもの》から身を守ってもらうために、立派な人びとの保証を求めており、ジェファソンの町がそれを与えたのです。それから、それまで彼の味方をしてきた人たちさえも、嘲笑と恐怖と激怒のあまり、彼に反旗を翻さざるを得ない日が必然的にやって来た場合でも、そういう人たちに対しても自分の地位を揺るぎないものにしておくために、彼は世間からの信用を、つまり貞淑な女の後ろ楯《だて》を必要としました、そしてそれを彼に与えたのが、わたしとエレンの父親だったのです。いえ、べつにエレンの弁護をしようとは思いません、弁護しようにも、姉は若くて初心《うぶ》だったということしか弁解の余地がない、世間知らずのロマンティックで愚かな娘でしたからね、そうです、世間知らずのロマンティックで愚かな娘で、やがて、もう若いとか、初心だとかいう言い訳がたたなくなってからは、世間知らずの女、愚かな母親ということになってしまい、姉が自尊心と心の安らぎを代償にして手に入れたあの家で死の床に臥《ふ》せっていた時ですら、花嫁にならないうちにもう寡婦同然になってしまい、三年後には花嫁になるどころか本物の寡婦になってしまった娘と、生まれた家を放棄し、そのあと一度だけ戻ってきたと思ったら、人殺しとなり、しかもほとんど兄弟殺しの罪を犯して、永遠に姿を消してしまった息子のほかには誰もいなかったのです、そしてその頃、あの悪鬼で悪党で悪魔みたいな男はヴァージニアの戦場で戦っていました、そこなら、大地が彼を抹消しようと思えば、絶好のチャンスがいくらでもころがっていたでしょうが、エレンもわたしも彼が帰ってくるだろうと、南軍の兵士全員がばたばたと銃弾にたおれて死んでしまっても、彼が戦場で弾に当たることはあるまいと、わかっていました、そこでエレンにはこのわたししか、よろしいですか、まだほんの子供で、その面倒をみるように頼まれた当の姪より四歳《よっつ》も年下の、このわたししか頼れる人がいなかったので、わたしに向かって、「あの娘《こ》を守ってやって。せめてジュディスだけは守ってやってね」と言ったのです。ええ、姉は世間知らずのロマンティックで愚かな娘でした、姉はわたしたちの父親の心を動かしたに違いない百平方マイルの農園にも、叔母の心を動かしたとまでは言えなくても、少なくとも承諾する気持ちにさせた、あの大きな屋敷と日夜奴隷にかしずかれる贅沢な暮らしにも目をくれませんでした。いいえ、決して紳士ではありませんでした、馬上にあってなんとかかんとかふんぞりかえっていた男の面《つら》をしていただけです——それは誰一人（娘をその男の結婚相手としてくれてやろうとした父親を含めて）その過去を知らなかったし、自分からその過去を明かそうともしなかった男です――彼が逃げ出してきた異端の土地にあっては、恐怖に直面すれば、彼の方が野獣たちよりはよほど強い力を発揮したので、彼が一人で追いかけて捕まえたらしい野獣のような一団と、その野獣のような黒人たちに追いかけられて捕まったらしいフランス人建築家を従えて、一頭の馬に跨り、二丁のピストルをかざし、どこからともなく町に乗り込んできた男です――この土地に逃れてきて、世間の信用を蓑《みの》に、つまり、どういう手段を用いたのかは誰にもわかりませんでしたが、ともかく無知なインディアンの一族から奪い取った、あの百平方マイルの土地と、郡役所ほどもある大きさの家を蓑に身を隠しました、その家に窓もドアも寝台架もないまま三年間住み、まるで曽祖父の代に国王から賜り、それを代々受け継いできた永代財産であるかのように、それをサトペン百マイル領地と呼んだ男です――あの男は、家も地位も、妻も家族も、ほかの世間からの信用と一緒に、自分の素性《すじょう》を隠すために必要だったから受け容れたわけで、もし藪が自分の求めている保護を与えてくれるのなら、藪の中の茨《いばら》や棘《とげ》に刺されて痛い思いをすることとぐらい我慢しようとしたのと同じだったのです。

「いいえ、とても紳士だなんて言えませんでした。エレンと結婚したところで、いいえ一万人のエレンと結婚したって、あの男が紳士になれるわけはなかったでしょう。

だいいち、あの男は紳士になりたいとも、紳士と見られたいとも思っていませんでした。いえ、そんなことは必要なかったのです、なにしろ、彼は人が見たり読んだりできるような結婚許可証（それとも世間の信用が得られる証書なら何でも良かったのですが）に、エレンの名前と父の名前が署名されてさえいれば良かったのですから、それはちょうど約束手形に、父の（それともほかの立派な人の）署名を必要とするようなものでした、なぜって、わたしたちの父は祖父がテネシー州でどういう人物だったのか、また曽祖父がヴァージニア州でどんな人だったのか知っていましたし、わたしたちの隣人やわたしたちが一緒に暮らしていた人たちも、わたしたちがそれを知っているのを知っていましたし、またわたしたちの方でも、わたしたちが知っているのをみなさんがご存知なのは承知しておりましたから、わたしたちがどういう人間でどこから来たのかについて、たとえわたしたちが嘘をついても、町の人たちはわたしたちの言うとおり信用してくれただろうと思います、それはちょうど、あの男をひと目見ただけで、どうやら自分について固く口をつぐんでいたことからも、彼がどんな人間で、どこからどういう理由でこの土地へ来たのかという点について、恐らく嘘をついているのだろうとわかったのと同じことです。あの男が自分の素性を隠すために世間の信用を隠れ蓑として求めなければならなかったという事実こそ、彼が、口にするには暗すぎるような、とても世間の信用が得られないことから逃げ出してきたに違いない確たる証拠で（それ以上の証拠が欲しいという人がいるとしても）それで充分だったでしょう。なぜなら、あの男はあまりにも若かったからです。彼はその時まだ二十五歳でしたが、二十五歳の若者ならば、ただ金銭だけを目当てに新しい土地に来て、処女地を開拓して農園を造るなどという辛苦や不自由を自分から進んでなめようとするはずはありませんし、人に自慢話できるほどの過去のない若者ならば、一八三三年のミシシッピでそんなことをするはずなどありませんでした、だってその時代は、ダイアモンドをいっぱい身につけ、船がニューオーリンズ（ルイジアナ州南東部ミシシッピ川とポンチャトレン湖のあいだにある河港都市で綿花の市場だった）に着く前に、綿花でも奴隷でも気前よく放り出すような酔っぱらいをたくさん乗せた蒸気船が川にあふれていましたから――ですから、たった一晩船に乗って苦労するだけで大金が稼げたわけで、障害や危険があるとしても、ほかの悪漢どもに襲われるか、船が浅瀬に乗り上げるぐらいで、またこれは滅多になかったことですが、せいぜい麻縄で縛り首になるだけのことでしたから、若者が農園を造るなどという苦労は選ぶわけがありませんでした。それにあの男は、新しい土地を切り拓くために親の土地で余っていた黒人をもらいうけて、ヴァージニアやキャロライナといった古い穏やかな土地から送り込まれた次男坊や三男坊ではありませんでした、だって、あの男の黒人たちをひと目見れば、彼らがヴァージニアやキャロライナよりは遥かに古いが、決して穏やかではない土地から来ただろうこと（きっとそうでした）がすぐにわかりましたからね。それからまた、あの男の顔をひと目見れば、たとえ彼が買った土地に金が埋蔵されていて、掘れば自分の手にころがりこんでくると知っていたとしても、たとえ麻縄で首をくくられるのが確かであっても、川での危険な金儲けの方を選ぶような男で、農園を造るような苦労をする男ではないことが誰にでもわかったはずです。

「いいえ。わたしは何もエレンの弁護をするつもりもなければ、自分の弁護をするつもりもありません。わたしは二十年もあの男を見てきたのに、エレンにはたった五年しかなかったのですから、弁解の余地がないのはむしろわたしの方です。それに、姉はそのたった五年だって、彼を直接見ていたわけではなく、彼が何をしているのか人づてに聞いていただけでしたし、それもせいぜい半分ほども聞いていなかったわけです、なぜなら、その五年間にあの男が実際にやっていたことの半分は誰も知らなかったのですし、おまけに知っていることの半分は、妻には、まして若い娘には言うのも憚《はばか》られる内容でした、実は、あの男はこの土地に来て五年ものあいだ、大道芸人のような見世物をやっていたのですが、ジェファソンの人たちはその余興を楽しむ代償として、彼のしていることを、少なくとも女たちには話さないというぎりぎりのところであの男をかばっていたのです。でもわたしは生涯ずっと、あの男のすることを見てきました、生涯と申しますのは、明らかに、そして神様が明らかにされたくないような理由で、わたしの人生は四十三年前の四月の午後に終わるよう運命づけられていたからなのです、だってその時までのわたしと同じように、生きていると呼べることをほとんどしたことがない人ならば、それ以後にわたしが耐えてきた日々を、とても生きていたとは呼べないでしょうからね。わたしは姉のエレンの身に起こったことをこの眼で見てきました。わたしは、彼女がほとんど世捨て人のような状態で、運命づけられた二人の子供たちを救うすべさえ知らず、成長していくのをただじっと見守っているのを見てきました。わたしは彼女があの屋敷とあの自尊心のために払った代償を見ました。彼女があの晩、教会に歩み入った時に署名して手に入れたもののすべて、自尊心や満足感や心の平和、そのほかいろいろなものへの約束手形が次々と満期になり終わっていく様子を、わたしはこの眼で見たのです。わたしは、ジュディスの結婚が何の理由もなく弁解の影すらもなく禁止されるのを見ましたし、エレンが、遺《のこ》していく子供を守ってくれるように頼める人として、まだ幼なかったわたししかいない状態で死んでいくのを見ました、またヘンリーが生まれた家と生得権を棄て、しばらくして戻るや、妹の婚礼衣裳の裾に、恋人の血のついた死体を投げつけたも等しい、その場面を見ました、それから、わたしはあの男が戦場から戻ったところも見ました――自分が犠牲にした誰よりも長生きした、あの悪の源であり首領が――互いに滅ぼしあい、自分自身の血筋を滅ぼすだけではなく、わたしの血筋も滅ぼすために二人の子供をこしらえた、あの男が帰ってくるのも見ました、それなのに、わたしはあの男との結婚に同意したのです。

「いいえ。わたしは自分の弁護をするつもりはありません。若かったためだなどと弁解もしません、だって一八六一年（南北戦争勃発の年）以後の南部では、男も女も黒人も騾馬《らば》も、命あるもののすべてが、若さというものを経験する余裕も機会もありませんでしたし、若さを経験した人たちから、若いとはどういうことかを話に聞く余裕も機会もなかったからです。わたしは、あの男が身近なところにいたから、と弁解するつもりもありません、確かにわたしは結婚適齢期の若い女で、平時だったら自然に知りあえたはずの若者たちの大半が、敗戦に終わった戦場で死んでしまったのは事実でしたし、たまたま彼と同じ屋根の下で二年も暮らしたというのも事実ですが。わたしは物質的必要性に迫られたから、と弁解するつもりもありません、確かにわたしは孤児で女で一文無しでしたから、保護を求めて、というより、その日その日の食べ物が欲しくて、唯一の親戚に、死んだ姉の家族に、自然なかたちで身を寄せたことも事実でした、そうは言っても、わたしを非難する人には、はっきり反論もしたいのです、だってわたしは二十歳の孤児で、寄る辺のない若い娘でしたし、その男に食べさせてもらって命をつなぐほかなかった女でしたから、その男から正式に結婚を申し込まれれば、それを受け容れることによって、自分の立場を正当なものにしたいと望んだだけでなく、女たちの誰もその名を汚したことのない我が家の名誉を守りたいと思ったのも当然でしょう。ですから、とりわけ、わたしは自分自身を弁解したいなどと思いません、両親も安全もすべてを奪い去った大破壊《ホロコースト》の戦争をかろうじて生き残り、まだ若い女だったわたしは、自分にとって生きる意味のいっさいが、姿かたちは男でも、英雄にふさわしい名と体軀をそなえた、ほんの僅かな人物たちの足元で崩れ落ちるのを見てきたのです――よろしいですか、若い女のわたしは、このような男の一人と日夜、四六時中、顔を突き合わせる羽目になりました、その人が昔はどんな人間だったにせよ、自分がその男についてどんなことを信じ、どんなことを知っていようと、その男は、自分が生まれた土地と伝統のために、四年もの月日を勇ましく戦った人たちの一人でした(そして、そのように戦った男は、きわめつけの悪漢だったとはいえ、若い娘の眼には、たとえ勇ましい男たちを連想させるだけに過ぎないとしても、やはり英雄の姿と立派さをそなえた男に映りました)、そして、その男も、若い娘が苦しみぬいたのと同じ大破壊から生還したところで、南部の将来に対処すべきものは何一つ持たず、あるものはただ素手と、それだけは決して敵に渡さなかった剣と、そして敗軍の総司令官からもらった武功を讃える感状だけだったのです。ええ、あの男はそれは勇敢でした。その点だけは、わたしだって一度も否定したことがありません。それにしても、わたしたち南部の大義が、わたしたちの命と未来の希望と過去の誇りが、あのような男たち――戦う勇気と力はありましたが、思いやりや道義心のない男たち――の手に委ねられて、かろうじて命脈を保とうとしたのは、何とも悲しいことです。ですから、神様が南部に敗戦の憂き目をお与えになったのも、当然のことだったのではないでしょうか？」

「そうですね」とクエンティンは言った。

「それにしても、あの男に眼をつけられたのが、よりによってわたしたちの父、わたしとエレンの父だったとは、何としたことでしょう、だってあの屋敷に出かけて、一緒に酒を飲んだり、博打をしたり、果てはあの男が野生の黒人たちと喧嘩《けんか》しているところを見たりし、トランプ賭博であの男に負けて、娘たちを巻き上げられそうになった連中もいたことでしょうに。よりによってわたしたちの父が眼をつけられたなんて。いったい彼はどのようにして、どんな理由があってパパに近づいたのでしょうか。

どこからともなく姿を現わし、どこの生まれかも明かそうとしない男とわたしたちの父とのあいだに、町で出会った二人の男どうしのありきたりの誼《よしみ》のほかに、どんな関係があったというのでしょう。あんな男とパパのあいだにどんな関係があったというのでしょう――パパはメソディスト教会(4)の執事で、商人とはいえ裕福ではなく、自分の財産を殖やすとか商売の成功を当て込んで何かをするなんてことは、からっきしだめで、欲しいと思ったものを手に入れることや、道端に落ちているものでも自分のふところに入れることなど思いも及ばない人でした――土地も持たず、奴隷も持たず、家に召使が二人いましたが、この二人も奴隷として買ってからすぐに自由の身にしましたし、酒も飲まず、狩猟もせず、博打もしませんでした――そんな父と、わたしにははっきりわかっているのですが、生涯で三度しか――一度はあの男が最初にエレンを見かけた時、次に結婚式のリハーサルをした時、それと結婚式を挙げた時の三度しか――ジェファソンの教会に出かけたことのない男とのあいだに、いったいどんな接点があり得たでしょうか――誰が見たって、あの男は、今は一文無しのように見えても、かつては金のある暮らしをしたに違いなく、もう一度ひと儲けをしようと狙っており、そのためには手段を選ばない男であることがすぐにわかったでしょう――そんな男がこともあろうに教会でエレンを見つけたのです。いいですか。よりによって教会の中で見つけたのですよ、それはあたかも、わたしたちの家族に呪われた宿命がかかっていて、神様ご自身が、その呪いが最後まで完全に成就するように取りはからっていらしたみたいではありませんか。そうです。この南部にも、わたしたち一家にも、宿命と呪いがかけられていたのです。それはあたかも、わたしたちの先祖の一人が、宿命づけられ、すでに呪われた土地に子孫を住まわせようとしたかのようでしたが、たとえ遠い昔に呪いを招き、すでに呪われた時代に、呪われた土地に、神様に命令されて定住を余儀なくされた人というのが、わたしたちの一族、父方の先祖ではなかったとしても、わたしはそのような宿命を感じるのです。そういうわけでしたから、わたしはまだほんの子供で、エレンが実の姉で、ヘンリーとジュディスが甥と姪だというのに、パパと叔母が一緒でなければ、あの屋敷へ行くことができなかったことと、ヘンリーともジュディスとも家の中でしか遊んではいけないことぐらいしかわかりませんでした（それはわたしがジュディスより四歳《よっつ》、ヘンリーより六歳《むっつ》年下だったからというわけではなかったのです、だって、エレンが死ぬ間際に、「あの子たちを守ってやってね」と頼んだのは、このわたしに向かってなんですからね）――そんな子供のわたしでさえ、父にしろ、祖父にしろ、父が母と結婚する前に、エレンとわたしが罪を償わなければならず、そのどちらにしても、一人で償うには不充分だなんて、いったいどんな悪いことをしたのだろう、わたしたち一家が呪われたすえに、あの男が破滅しただけではなく、わたしたち一家の破滅をも招くことになるなんて、いったいどんな罪を犯したのだろうと、いつも考えていました」。

「そうですね」とクエンティンは言った。

「そうですよ」と静かだが厳然とした声が、ぼんやりと動かない三角形をなしているレース飾りの向こうから聞こえた、そしてその時、クエンティンには、物思いに耽る端正な死霊たちの中に、きちんとしたスカートとパンタレット(5)をはき、きちんと綺麗に編んだすべすべした髪の、ありし日の幼い少女の姿が眼に見えるような気がした。その少女は、いかにも中流家庭らしい、こぢんまりとした外庭か芝生に、整然とめぐらされた杭垣の後ろに隠れるようにして立ち、村の静かな通りの、人食い鬼のいる世界でも覗いているように見えたが、その様子はまるで、両親が年老いてから生まれたために、あらゆる人間の行動を、大人の複雑で不必要な愚行を通して見るように運命づけられた子供みたいで——カッサンドラ(ギリシャ神話で、トロイア王プリアモスとヘカベーの娘、予言能力があったが信ずる者がなかった)さながらの、深遠で厳めしい予言能力を持っているように見え、ユーモアなどわからず、幼い時を経験したことのない子供にしても、実際の年齢とはいかにも釣り合わない大人びたところがあった。「というのは、わたしは生まれるのが遅すぎたからです。わたしは二十二年も遅れて生まれたのです——小耳にはさんだ大人たちの話から想像していたことですが、わたしが大きくなってヘンリーとジュディスと一緒に遊ぶことが許される以前からすでに、実姉の顔も姉の子供たちの顔も、夕食と就寝のあいだに聞いた人食い鬼の話に出てくる顔と重なっていました、それなのに、そんなわたしに、姉は死に際に頼らなくてはならなかったのです、その頃、子供たちの一人は消息不明で、果ては人殺しとなる運命にありましたし、もう一人は花嫁になる前に寡婦になる運命にありましたが、姉はわたしにこう言いました——「せめて、あの娘《こ》だけは守ってやってね。せめてジュディスだけは守ってやってね」と。ところがわたしは、ほんの子供のくせに、子供にだけ授かった本能というのでしょうか、分別ある大人の智慧をもってしてもちょっと真似のできないような返事をしたのでした——「あの子を守ってくれって言うの？　いったい誰から？　それに何から守れって言うの？　あの男はすでに子供たちに命を与えてしまったのですから、子供たちにそれ以上の危害を加える必要はないはずだわ。子供たちが守らなくてはならないのは、ほかならぬあの子たち自身からではないかと思うわ」って」。

　時間はだいぶ経っていたに違いなく、もう午後も遅くなっていたはずだ、ところが、二人を隔てている実体のない暗がりの壁の上に、線条になって射し込んでいた陽光が浮かび上がらせていた、あの黄色い埃の舞う格子縞は、少しも上の方へ動いておらず、太陽はほとんど動いていないように見えた。それ(その話しぶり、語りぶり)は、眠っている人が、死産のまま完成された形で、一瞬確かに起こったに違いないと思ってしまう、夢の持つ、論理や理性を嘲笑《あざわら》うような特性を帯びているように(彼、クエンティンには)思われた、だが、夢が夢を見ている人を(本当らしさを)――恐怖であれ快楽であれ驚きであれ――本当のことだと信じさせるその特性自体が、すでに過ぎ去ってしかもまだ過ぎ去っていない時間というものを音楽や印刷された物語と同じほど完全に、形の上で認めて受け容れて初めて成り立つものなのだ。「そうです。わたしは生まれるのが遅すぎました。まだほんの子供でしたが、あの男がサトペン百マイル領地から教会に通じる道路を競馬場の走路同然にしてしまった、と町の人たちにもとうとうわかった、あの最初の日曜日の朝、馬車の中に初めて見たあの三つの顔(そして彼の顔もですが)を忘れることができませんでした。その時わたしは三歳《みっつ》で、きっとそれ以前にもわたしはあの人たちの顔を見ていたはずで、ええ、きっと見ていたに違いありません。でもわたしはよく覚えていないのです。その日曜日以前にエレンに会ったかどうかも覚えていません。その日はまるで、わたしが一度も会ったことのなかった姉が、わたしが生まれる前に人食い鬼か霊鬼の牙城に消え失せてしまった姉が、一日だけ特別に許されて、かつて暮らした世界へ戻ることになったようなものでした、ですから、三歳の子供だったわたしも、その日のために朝早く起きて、まるでクリスマスか、クリスマスよりも大切な時みたいに、よそゆきの服を着せられ髪もカールしてもらいました、なぜって、この人食い鬼、霊鬼みたいな男がその時ついに、妻と子供たちのために教会に来ることに同意したのですから、つまり彼は少なくとも家族が救済の場に近づくことを許し、エレンが神様ばかりでなく、実家の家族や、自分と同じ育ちの人たちから応援してもらえるような対決の場で、少なくとも一度は子供たちの魂のためにあの男と戦う機会を与えたのです、そうです、その時だけだったとしても、彼は罪の贖《あがな》いの可能性に身を委ねるだろうと、それがだめでも、まだ更正したと言えなくても、その瞬間だけは少なくとも騎士のような礼節を示してくれるだろうと思っていました。そうわたしは期待しました。ところが、教会の前でパパと叔母に挟まれて、馬車が十二マイルの道のりをやって来るのを待っていたわたしが見たのはこんな情景でした。そして、わたしはその時より前にもエレンと子供たちの顔を見ていたに違いないのに、その時見た姿がわたしが彼らに会った最初の印象に思え、それは死ぬまでわたしの心から消えないでしょうが、その時のわたしは、竜巻が襲ってくるのを見る思いで、馬車とその中のエレンの気高く青白い顔と、彼女の両脇にいた、あの男の顔をそっくり小型にしたような二つの顔と、それから前部の馭者席《ぎょしゃ》にいた野生の黒人の顔と歯と、そして口元を除けば(これはきっと顎鬚をはやしていたためなんですが)黒人の顔とそっくりなあの男の顔を——これらすべてを、眼つきの狂暴な馬どもが蹄《ひづめ》の音をとどろかせ、土埃をあげて疾駆してくる凄まじさの中に、一瞬垣間見たのです。

「ええ、彼をけしかけ、声援を送り、それを競馬レースがわりに楽しんでいた人はたくさんいました、日曜日の朝十時に、麻のダスター・コートにシルクハットをかぶり、まるで曲芸の虎そっくりの、キリスト教徒気取りの身なりをした、あの野生の黒人が走らせる二輪馬車が、教会の戸口まで疾走してきたのですが、顔面蒼白なエレンは子供たちをしっかりと支えていました、子供たちは泣きわめきもせず、支えてもらうほどのこともなさそうな様子で、二人とも母親の両脇でじっと動かずに座っており、その時のわたしたちにはよく理解できなかったのですが、あの子供特有の並はずれた大胆さを顔に浮かべていたのでした。ええ、それはもちろん、あの男を応援したりけしかけたりする人はたくさんいました、いくら彼だって、競争相手がいなければ、競馬ができるわけはありませんから。と申しますのは、あの男にそれをやめさせたのは、競町の世論でもなければ、馬車に乗った自分の妻子を馬車から溝に振り落とされるのを心配した男たちでもなく、ジェファソンとヨクナパトーファ郡の女性たちのために一役買って出た牧師さんが彼にやめるように交渉したのでした。ですから、彼は教会に来ることをふっつりやめてしまい、それ以来、日曜日に馬車に乗ってやって来るのはエレンと子供たちだけになり、わたしたちはこれで少なくとも競馬の賭け事がいはなくなったと思いました、なぜかと言いますと、それが実際に競馬なのかどうか誰にもわからなかったからで、というのも馬車にはもうあの男の顔はなく、白い歯をちらりと覗かせている謎めいた表情の野生の黒人の顔しか見えなかったので、果たして競馬なのか、ただ疾走しているだけなのか見当がつきませんでしたし、もし、勝利の表情があったとすれば、遠く十二マイル向こうのサトペン百マイル領地にいた男の顔に浮かんでいたでしょうが、彼はその瞬間を自分の眼で見る必要も、その場に居合わせる必要もないと思ったのでしょう。そういうわけで、今ではあの黒人馭者だけがいて、ほかの馬車を追い越す時には、自分の馬だけでなく相手の馬にも声をかけるのですが——声をかけると言っても、言葉で言うんじゃないんです、きっと言葉など要らないからなのでしょうが、それは黒人たちが、あの沼地の泥の中で寝起きしていた頃に使っていて、あの男が彼らを見つけたどこかの暗い沼地から、彼らと一緒にこの土地へ持ち込んだ独特の話し方でした——ともかく、馬車は土埃を巻きあげ、雷鳴のような地響きをとどろかせて教会の戸口まで疾走してくるのですが、そのあいだ、女性と子供たちは悲鳴をあげて馬車を避けて逃げまどい、男たちは馬の手綱を握りしめていました。それから黒人はエレンと子供たちを戸口で降ろし、馬車を馬繋ぎの木立へ引いていくと、馬に鞭《むち》をあてて野放しにしてしまうのです、いつだったか、お節介な人がそれをやめさせようとすると、黒人は鞭を振りあげて向き直り、歯をニヤリと見せてこう言いました――「旦那さんの言いつけだからやってるんだ。文句があるんなら旦那さんに言ってくれ」って。

「そうです。あの子たちは自分たち自身から身を守らなくてはなりませんでした。そして今度はもう牧師さんの出番ではありませんでした。エレンが何とかしなくては、と思ったのです。叔母とパパが話をしているところへわたしが入っていきましたら、「外で遊んでらっしゃい」と叔母に言われました、ドア越しでは中の話し声がよく聞こえなかったはずなのに、わたしには二人が話していた会話の一部始終を繰り返すことができるくらいわかりました、「あなたの娘じゃありませんか。あなたが血をわけた娘なのですよ」と叔母が言いますと、パパは「そうさ。わたしの娘だ。わたしに口出ししてもらいたいと思うなら、あの娘《こ》は自分でわたしに頼みに来るだろうよ」と言いました。というのは、その日曜日にエレンと子供たちが玄関から出てきてみると、待っていたのはいつもの馬車ではなく、エレン用の四輪馬車で、彼女が馭する、年老いたおとなしい雌馬がつけられ、例の野生の黒人のかわりに、あの男が別に買い入れておいた馬丁が乗っていました。ところがジュディスは、四輪馬車をひと目見ると、事情を察して悲鳴をあげ始めました、それでみんなは手足をばたつかせて泣き叫ぶジュディスを家の中に連れ戻してベッドに寝かせました。いいえ、あの男はその場にはいませんでした。それに、窓のカーテンの後ろに隠れてひっそり勝ち誇り、ほくそ笑んでいたとも言うつもりはありません。きっとあの男だってわたしたちと同じようにびっくりしたことでしょう、なぜって、やがてみんなもわかったように、それは、幼な子が、癇癪《かんしゃく》とかヒステリーの発作を起こしたというような生やさしいことではなかったのですから。つまり、これまで馬車にはあの男の顔(サトペンそっくりのジュディスの顔のこと)がいつも乗っていたということです、あの黒人をそそのかして馬を疾走させていたのは、まだ六歳の、女の子のジュディスでした。いいですか。ヘンリーではありませんでした、男の子のヘンリーがやったとしても、それは大変なことでしたが、女の子のジュディスがそういうことをしていたのです。あの日の午後、パパとわたしが屋敷の門から家に通じる車道に入った途端、すぐにわたしはそれを感じることができました。まるで、日曜日の午後の静けさと平穏のどこかに、あの子の悲鳴がまだ残っているようで、もはや音としてではなく、何か膚《はだ》に聞こえてくるような、髪の毛が感じるようなものとしてあたりに漂っているみたいでした。でもわたしはすぐには何も訊《き》きませんでした。その時のわたしはまだ四歳で、あの最初の日曜日に、教会の前で、初めて姉と甥と姪の姿を見に行くというので、よそゆきの服を着てパパと叔母に挟まれて待っていた時のように、わたしは馬車の中でパパのそばに座り、屋敷の方を見つめていました(もちろん、それ以前にも屋敷の中に入ったことはありました、でも、わたしの記憶では初めてその家を見ると思った時でさえ、すでに屋敷の中の様子が前からわかっていたように思えました、それはちょうどわたしが、あの時にあの一家を初めて見たとつねに記憶しているのに、エレンとジュディスとヘンリーを見る前から、あの人たちがどんな顔をしているのかわかっているように思えたのと同じでした)。とにかく、その時はまだ何も訊かないで、大きな静まりかえったその家を見つめながら、わからないことでも素直に受け容れる子供らしい従順さで、「パパ、ジュディスが病気で寝ているのはどのお部屋なの?」と言いました、もっとも今になって思えば、その時すでにわたしは、ジュディスがドアの外に出てきて、馬車ではなくて四輪馬車を、いつもの野生の男のかわりにおとなしい馬丁を見つけた時、彼女はそこにいったい何を見てとったのだろうと、わたしたちには全然どうということもない四輪馬車に、彼女はいったい何を見たのだろうと――あるいはもっと意地悪な言い方をするなら、彼女が四輪馬車を見て悲鳴をあげた時、そこにあるはずだった何がないことに気づいたんだろうと、あれこれ考えていました。ええ、それは、ちょうど今日の午後のように、静かで暑くひっそりとした日曜日の午後でした、わたしたちが家に入っていった時の、物音一つしない静けさを今でもわたしは覚えています、そしてその静けさからすぐに、あの男が家にいないことがわかりました、でも、その時彼がウォッシュ・ジョーンズと一緒に、葡萄棚のある園亭《あずまや》で酒を飲んでいたとは知りませんでした。とにかくわたしには、パパと一緒に敷居を跨いですぐに、あの男がいないことがわかりました、まるで、わたしには何一つわからないことなどないという確信を持って（それは、ジュディスが身を守らなくてはならないのは、あの男からではないと、わたしがエレンに言ってしまった、あの本能的な理解力と同じでしたが）、あの男には、家にいて自分の勝利を目撃する必要なんかないのだ、とわかったのです――それに、これから先に起こることに比べれば、こんなことは注目するに値しない、取るに足りない出来事だということまでわかりました。そうです、ブラインドを閉めて暗くしたあの静かな部屋では、黒人女が一人、扇子を手にしてベッドのそばに腰かけており、カンフルの滲《し》みた布をかけた枕の上にジュディスの青白い顔が見えましたが、その時わたしは、彼女は眠っているのだと思いました、恐らく眠っていたのでしょうが、それとも眠りと呼べるようなものだったのかもしれません、そしてエレンの顔は青ざめていましたが落ち着いていました、それからパパは、「外に行ってヘンリーを探して一緒に遊んでもらいなさい、ローザ」と言ったので、わたしは静まりかえった二階の廊下の、静まりかえったドアの外に出て立っていました、なぜって、わたしはドアから離れるのが恐かったからです、だってわたしにはあの屋敷の安息日の午後の静けさが、雷鳴よりけたたましく、勝ち誇った高笑いより大きく響いているのが聞こえたからなのです。

「「子供たちのことを考えてやるんだ」とパパは言いました。

「「考えてやれですって？」とエレンは言いました。「わたしが考えていないとでもおっしゃるの？　夜も眠れずに子供たちのことばかり考えていますのに？」」。パパもエレンもどちらも、家に戻っておいで、とか、いやです、とか言い争いはしませんでした、これは、自分の過ちを繕うのに、その過ちに背を向けて逃げ出すといったやり方がまだ流行《はや》らない頃の話でした。あののっぺりとしたドアの向こう側から二人の話し声が聞こえてきましたが、まるで雑誌に載ったことでも話題にしているみたいに静かなものでした、そしてまだ子供のわたしは、ドアのそばでそうしているのも恐かったのですが、ドアから離れるのはもっと恐かったので、そのドアにぴったりとくっついていました、まるで自分の体をドアの黒い板に潜り込ませてカメレオンのように姿を隠そうとしているかのように、そのドアにぴったりとくっついて、じっと動かずに立ったまま、その家の生きている霊気に、精に、耳を澄ましていました、だって、エレンの命と吐息のいくらかが、あの男のそれと同じように、今ではその家に滲みこんでいて、勝利とも絶望とも、歓喜とも恐怖とも、どちらともつかない長い響きを発して息づいていたからです。

「『おまえは愛しているのか。こんな……』とパパが言いました。

「『パパ』とエレンは言いました。それだけでした。でもわたしには、パパの眼が見ていたのと同じほどはっきりとエレンの顔が見えるようで、あの最初の日曜日に、またほかの日曜日に、教会へ向かう馬車の中で浮かべていたのと同じ表情を浮かべているのがよく見えました。その時、召使がやって来て、わたしたちの馬車の用意ができたと言いました。

「そうです。あの子たちは自分たち自身から身を守る必要がありました。あの男からでも、ほかの誰からでもなかったのですが、それはちょうど誰にもあの子たちを救うことはできず、あの男にさえできなかったのと同じことなのです。なぜならあの男はやがてわたしたちに、あの時の勝利など注目するに値しなかったわけを教えることになったからです。でもわたしたちに教えた、と言っても、それはエレンにであって、わたしにではありませんでした。わたしはその場にはいませんでした、それはあれから六年もあとのことで、そのあいだ、わたしはあの男にはほとんど会っていませんでした。その頃叔母が家を出てしまっていて、わたしはパパのために家事をこなしていました。恐らく年に一度は、パパとわたしは屋敷へ出かけて食事をともにしましたし、もしかしたら年に四回ぐらいは、エレンと子供たちがやって来て、わたしたちの家で一日を過ごしていったものです。でもあの男は来ませんでした、わたしが知る限りですが、彼はエレンと結婚してから一度もこの家に来たことがありませんでした。その頃のわたしはまだ幼くて、あの男が来ないのは、あんな男でも、悔恨とまでは言えなくても、良心の固いかけらみたいなものぐらいは持ち合わせているからだろうと信じるぐらい、幼かったのです。でも今なら、そうではなかったことがよくわかります。あの男が来なかったのは、パパが娘を嫁にやることによって、町からひとかどの信用を与えてやった以上、彼にはもうパパから貰いたいものはほかになかったわけで、純粋な感謝の気持ちどころか、まして体裁を繕うことなど思いもおよばず、自分の楽しみを犠牲にしてまで、妻の家族と食事をともにするような心遣いなどまったくなかったのだ、と今はわかるのです。ですからわたしはあの一家とはほとんど会わなくなりました。もっとも、その頃は遊びたい気持ちがあっても、わたしには遊ぶ暇がありませんでした。また遊ぶ暇があったとしても、それまでわたしは遊び方も知りませんでしたし、今となっては遊び方を覚える理由などありませんでした。

「こうして、あれから六年が経っていました、もっとも、これからお話しすることは、実際のところ、エレンに秘密にされていたわけではありません、というのも、それはどうやらあの家が完成してからずっと続いていたからです、そして、今とあの男が独身だった頃と比べて何か違いがあるとすれば、今ではそれを見に来る連中が、馬車馬や騾馬を厩舎《きゅうしゃ》の向こうにある木立に繋ぎ、屋敷から見られないようにして牧草地を横切ってやって来るようになったことぐらいでしょう。だって、それを見に来る連中はまだまだ大勢いましたからね、それはまるで神様だか悪魔だかわかりませんが、あの男の悪徳行為を利用して、わたしたちのような良家の者だけでなく、ほかの場合なら、裏口からであってもあの屋敷には近寄れなかったような卑しい下層の人たちまで寄せ集めて、わたしたちにかけた呪いを達成する際の目撃者に仕立てあげたようなものでした。そうです、町から十二マイルも離れた家の中はエレンと二人の子供たちだけになり、近くの厩舎では、カンテラの明かりの下で、三方には白い顔が、残る一方には黒い顔が囲んだ方陣が作られ、その方陣の真ん中で、あの男の野生の黒人二人が、武器を持ちルールを守って闘う白人のやり方と違って、何が何でもできるだけ早く、こっぴどく相手をやっつけようとする黒人の闘い方で、素っ裸になって取っ組みあいをしていたのです。そのことをエレンは知っていましたし、あるいは知っていると思っていたのですが、そうではありませんでした。エレンは仕方なく受け容れていただけです――妥協したのではなく、ただ仕方なく受け容れていたのです――それはちょうど、どんなひどい目に遭《あ》っても、行き着くところまでいくと、ありがたい、これでおしまいだ、少なくとも自分にはこれですっかりわかった　と独り言を言いながら、ほとんど感謝したい気持ちでそれを受け容れることができる瞬間が、憤《いきどお》りにも一息つく瞬間があるのと同じです――そしてあの夜エレンが厩舎に駆け込んでいった時もそう思い、まだそのような気持ちにしがみついていたことでしょう、すると裏口からこっそり入って見物していた男たちですら、僅かながら礼儀をわきまえていて、後ずさりして彼女のために道をあけてくれたのですが、その時エレンが眼にしたのは、予想していたような黒い二頭の野獣どうしではなく、白と黒の野獣で、両方とも腰まで裸になり、相手の眼をえぐり取ろうとしている様子で、両方とも同じ黒い肌をしていなければあり得なかっただけでなく、両方とも毛皮に覆われた野獣でなければあり得ないひどさでした。そうです。どうやら時折、恐らく一夜の見世物の最後に、派手なフィナーレを飾るためだったのか、それとも自分の支配者としての優位を保持しようという抜かりない計算によるものだったのか、あの男は黒人の一人とリングにあがっていたのです。そうです。エレンが見たのはそんな光景でした、自分の夫であり、子供たちの父親である彼が、素っ裸で、喘ぎながら、腰まで血まみれになって立っており、たった今打ちのめされたらしい黒人が彼の足元に倒れていて、黒人も同じく血まみれになっていました、もっとも血まみれといっても、黒人の方はただの脂《あぶら》か汗ぐらいにしか見えませんでしたが——エレンは帽子も何もかぶらずに家から坂を駆け下りてきたところでちょうど、その音を、その叫び声を耳にし、暗がりを走っているあいだに、見物人が彼女がそこにいることに気づかないうちからそれを聞き、見物人の一人が、「馬のいななきだ」、「女じゃないか」、「おや、子供だぞ」と言い出す前から、その声が聞こえており——厩舎に飛び込み、見物人たちが身を引いてさっと道をあけてくれ、そうして彼女はヘンリーが、彼を今まで引きとめていた黒人たちの群がりから、泣き叫び、嘔吐しながら飛び出してくるのを見たのです——彼女は立ち止まりもせず、後ずさりした見物人の顔も見ず、厩舎の汚物に膝をついてヘンリーを抱きあげ、ヘンリーの顔も見ずに、キッとあの男の顔を睨みつけると、その時あの男は顎鬚の下からにんまり白い歯まで見せ、黒人の一人に麻袋で体の血を拭かせながら、その場に立っていました。「みなさん、どうかお引きとりください」とエレンが言いました。しかし見物人たちはすでに、黒人も白人も入ってきた時と同じように、こそこそ立ち去りかけていました、エレンはその人たちの方は見もしないで、汚れた地面に膝をついており、ヘンリーは泣きながら彼女にしがみついていました、ところがあの男ときたら、まだその場に突っ立ったままで、もう一人の黒人が彼のシャツだか上着だかを、まるで上着が棒で、あの男が檻に入れられた蛇かなんかみたいに、棒で彼を突っつくような手つきで渡していました。「ジュディスはどこですの？　トマス」とエレンは尋ねました。

「「ジュディス？」と彼は言いました。そうです、あの男は嘘を言うつもりはありませんでした、ただ自分の勝利に酔いしれていたのです、だって悪事がこんなにうまくいくとは思っていなかったのですから。「ジュディス？　ベッドで寝ているんじゃないのか？」とあの男が言いました。

「「嘘をおっしゃらないで、トマス」とエレンは言いました。「あなたがこの喧嘩をヘンリーに見せるためにここへ連れてくるお気持ちは、ヘンリーにこれを見せたいというお気持ちはわかります、ええ、理解しようと努力します、そうです、何とかして理解しようと努力しましょう。ですがジュディスはいけません、トマス。わたしのかわいい娘だけは困ります、トマス」。

「「べつにおまえにわかってもらおうとは思わんね」と彼は言いました。「おまえは女だからな。だがわしはジュディスをここへ連れてきてないぜ。そんなつもりもなかったしな。それをおまえに信じてもらわんでもいいさ。だが嘘は言わん」。

「「そう信じたいところですけど」とエレンは言いました。「あなたの言葉を信じたいと思いますわ……」。それから呼び始めました。「ジュディス！」と彼女は、落ち着いていて優しく、しかし絶望にあふれた声で呼びました。「ジュディス！　もう寝る時間ですよ」。

「でもわたしはその場にはいませんでした。ですからわたしは、二つのサトペンの顔が――一度はジュディスの顔が、もう一度はジュディスの横にいた黒人娘の顔が――厩舎の二階の干し草置き場に通じる四角い入口からじっと見下ろしているのを、実際にこの眼で見ることは叶わなかったのです」。

Ⅱ

藤の花が咲き匂う夏だった。夕食のあと、クエンティンが出かける時間になるまで、玄関のヴェランダの椅子に腰かけていると、あたりの夕闇には花の香りと父親の葉巻の匂いがいっぱいに立ちこめ、ヴェランダの下に深くぼうぼうに伸びた芝生には、蛍が気ままに飛びかい、流れるように漂っていた――その香りとその匂いは、それから五ヵ月のちに、ミスター・コンプソンの手紙と一緒に、ミシシッピから、長く鉄のように厳しいニューイングランドの雪の上を越えて、ハーヴァード大学のクエンティンの居間（大学寮の寝室に隣接し、ほかの寮生たちと話したりする共用の部屋）へと届けられることになるだろう。その日はまた、彼が一日じゅう昔の話に耳を傾ける日ともなった――一九〇九年のその日は、たいていはすでに知っていた話を、ただじっと耳を傾け、聞いていた、なぜ知っていたかというと、彼が、一八三三年のあの日曜日の朝、あの教会の鐘が鳴り響いた時と同じ空気の中で生まれ、いまだにそれを呼吸していたからだが（また日曜日ごとに聞くのは、その頃からあった教会の尖塔についていた三つの鐘のうちの一つだったし、その尖塔の屋根には、その時の鳩の子孫たちが気取って歩いたり、くうくう鳴いたり、また柔らかい夏空に、優しく絵の具のしみを流したようにして、小さな輪を描きながらくるくる回ったりしていたのだった）――六月のある日曜日の朝、教会の鐘が、平和を告げるように、また命令するように、いくらか耳障りな音を響かせており――一つ一つの鐘の音の旋律は合っていなかったが、全体的には調和のとれた音を響かせ――淑女や子供たちや、パラソルや蠅払いを持って付き添う黒人の召使や、数は少ないが男たちも姿を見せていた（淑女たちは、紳士服さながらに仕立てたラシャ地の子供服を着た幼い息子たちや、パンタレットをはいた女の子たちに混じって、張り骨つきのスカートをはいて歩いていたが、それはその時代独特のスタイルで、歩いているというより、ふわふわ浮いているように見えた）、そしてホルストン・ハウス（ヨクナパトーファ郡ジェファソン宿の）のヴェランダの欄干に足を乗せて座っていたほかの男たちが眼を上げると、そこに見かけたことのない男がいた。みんなが男に気づいた時には、男は、大きな疲れきった様子の葦毛の馬に乗って、広場をすでに半分ほども横切ってきており、男と馬は、まるで希薄な空気の中から突如として創造され、夏の安息日の明るい陽射しの中に、疲れきって小走《フォックストロット》りを続けているままの恰好で、一瞬そこに投げ出されたかのように見え——その顔も馬もこれまで誰一人見たことがなく、名前は誰一人聞いたことがなく、どこの生まれでどんな目的で来たのかについては、最後までわからない人たちもいた。そういうわけで、それからの四週間というもの（その頃のジェファソンはまだ村で、宿のホルストン・ハウスと、郡役所と、六軒の商店と、鍛冶屋を兼ねた貸し馬車屋と、家畜商人や行商人が出入りする酒場と、三つの教会と、恐らく三十戸ほどの住居があった）、その見知らぬ男の名前は、仕事場や遊び場や家々のあちこちで、ストロペとアンティストロペ(6)のように、左から右へ、右から左へと口にされ繰り返されて伝わっていった　サトペン。サトペン。サトペン。サトペン。

それからほとんど一ヵ月近くのあいだ、町の人たちには、その男についてそれだけしかわからなかった。どうやら彼は南の方から町にやって来たらしい——町の人たちはあとになって、男は二十五歳ぐらいだということを知るが、やって来た時は病みあがりの男に見えたために、誰にも彼の年齢《とし》は見当がつかなかった。それに、病みあがりと言っても、もうだめだと命を諦めかけていたのに、安静に病床に臥《ふ》したあと、何とか回復して、こわごわ、おずおず、驚きの表情を見せてこの世に戻ってきた男という感じではなく、ただの熱病以上の焦熱地獄を孤独にくぐり抜けてきた男のようで、たとえば探検家のように、所期の目的を達成するために当然ふりかかる苦難に立ち向かわなければならなかったばかりでなく、熱病という、予想もしなかった悪条件まで重なり、それを切り抜けるために、身体的というよりも精神的に多大な犠牲を払いながら、ただ一人で誰からの援助もなく、盲目的で本能的な意志によって何とか耐え忍び生き延びようとするのではなく、そのために最初の先手をさす犠牲に甘んじて物質的な褒美を手に入れ、それをいつまでもとっておいて楽しみたいという意志によって、その困難を戦い抜いてきた男に見えた。彼は大きな体格をした男だったが、今は憔悴状態と言えるほど痩せ衰えており、正体を誤魔化すような短い赤みがかった顎鬚《あごひげ》を生やしていて、青白い眼は夢想に耽っていると同時に警戒しているふうでもあり、顔の肉は陶器のようで、上薬《うわぐすり》をかけられた陶土の表面みたいに死んで無感覚に見える肌のすぐ下は、ただ陽に焼けたよりももっと濃く、魂とか環境の竈《かまど》の熱で焼かれて色づけされたみたいだった。町の人たちが見たのはそのようなものだったが、彼らが、その時その男はそれ以上の何も持っていなかったということを知るのは、何年も経ってからだった――つまり、頑丈そうだが疲れきった馬と、着の身着のままの服、せいぜい着替えの下着とカミソリぐらいしか入らない鞍袋と、二丁のピストルだけで、ミス・コールドフィールドがのちにクエンティンに話したところでは、そのピストルの銃床はツルハシの柄のように使い古してつるつるになっており、そして彼はそれを編み物針を扱うかのような器用さで使っていたということだが、事実、クエンティンの祖父はあとになって、彼が馬に乗って、二十フィート離れた若木のまわりを駆け足《キャンター》で駆けながら、その木にくくりつけたトランプ・カードに二発とも命中させるところを見たのだった。彼はホルストン・ハウスに部屋をとり、鍵を自分で持ち歩き、毎朝、夜明け前に馬に飼葉をやって鞍をつけると、どこかへ出かけていったが、いったいどこへ行くのか、これもまた町の人たちにはわからなかった、それはきっと、町に現われて三日後に、彼がピストルの弾を命中させせて、腕前を披露したからだろう。そういうわけで人びとは、彼について何か知りたければ、直接聞き出すほかなく、それができるのは、当然ながら夜になってからであり、ホルストン・ハウスの食堂で夕食の席についている時につかまえるか、それとも、食事を済ませるとすぐに自室に引きあげて鍵をかけてしまうので、その前に彼がどうしても通らなければならないラウンジでつかまえるほかなかった。ラウンジからバーにも入れるようになっており、彼に気軽に話しかけていろいろ訊《き》くにはバーが絶好の場所だったが、残念ながら彼はバーには現われなかった。自分は酒をまったく飲まないのだ、と彼はみんなに言っていた。昔は飲んだが今は禁酒したのだとも、これまで一度も口にしたことはないとも言わなかった。彼はただ、酒は飲みたくないと言っただけだった、クエンティンの祖父（彼も当時まだ若くて、コンプソン将軍と呼ばれるずっと以前のことだった）にさえ、サトペンが酒を飲まないのは、自分の酒代を払う金も、奢ってもらったら、次の機会に酒を奢り返すだけの金もなかったからだということがわかったのは、それから何年も経ってからだが、その時のサトペンは酒とか遊びに使う金を持っていなかったばかりか、その時間も気持ちもなかったということを、すなわち、彼はその頃、ある秘密と激しい焦りの奴隷になっており、あの最近の経験――あの精神か身体の熱病――が何であったにせよ、急がなければならないという、時間が刻々と足元で過ぎていくという確信の虜となっていることを最初に知ったのもコンプソン将軍で、彼はそれから五年間――コンプソン将軍の計算によれば、彼の息子が生まれる九ヵ月ほど前まで――その確信の虜になっていたのだった。

　そこで、みんなは、サトペンが夕食を済ませて自分の部屋に鍵をかけてしまうまでのあいだに、彼をラウンジでつかまえ、彼は何者なのか、どこから来て何をするつもりなのか、話をさせようとしたが、そのような場合にも、彼は少しずつ後ずさり、背中が何かに――柱とか壁とかに――触れるところまで来ると、そこで止まり、ホテルの受付係みたいに明るく丁重に振る舞いながら、本当のことは何も話そうとしなかった。彼はチカソー・インディアンの管理官(7)を通じて取引したので、その土曜日の夜に、土地譲渡証書、つまり土地の所有権利書とスペイン金貨(8)を持って郡の登記官を叩き起こすまでは、町の人たちは、彼がまだ誰も手をつけていない、この地方で最上の川沿いの低地《ボトムランド》(9)を百平方マイルも手に入れたことを知らなかったし、それを知るのもかなり時間が経ってからだった、というのも、サトペンはこの時もすでに姿を消しており、いったいどこへ行ったのか、これまた町の人たちには知る由もなかったからだ。彼は今では町の地主の仲間入りをしたわけだが、しかし住民の中には、コンプソン将軍が明らかに知っていたこと——すなわち、土地の権利証書を正式に登録してもらうために支払ったスペイン金貨は、彼が持っていた最後のものだったらしいことに感づき始めるものもいた。だから、人びとは、彼が、もっと金を手に入れるために出かけていったのだと思い、中には、サトペンの将来の、その時はまだ生まれてもいなかった義理の妹が、ほぼ八十年も経ってクエンティンに話すことを、確信を持って予想したり（その時彼は町にいなかったので、大声で口にしたり）する者が何人かいた、つまり、彼は略奪した金品を隠すための、独特の、経験から学んだ方法を知っているので、たとえ、この時彼が実際に、二丁のピストルを手にしてミシシッピ川に浮かぶ、賭博人や綿花商人や奴隷商人があふれるほど乗った蒸気船を襲いにいったのではないにしても、とにかく自分の懐《ふところ》に金を補給するために、その隠し場所に戻っていったに違いないと思い込んだ。少なくとも、それから二ヵ月後に彼が再び何の予告もなく、今度は黒人が馭する幌馬車を従えて町に戻った時、町の人たちの何人かはそんなことを互いに話しあっていた、しかもその馭者席には、黒人馭者と並んで、厳としているが苦悩に満ちたラテン系の顔つきの、警戒しながらも諦めきった表情の小柄な男が座っており、パリの大通りではとても流行《はや》らなさそうなフロックコート⑽と花模様のヴェストに、帽子までかぶっていたが、それらのすべてを――陰鬱で芝居じみた服装と、諦めながらも決意して宿命を受け容れている表情とを――それから二年間というもの、指示はしなかったが忠告は与えた白人の顧客(サトペンのこと)と黒人の一団が、いつも体じゅうにこびりついた乾いた泥の下は素っ裸になって働いているあいだずっと身につけていた。この男がフランス人の建築家だった。それから何年も経ってやっと町の人たちが知ったことだが、彼がサトペンのあてにならない約束に引っかかってマルティニク(西インド諸島南東部、ウィンドワード諸島北部の島で、フランスの海外県)から遥々やって来て、二年間、報酬らしきものがもらえる影も形も見えないまま、野営の焚き火で焼いた鹿肉を食べ、馬車の幌で作った、床のないテントの中で暮らした。二年後にニューオーリンズに帰るために町を通る時まで、彼はジェファソンの町に一度も姿を現わさなかった、サトペンがたまに町にやって来る時も、彼が来たがらなかったのか、それともサトペンが連れてきたがらなかったのか、とにかく来なかった、それに町に現われたあの最初の日でさえ、馬車は町で止まらなかったので、彼にはジェファソンの町をじっくり見る機会さえなかったのだ。どうやら、その日サトペンが町を通り抜けたのは、地理的にどうしても通らざるを得なかったためであり、ほんの一瞬だけ止まったのだが、その時誰かが（コンプソン将軍ではないが）馬車の幌の下を覗くと、そこは真っ黒な穴みたいになっていて、じっと動かない眼球がいっぱい詰まっており、まるで狼の巣窟のような悪臭が立ちこめていたという。

しかしサトペンの野生の黒人たちの噂はすぐには広まらなかった、なぜなら一行は、ただサトペンと一緒にいるというだけで、まるで馬車を引く騾馬《らば》にも、馬車に使われた木材や鉄にも、やつれてはいるが疲れを感じずに突進しようとする彼独特の性質が、急がなければならない、一刻も無駄にできないというあの追い詰められた様子が、たっぷり浸み込んででもいるかのように、大急ぎで走り抜けていったからだ、のちに、サトペンがクエンティンの祖父に語ったところでは、馬車がジェファソンの町を通り過ぎたあの午後、一行は前の晩から何も食べておらず、自分も建築家も黒人たちも、もう一晩何も食べずに過ごすわけにはいかなかったので、一刻も早くサトペン百マイル領地に、あの川沿いの低地に着いて、暗くなる前に鹿をしとめようと思っていたのだそうだ。そういうわけで、野生の男たちの噂は、何が行なわれているのか見ようとしてそこへ出かけていった男たちによって、徐々に町に伝えられてきたのであり、そういう連中は、サトペンがピストルを手に獣の臭跡のそばに陣取り、一塊りの猟犬でも追い払うように黒人たちを沼地に追いやって獲物を追わせているという話をし始めた、そして、その最初の夏も秋も黒人たちは寝る時にかける毛布さえ持っていなかった(それとも使っていなかった)、とも話していた、それからしばらくして、アライグマ猟師のエイカーズが、泥の中でワニみたいに眠る黒人の一人に躓《つまず》いて起こしてしまったが、危ういところで悲鳴をあげ助かった、という話を伝えた。黒人たちはまだ英語を話せなかったが、黒人とサトペンが交わしている言葉が、黒人たちのわけのわからない薄気味悪い言葉ではなく、フランス語の一種[11]だったことに、エイカーズも、ほかの多くの人たちも気づいていなかったに違いない。

　確かにエイカーズのほかにもたくさんいたが、そういう人たちはちゃんとした市民や地主だったので、夜の闇に乗じてこっそり野営地のまわりをうろつく必要はなかった。事実、ミス・コールドフィールドがクエンティンに話したところによれば、彼らは隊を組んでホルストン・ハウスに集合して、時には弁当まで持って、馬で出かけていったという。サトペンは煉瓦を焼く窯を作り、馬車で運んできた鉋鋸《かんなのこ》を据えつけた

――それは長い若木の動桁《どうげた》のついた車地《しゃち》（錨や円材を巻き上げる装置）の仕掛けになっており、馬車を引く騾馬と黒人たちが交替で回し、その機械の動きがのろくなり、手を貸す必要が生じると、サトペン自身もそれを回すのを手伝ったが――まるで黒人たちは実際に蛮人であるかのように見え、コンプソン将軍がその息子、つまりクエンティンの父に話したところによれば、黒人たちが働いているあいだは、サトペンは決して声を荒げて怒鳴ったりせず、自ら手本を示し、粗暴な恐怖を与えるのではなく、寛容なところを見せることで相手の心の機微を巧みに捉えながら、黒人たちを引っ張っていったという。町から様子を見に来た人たちは馬から降りることもせず（たいていの場合サトペンは、そのような人たちに頷いて会釈することすらせず、どうも彼らがぶらぶらしている影のようにしか見えなかったのか、その存在に気づいていないかのようだった）、まるで互いに身を守りあっているように、奇妙に押し黙って一塊りになって座り、粘土も木材もふんだんにあった川沿いの低地から、板材が一枚ずつ、煉瓦が一つずつ運ばれてきて大邸宅が建つところを見守っていた――鬚を生やした白人男と二十人の黒人たち全員、体に食い入り浸み込んでこびりついた泥土の下には何も着ておらず、素っ裸のまま働いていた。見物人たちはみな男だったので、サトペンが最初にジェファソンに乗り込んできた時に着ていた服が唯一のもので、その後いつも同じものを着ていることに気づかなかったし、郡の女たちで彼を見かけた人はほとんどいなかった。もし眼にしていれば、何人かの女たちは、きっとミス・コールドフィールドがあとで推理するのに先んじて、外見の優美さとまではいかないにしても、外見の端正さこそが、ミス・コールドフィールドはじめ町のみんなが世間からの信用と考えているものを手に入れる際の唯一の武器(というより、手段)となるだろうから、彼は服を大事にしまっているのだと推測したことだろう――しかもその世間からの信用は、コンプソン将軍によれば、サトペンの心の奥では、自分の家に女城主を迎えるよりは遥かに重要だった。そういうわけで、彼と二十人の黒人は、蚊をよけるため全身に泥を塗りたくって一緒に働き、ミス・コールドフィールドがクエンティンに話したところによれば、顎鬚と眼だけで彼は黒人たちと見分けられたわけで、ただ一人建築家だけが、フランス風の服を着ていたために、人間らしく見えたそうで、建築家はその服を、手では作ることができない窓ガラスと鉄製品を除いて家が完成した翌日に領地を立ち去る時まで、まるでそれがどうにもならない宿命ででもあるかのようにいつも着ていたそうだ――こんなふうにして彼らは、夏の暑い陽射しの中でも、冬の凍りつく泥の中でも、黙々と決してたじろぐことのない怒りを滲《にじ》ませて、働きつづけたのだった。

屋敷の完成には二年かかったが、いやおうなしにサトペンと同じ市民にされてしまった町の人たちは、その時でも、サトペンが外国から輸入して連れてきた奴隷たちのことを、彼がその土地で、追い立てて仕とめることができたどんな獣よりも遥かに獰猛なものと見なしていた。彼らは、日の出から日没まで働き、そのあいだ、隊を組んで見物にやって来た連中は、馬に跨《また》がったまま、黙って様子をじっと眺めており、正装の上着とパリ仕立ての帽子をつけた建築家は、厳としているが苦虫をかみつぶしたような、驚き呆れたような表情を浮かべながら、たまたまそこにいるまったく無関心な傍観者とも、あるいは良心的だが運命づけられた亡霊とも見える様子で、あたりを動きまわっていた――コンプソン将軍によれば、その驚きの表情は、ほかの働き手や彼らがしている仕事に対してというより、むしろ自分自身に向けられたものであり、自分がその場にいるという不可解で信じられない事実に対する驚きだったという。しかし、彼は優秀な建築家だった、クエンティンは、完成してから七十五年後の今も、ジェファソンから十二マイル離れた土地の、杉木立や樫の林の中に建っているその家を見て知っていた。これもコンプソン将軍の言葉によれば、彼は建築家だっただけではなく、芸術家だった、なぜなら、芸術家でなければ、自分が二度と見ることはあるまいし、また決して見たくないと思っていた家を建てるのに、二年もあのような暮らしに我慢できるわけがなかったからだ。コンプソン将軍によれば、二年の滞在における感覚《センス》への苦難と感性《センシビリティ》への虐待にではなく、サトペンに我慢しなければならなかったからだ、つまり、芸術家でなければ、サトペンの冷酷と性急に耐えられなかったし、さらには、明らかにサトペンが意図していた、厳めしい城のような壮大な邸宅を建てたいという夢をうまく抑えることができなかっただろう、というのも、サトペンが最初に計画したその屋敷は、当時のジェファソンの町全体ぐらいの大きさだったという話だからだ、そして、この小柄で厳としてはいるが、苦悩に満ちた外国人は、サトペンの傲慢で激しい虚栄心にも、壮大さへの欲望にも、何かに雪辱したいという欲望にも、それが何であれ(コンプソン将軍もまだよくわからなかった)、それにたった一人で戦いを挑み、それを打ち負かしたうえ、サトペンの敗北そのものから、もしサトペンが征服者となっても、とても手に入らなかったような勝利を創り出したのだった。

そんなふうにして、自分たちで調達できた最後の板を張り、煉瓦をくっつけ、木釘を打ち込んで屋敷は完成した。そしてそれから三年間、ペンキも塗られず、家具もなく、窓ガラスもドアの取っ手も蝶番《ちょうつがい》もなしに、町から十二マイル、一番近い隣家からもそれぐらい離れたところに、屋敷は格式高い庭園と遊歩道、奴隷小屋、厩舎《きゅうしゃ》、薫製小屋に囲まれて建っていたが、野生の七面鳥が家から一マイルも行かないところにいたし、煙のような色をした鹿が軽やかにやって来て、それから先四年間は何の花も咲かなかった花壇に微かな足跡を残していった。今や、新たな時期が、ある段階が始まったのであり、そのあいだ、町や郡の人たちは一層の当惑の気持ちで彼を見守っていた。恐らくそれは、コンプソン将軍だけはすでにわかっていたと言っていたが、町や郡の人たちには、ぼんやりとしてしか、いやまったくわかっていなかった、あの秘密の目的を達成するための次の段階は、これまでのような、あの猪突猛進にかわって、忍耐とか忍従の歳月が必要だったからだが、彼の欲しいものが何なのか、次の段階はどう展開するのかを最初に嗅ぎつけたのは、女たちだった。男たちの誰一人、彼を名前で呼ぶぐらい親しくしていた男たちでさえ、彼が妻を欲しがっていることに気づかなかった。確かに、男たちのうちには何人か、妻帯者も独身者も含めて、そういう考え方を受け容れまいとしたばかりか、それにはっきり抗議する者もいた、なぜなら、それからの三年間、町の人たちの目には、サトペンは非の打ちどころのない生活をしていたからである。彼は一番近い隣家からも八マイル離れたところにある、半エーカーもある銃器室とも呼べそうな、貴族風の壮麗さを誇る屋敷で、男性的で孤独な生活を送っていた。彼は、郡役所を含めて郡内で最も大きな、質実剛健そのものの、外形だけの建物の中で暮らしており、事実、女性の誰一人、屋敷の敷居を見たこともなかったし、そこには窓ガラスとかドアとかマットレスといった女性的な柔らかさを感じさせるものは何一つなく、またそこには、もし彼が犬たちを自分の藁布団に入れて一緒に寝たとしても、それに反対する女性は一人もいなかったばかりか、だいいち、台所のドアから見えるところに足跡を残していく獲物を殺すのに犬を使う必要さえなく、そのかわりに、身も心もサトペンの所有物であり、寝ている雄鹿に忍び寄り、鹿が逃げ出さないうちに喉をかっ斬ることができると信じられて(あるいはそう噂されて)いた人間を使って、獲物を獲らせていたのだった。

彼が、ミス・コールドフィールドがクエンティンに話した、あの隊を組んで様子を見に行っていた連中をサトペン百マイル領地に招き、今は家具一つないがそのうち格式高く豪華なものになりそうな部屋に、毛布だけで寝泊まりさせるようになったのはこの頃からで、彼らは狩猟をし、夜になるとトランプをしたり酒を飲んだりし、時には黒人どうしに取っ組みあいをやらせ、そして恐らくこの頃すでに、時にはサトペン自身もそれに加わったに違いなく——ミス・コールドフィールドが話していたところによれば、息子の方は見ていられなかったのに、娘の方は動じることなく見ていたという、あの凄絶な見世物が行なわれていた。その頃、サトペンは酒を飲むようになっていたが、自分でもいくらか酒を提供できる時以外は、相当に遠慮して飲んでいたことに気づいたのは、クエンティンの祖父のほかにもいたようだ。客人たちはウィスキーを持参していたが、サトペンはこのような酒も、何かけちな計算をしながら飲んでおり、コンプソン将軍が言っていたところによれば、まるで、彼は自分がもらって飲むウィスキーの量と、自分が狩猟家たちに提供する獲物の肉の量とのあいだに、いわば精神的負担になるような貸し借りを作らないように、心の中でいつも計算しているようだったそうだ。

彼はこんなふうにして三年間暮らした。今では、れっきとした農園の持ち主であり、町に来てから二年も経たないうちに、誰も手をつけていなかった沼沢地から家と庭園を造り出し、土地を耕して、コンプソン将軍が貸してやった綿花の種を植えた。だが、そこでぷっつりやめてしまったように見えた。彼はほとんど完成しかけたものの真ん中でただ腰をおろし、それ以上何をするつもりもなく、もう欲しいものもないかのように、それからの三年間そのままじっとしているかに見えた。だから郡の人たちが、恐らく彼のそもそもの目的は今のような暮らしだったのだと信じるようになったのも、無理はなかっただろう、綿花の種を貸すから農園を始めたらどうかと申し出るほど彼と親しくしていたらしいコンプソン将軍だけは、サトペンからその過去についていくらか聞いていたので、彼の目的はこれだけではないとわかっていた。あのスペイン金貨が彼の最後の金だったことを最初に知ったのはコンプソン将軍だったし、（町の人たちがあとで知ったことだが）サトペンに家の仕上げをしたり家具調度品を揃えたりする金を貸そうと申し出て断られたのもコンプソン将軍だった。そういうわけで、サトペンは、家を仕上げたり不足しているものを補ったりする金を人から借りる必要はないのだ、だって彼は結婚によってそれを手に入れるつもりだから、と一人密《ひそ》かにつぶやいたのは、この郡できっとコンプソン将軍が最初だったに違いない。だが、それに気づいた最初の人だったわけではなく、男の中では最初だったということだ、なぜなら、ミス・コールドフィールドが七十五年後にクエンティンに語ったところによれば、郡の女たちは互いどうしで、また夫にも、サトペンはこれでやめるつもりはない、彼はすでにあまりにも苦労しすぎてきたし、貧乏の悲惨をなめすぎてきたのだし、今では、馬車の幌の下の床もないところではなく、屋根の下で寝られるようになったというだけで、そのほかは、家を建てていた当時と少しも変わらない惨めな暮らしをしているのだから、このまま満足することはないだろう、と言っていたからだ。きっと、女たちはサトペンの友人と呼べそうな人たちの家族あたりに、それが彼の目的だったとミス・コールドフィールドがつねに信じ込んでいた、あの世間での信用を名実ともに完成してくれるような、持参金つきの花嫁候補がいないかと思いをめぐらしていたのだろう。そこで、家が完成して建築家が立ち去って三年経ち、この第二の段階が終わった時、この時もまた日曜日の朝、町の人たちが、再び何の前触れもなしに、彼が今度は歩いて、五年前に町に乗り込んできた時着ており、その後誰も見たことのなかったあの服を着て（コンプソン将軍がクエンティンの父に話したところでは、彼自身か黒人の一人が煉瓦を熱してアイロンを当てた上着を着て）、広場を横切ってメソディスト教会へ入っていくのを見かけた時も、驚いたのは、ほんの数人の男たちだけだった。女たちはただ、彼は一緒に猟をしたり賭博をしたりしていた男たちの家庭にはどこにも見込みがないとわかったので、まるで家畜か奴隷を買いにメンフィス（テネシー州南西部ミシシッピ川に臨む都市）の市場へでも出かけるような気持ちで、妻を探しに町までやって来たのだと噂していた。しかし女たちも、彼が誰を目当てに町へ来て、教会へ入っていったかわかった時は、彼女たちの確信は男たちの驚きと同じものになり、いや驚いたどころか、仰天してしまった。

なぜなら、町の人たちは、彼のことをもうすっかりわかっていると思い込んでいたからだ。彼らは二年間、彼があの厳として怯むことのない猛烈さで、家の外枠を建て、畑の地どりをするのを見てきたし、それからの三年間、まるで彼が電気仕掛けで動いていて、誰かがやって来て配線と発電機を外して持っていってしまったかのように、完全に静止しているのを見守ってきたのだが、そのあいだに、郡の女たちは、彼が結婚持参金で家を仕上げられるような妻が現われるのをただ待っているだけなのだ、とみんなに確信させた。そこで、彼があの日曜日の朝、アイロンがけした上着を着込んでメソディスト教会に入っていった時、女たちばかりか男たちの中にも、彼の足がどの方向へ進んでいくのかは、ただ会衆をひとわたり見渡すだけで見当がつくと思い込んでいる人もいた、だが、やがて人びとは、彼がきっとフランス人建築家に眼をつけたのと同じ冷酷で非情な慎重さでもって、ミス・コールドフィールドの父親に狙いを定めたことに気づいた。そこで人びとはびっくり仰天しながら、彼が、町でも、自分とは何一つ共通点を持たない、まして金のことでは考えを異にしている男に慎重な包囲網をめぐらしていく様子を見守っていた——その男というのは、小さな四つ辻の店でサトペンに掛け売りで買い物をさせてくれるか、もしメソディスト教会の牧師になりたいとでも思うなら彼のために一票を投じてくれるだろうが、そのほかには何一つ彼の役に立ちそうもない男であり——メソディスト教会の執事で、ささやかな境遇と貧しい暮らし向きの商人というだけでなく、妻子ばかりか実母と妹の面倒までみており、十年前にたった一台の荷馬車でジェファソンに運んできた積荷で始めた商売の収益でそのような一家を養っていたのであり——男は、無法がまかり通る機会がいくらでもある土地と時代にあって、絶対に本道を外れることのない、いかにも清教徒らしい高潔ささえ身につけた人物として名が通っていたし、酒も飲まず、賭博もせず、猟にさえ行かなかった。みんなは驚きのあまり、ミスター・コールドフィールドに結婚適齢期の娘がいることを忘れてしまった。娘のことにはまったく考えが及ばなかった。誰も愛情をサトペンと結びつけて連想することができなかったからである。みんなは、正義よりは冷酷を、尊敬よりは恐怖を思いついたが、彼から憐れみとか愛情を連想することはなかった。それに、あまりにも仰天してしまい、サトペンの極秘の目的が何であれ、それを推し進めるのに彼はどうやってミスター・コールドフィールドを利用するつもりなのかとか、そのためにどのような作戦を講じようとしているのかについてばかり思いをめぐらしていた。だが、それは誰にもわからなかったし、これはミス・ローザ・コールドフィールドにさえもわからなかったことだ。なぜなら、その日かぎり、サトペン百マイル領地での狩猟の集まりはぱったりとなくなったし、みんなが彼を見かけるのは、町に出てきた時だけになったからだ。しかし彼はただ暇つぶしにぶらぶら町に来たわけではない。彼の家で一緒に寝たり、酒杯を交わしたりした男たちは(そのうちの何人かは、堅苦しくミスターをつけることをやめ、ただサトペンと呼び捨てにするようにもなっていたが)、彼が帽子に手をやって簡単な会釈をしてホルストン・ハウスの前を通り過ぎて、ミスター・コールドフィールドの店に入っていくところをじっと見ていたが、それから先は何もわからなかった。

「それからある日のこと、彼は二度目にジェファソンの町を出ていった」とミスター・コンプソンはクエンティンに話した。「町の人たちはその頃は、もうそんなことに慣れていていいはずだった。にもかかわらず、彼の立場は微妙に変化していたんだ、彼がこの二度目の出奔から帰ってきた時の人びとの反応を見ればわかるだろう。というのは、この時帰ってみると、彼はある意味で町全体の敵になっていたからだ。たぶん、それはその時彼が持ち帰ったもののためだった、つまり、この前彼が持ち帰ったのは荷馬車一台の野生の黒人だったのに、今度持ってきたのは品物だったからね。だけど、私はそのためばかりとは思わない。私は、彼が持ってきたシャンデリアやマホガニーの家具や絨毯がいかにも高価そうに見えたからというだけでなく、もう少し複雑な事情が絡んでいたと思うんだ。その敵意が生まれたのは、彼が町の人たちを巻き添えにしようとしていることに、そのマホガニーや水晶の家具を手に入れるのに彼がどんな重罪を犯したかはわからないが、町の人たちがその罪を見逃さざるを得ないようにしていることに、みんなが気づいたためだろう。これまでは、彼が教会にやって来たあの日曜日までは、彼が損害を与えたり、ひどい目に遭《あ》わせたりしたものがいたとすれば、それは彼が土地を入手したあのイケモタビー老人（フォークナーの作品に登場するチカソー・インディアンの酋長）

だけであり——それだったら、彼の良心とアメリカ政府《アンクル・サム》と神様のあいだで決着する問題だった。だが、今や彼の立場は変わってしまっていた、というのは、彼が町を出ていってから三ヵ月ほど経った頃、四台の荷馬車がジェファソンを発ってミシシッピ川まで彼を迎えに行った時、荷馬車を雇い、川まで行かせたのは、ほかならぬミスター・コールドフィールドだったことが知れわたったからだ。それは、雄牛が引く大型の荷馬車で、それが町に戻ってきた時、町の人たちはそれを見て、荷馬車の中身が何であったにせよ、ミスター・コールドフィールドが全財産を抵当にしても、とてもあのような荷馬車を満載にできるだけのものは買えるわけがないと思ったのだ、それに、今度はきっと、女たちよりむしろ男たちの中に、サトペンの留守中に、彼について、それ以上悪いこと、たとえば、ぬかるんだ荷揚げ場の暗闇に潜んで後ろからナイフを突きつけて脅して奪ったのではないか、ということまでは想像しなかったとしても、彼がハンカチで覆面して、蒸気船の酒場の燭台の下で二丁のピストルの銃身をぎらつかせているところを想像する人たちが多かったのは確かだ。町の人たちは、彼が四台の荷馬車の脇を葦毛の馬に跨って通り過ぎていくのを見ていたが、かつて彼の食べ物をご馳走になり、その領地の獲物を射止めたり、「ミスター」をつけずに「サトペン」と呼び捨てにしていた連中でさえ、もう彼には挨拶すらしなくなっていたようだ。

そして、彼と今ではいくらか馴らされた黒人たちが、屋敷に窓やドアを取り付け、台所には焼き肉台や深鍋を、客間に水晶のシャンデリアをつけ、家具やカーテンや絨毯を備えつけたという報告や噂が町に聞こえてくるあいだ、町の人たちはただ待っていた、すると、五年前に泥の中で寝ていた黒人に躓いたのと同じエイカーズが、ある晩いくらか狂気じみた眼つきで、口をぽかんと開けてホルストン・ハウスの酒場に入ってくると、「おい、みんな、今度はあいつ、蒸気船ごとかっぱらったらしいぜ！」と言った。

「そこでとうとう公徳心がおさまらなくなった。ある日、郡保安官も交えた、八人から十人ほどの一団が、サトペン百マイル領地へと向かった。だが、町から六マイルほど行ったところで、当のサトペンがやって来るところに出くわしたので、彼らは途中で引き返すことになった。彼は葦毛の馬に跨り、お馴染みのフロックコートに山高帽をかぶり、両脚を防水布にくるみ、鞍の前橋《ぜんきょう》に旅行鞄をくくりつけ、腕には小型の籠をさげていた。彼は葦毛の馬を止め（それは四月のことで、道はまだぬかるんでいたので）、泥のはねた防水布を脚に巻いて馬に跨ったまま、人びとの顔を次々と見た、おまえのお祖父さんの話では、彼の眼は割れた皿のかけらみたいで、顎鬚は梳《す》き櫛《ぐし》（金属製で馬の毛の手入れに使う）のようにごわごわしていたそうだ。実際に、お祖父さんはそういう言い方をしたのだった、まるで梳き櫛のようにごわごわしていた、ってね。「おはようございます、皆さん」と彼は言った。「わしに何かご用ですかい？」。

「この時、このあとで、何かが起こったことは間違いないが、私の知る限りでは、自警団[12]の誰一人それを口にしなかった。私が聞いたところでは、町の人たちは、つまりホルストン・ハウスのヴェランダにたむろしていた男たちは、サトペンと自警団が一緒に町の広場に馬でやってくるのを、サトペンが少し先に行き、ほかの連中はその後ろから一塊りになってついてくるのを見たという話で――サトペンは脚から足先まで防水布にきちんとくるみ、着古したラシャ地の上着の下で両肩をいからせ、ブラシで擦り切れた山高帽を少し斜めにかぶり、肩越しに後ろにいる連中に話していたが、その眼は厳しく、青白く、向こう見ずで、恐らく冷笑的で、ひょっとしたらその時でさえ軽蔑の色も含んでいただろう。彼はホルストン・ハウスの入口で馬を止め、黒人の馬丁が素早く飛び出してきて葦毛の馬の頭を押さえ、するとサトペンは旅行鞄と籠を持ったまま馬から降りて、階段を上っていった、それから、私が聞いたところでは、彼はそこで一度振り返り、いったいどうしたらいいかわからずに馬に乗ったまま身を寄せあっている男たちをもう一度見たということだ。彼が顎鬚を生やしていたため男たちに彼の口元が見えなかったのは、幸いだったのかもしれない。それから彼は向き直って、ヴェランダの欄干に足を投げ出して彼の方をじっと窺っていた連中を、以前はよく彼の屋敷に出向いては、床の上にじかに寝たり、一緒に猟に出かけたりした連中の方を見ると、あのいかにも偉そうに帽子に手をやる派手な仕草で挨拶をした（そうだ、彼は育ちからして卑しかった。おまえのお祖父さんは、町の人たちとの表向きのつきあいでは、いつもこういうふうに彼の育ちが知れた、と言っていたよ。彼はまるで、ジョン・L・サリヴァン（一八五八—一九一八、アメリカのボクシング選手でヘヴィー級世界チャンピオン）が、ショティッシュ・ダンス（スコットランドの民族ダンス）を、自分で痛ましいほど懸命に長い時間かけて練習し、もう音楽の拍子を数えなくてもいいと思えるまで、一人こっそりと、とことん練習して習い覚えてから踊っているのに似ていたよ。彼は、おまえのお祖父さんかベンボウ判事(13)なら、自分よりは少しは難なくこなしただろうと思っていたかもしれないが、いつ、どのタイミングでいかにそのような仕草をすればいいかの判断では誰にも負けない、とも思っていただろう。それに、そのような態度は彼の顔にも現われており、おまえのお祖父さんに言わせれば、その顔は見るからに力にあふれ、誰しも彼をひと目見れば、この男は機会と必要があれば、どんなことでもできるし、実際やり抜くだろう、と言ったただろう）、そして中に入ると、部屋を借りたいと言った。

「というわけで、みんなは馬に跨ったまま、彼が出てくるのを待っていた。私が察するに、彼らには、いつかは彼も出てこなくてはならないことがわかっていたのだろうし、彼らは座ったままじっと、例の二丁のピストルのことを思い浮かべていたと思うんだ。いいかい、まだサトペンの逮捕状は出ていなかったからね、世論が消化不良を起こして尖鋭化していただけなんだが、その頃にはほかの連中も馬で広場に乗り込んできて、事態に気づいてしまった、だから、彼がヴェランダに出てきた時には、相当大きな群衆の一団が待っていた。ところが、出てきた時には、彼は新しい帽子をかぶり、新しいラシャの上着を着ていたので、旅行鞄に入っていたものが何だったかを知った。そしてこの時の彼は、籠も手にしていなかったので、彼らはその中に何が入っていたかもわかった、もっとも、その時きっと、以前にも増して彼の振舞に面くらっただろうがね。なぜって、いいかい、町の人たちは、彼がどうやってミスター・コールドフィールドを利用するつもりなのかということを考えるだけで頭がいっぱいだったし、それに、彼が町に戻って以来、みんなは、そのやり口は謎のままだったが、何をやらかしたかはすでにはっきりしたと決めて、すっかり激怒していたために、ミス・エレンのことはまったく思いつかなかったからなのだ。

「そういうわけで、彼はもう一度足を止め、慌てる様子もなく、人びとの顔をまた一人一人見まわし、新顔を見つけてはしっかり記憶にとどめたに違いないが、口元にどのような表情を浮かべていたにせよ、それは鬚に隠れていてわからなかっただろう。だが、この時も彼は何も喋らなかったようだ。彼はただ段を降りて広場を横切って歩いていき、自警団も（おまえのお祖父さんによれば、その時には五十人ほどにも膨れあがっていたそうだが）動き始め、彼のあとに続いて広場を横切っていった。人びとの話では、彼は振り向くことさえしなかったそうだ。彼は、まっすぐ背筋を伸ばして、新しい帽子を斜めにかぶり、町の人たちには、いわれのない困惑と侮辱の総仕上げにも見えるものを手にして歩いていき、馬に乗った自警団は彼の脇を、だが必ずしも横に並びはせずに通りを進んでいき、その時たまたま馬に乗っていなかった人たちもそれに加わって、自警団のあとについて道路を歩いていくと、淑女や子供たちや女奴隷たちは、その一行が家の前を通る時、戸口や窓にまで出てきて、まるで薄気味悪い活人画[14]でも見るようにして、彼らが通り過ぎていく様子を見守っていた、だが、サトペンは依然として一度も振り返らず、ミスター・コールドフィールドの家の門をくぐり、煉瓦の歩道を大股で戸口に向かって歩いていったが、その手には花束を、三角錐の形にした新聞紙にくるんで持っていたんだ。

「みんなは、またサトペンが出てくるのを待っていた。今では群衆はどんどん増えていた――さらにほかの男たちと少年が数人と、近隣の家々から来た黒人も何人か加わり、自警団を最初に結成したメンバー八人の後ろにかたまって、ミスター・コールドフィールドの戸口を、彼が出てくるまでじっと見守っていた。かなり経ってから彼は出てきたが、その手にはもう花束はなく、彼が門のところに戻った時には、すでに婚約を交わしていたのだった。だが、誰もそんなことには気づかなかった、というのは、彼は門のところに来るやいなや、逮捕されたからだ。そして町に連れ戻されたのだが、その様子を、淑女も子供も家事をする黒人も、カーテンの後ろから、庭の植え込みの蔭から、また家の隅から、台所から、見ていた、だから台所ではきっと煮物が焦げ始めていたことだろうよ、そして広場まで連れ戻すと、ほかの同じくらい強壮な男たちが事務所や店から抜け出してあとに続き、そのため郡役所に着いた時には、逃亡奴隷が捕まった時よりも大勢の人たちがサトペンのあとからついてきた。人びとは判事の前で彼に訴因の認否を問うたが、その時までに、おまえのお祖父さんとミスター・コールドフィールドがそこに到着していた。そして二人は彼の保釈証書に署名し、その午後遅く、彼はミスター・コールドフィールドと一緒に、午前中に歩いたのと同じ道を通って、間違いなく午前と同じ顔ぶれにカーテンの蔭から覗かれながら、婚約式の夕食会に臨むために家に引き返したのだが、テーブルには祝杯のワインもなく、食事の前にも後にもウィスキーの気配すらなかった。私が聞いたところ、その日彼は同じ道を三度も通ったわけだが、彼の態度にはいささかも変わったところがなく――いつもゆっくりとした大股で、真新しいフロックコートを揺らしながら歩き、新しい帽子を例によってその眼と鬢の上で同じ角度に傾《かし》げてかぶっていたという。おまえのお祖父さんの話では、彼が五年前に町に現われた時、その顔にあったファヤンス焼き（彩色を施した陶器）の面持ちはすでに消え失せて、その顔は正真正銘の日焼けした色になっていた。それに、肉づきがよくなったというより、お祖父さんに言わせれば、そういうことではなく、走っている時に風をまともに胸に受けて進むうち、自然に受け流すようになるのと似ていて、彼の骨についていた肉が以前より落ち着いてきただけだそうで、そのため、彼の態度には、相変わらず威張っているところがあったものの、それでいて傲慢さや喧嘩《けんか》腰の翳りは見られなかったそうだ、もっとも、お祖父さんの話によれば、それは初めから喧嘩腰ではなく、ただ警戒していただけだったそうだ。そして今では、その警戒する様子も消え、彼は三年のうちに、警戒するのに顔の肉までこわばらせている必要はなく、眼だけを光らせておけば充分だと悟ったかのようだった。それから二ヵ月して、彼とミス・エレンは結婚したんだ。

「それは、一八三八年六月のことだった。彼が葦毛の馬に跨ってジェファソンの町に姿を現わしたあの日曜日からほぼ五年経っていた。それは(結婚式は)、ミス・ローザによれば、彼がエレンを最初に見かけたのと同じメソディスト教会で行なわれた。彼女の叔母さんは、ミスター・コールドフィールドに（おだてるぐらいではとても無理だったろうから）無理矢理せっついて、式の時にエレンの顔におしろいを塗るようにさせた。おしろいを塗れば涙の跡が隠れると思ったからだ。ところが、結婚式が終わらないうちに、おしろいは線条《すじ》になったり固まったりして、涙の跡がついた。エレンはその夜、まるで雨の中から抜け出してきたように涙に濡れて教会に入り、式を終えると教会から出て再び涙の中へ、入る時と同じ涙の、同じ雨の中へ戻っていったようだった。そして馬車に乗り込むとその中を（つまり雨の中を）サトペン百マイル領地に向かった。

「涙の原因は結婚式そのものであって、サトペンと結婚したからではなかった。彼との結婚で涙を流したとしても、それはもっとあとになってからのことだった。もともと盛大な結婚式の計画はなかった。つまり、ミスター・コールドフィールドの方ではそのつもりはまったくなかったようだ。二人の男のうち（これはもちろん、エレンのことを言っているわけではないんだが、事実、おまえもいつかはわかると思うけれど、離婚というのは、女性が、田舎の役所で嚙み煙草を嚙んでいる治安判事によって結婚させてもらったか、それとも、髪にカールペーパーを巻いたままの人妻とかオールド・ミス《スピンスター》の姉とか妹を式の証人として、真夜中過ぎに叩き起こされて、上着の下からズボン吊りを覗かせ、襟もつけていない牧師に結婚させてもらった場合にとかく起こりがちなのだ。だから、このような女性たちが、不完全な結婚だったという意識より、実際に挫折させられたとか裏切られたという意識から離婚を切望するようになると考えるのは行き過ぎだろうか？　すでに子供やそのほかのいろいろな生きた証拠があるにもかかわらず、女性たちは、音楽に合わせて歩を進め、その晴れ姿をみんなが振り返って見るような結婚式のイメージを心の中に持ち続けるものなのだ、象徴的な花嫁衣装を着て儀式ばった行事をこなしつつ、実際にはすでに失ってしまっている《あれ》を捧げる儀式をいつまでも夢見ているのではなかろうか？　だが、それも無理はないのさ、なぜなら、そうした女性たちにとって、実際にそして正式に処女性を捧げる行為は、（これまでもずっとそうだったが）汽車の切符を買うために紙幣をくずすのと同じような儀式に過ぎないものだからね）——二人の男のうちで、盛大な結婚式を、満席の教会でありとあらゆる式を挙げたいと強く望んだのはサトペンの方だった（あるいは希望した、と言った方がいいかもしれないけれど、私はこのことを、おまえのお祖父さんがある日ふと漏らしたことからわかったのだが、それはきっと、同じくふとした偶然からサトペン自らがお祖父さんに話したことだったのだろう、なぜなら、サトペンは盛大な結婚式をしたいとエレンには話したことがなかったし、そのことが――彼女が盛大な結婚式を挙げたいと主張したのを彼が最終段階で支持しなかったことが――彼女に涙を流させる原因の一つとなったのだからね）。ミスター・コールドフィールドは、自分がある程度の時間を注ぎ込んだものなら、それが具体的なものであれ抽象的なものであれ、ほかの何であっても、それを利用したかもしれないし、するつもりだったのと同じように、教会の持つ精神的な意義は別にしても、教会を使い、利用することを考えていたことは明らかだ。彼が、精神的な負い目を精算するために、ある程度の犠牲や、自己否定はもちろん、実際の労力も金も確実に注ぎ込んできたあの教会を利用しようと思ったのは明らかだった、だが、それはちょうど、自分自身か自分の肉親や親戚の誰かが育てた綿を繰る時に、自分の力で利益をあげたり、責任を負ったりした綿繰り機を利用したくなるのとまったく同じことで――それ以上の考えはなかったんだ。恐らくこのことは、彼が十年前にたった荷馬車一台に積めるだけの品物を元手に始めた商売の収益で、母と妹を養い、さらには結婚して家族の生活を支えるようにしてくれた、あのうんざりするような、飽くことを知らないつましさのためだったのだろう、あるいは恐らく、彼は生まれつき繊細で応分をわきまえた人だったから（ついでに言えば、彼の妹も娘もそうじゃなかったようだが）、将来の娘婿がちょうど二ヵ月前に危うく監獄にぶち込まれるところを助けてやった人物だということを考慮したのかもしれない。しかし、今なお町で疑わしい眼で見られている娘婿のために、臆病になっていたからではない。それまでの二人のあいだにどんな関係があろうと、これから先どんな関係になろうと、もしミスター・コールドフィールドが、サトペンがあの時いろいろ噂されていた犯罪の一つでも実際に犯したと信じていたならば、サトペンを救い出すのに指一本貸しはしなかっただろう。だからといって、彼はわざわざサトペンを監獄に閉じ込めておくための工作もするわけはなかろうが、ミスター・コールドフィールドがサトペンの保釈証書に署名したという事実は、きっと、サトペンが仲間の市民の面前で受けとることのできた最高の免罪符だったことは間違いない——彼は、たとえその逮捕が自分とサトペンとの取引に直接関係があったとしても、自分の評判を守るだけのためにそんな署名をする人ではなかっただろう——その一件にしても、彼の良心にはどうにも我慢できなくなった時、彼はそれから手を引き、利益はすべてサトペンに譲り、手を引いたために自分がこうむった損失分に対して、サトペンが弁償すると言ってもそれを拒んだ、もっとも、娘が、自分の良心が許さない行為をしたこの男と結婚することは確かに許したのだったが。彼がそのようなことをしたのは、これで二度目となった。

「二人が結婚した時、百人にも招待状を出していたのに、教会の中には、新郎新婦を含めて十人しかいなかった、二人が教会から出てくると（それは夜のことで、サトペンが連れてきた六人の野生の黒人が松明《たいまつ》を掲げながら戸口で待っていた）、招待された残りの人たちに代わって、少年や若者たち、町はずれの家畜商人相手の酒場から繰り出してきた男たち――つまり招待されなかった家畜商人や馬丁たちのような連中が――待ち構えていた。それが、エレンが涙にくれたもう一つの理由なのだ。ところで、ミスター・コールドフィールドを説得したり、丸め込んだりして盛大な結婚式を挙げさせようとしたのは、叔母さんだった。サトペンは自分の意見をはっきり言わなかった。だが彼はもともと盛大な結婚式を挙げたかったのだ。まったくミス・ローザの話したことは彼女が思っているより遥かに的を射ているよ、というのは、彼が欲したのは、素性《すじょう》のわからない妻と子供を持つことではなく、特許状とも呼べる結婚許可証に、れっきとした二つの名前が、つまり純潔な妻と、申し分のない義父の名前が記されることだった。そうだ、できることなら、金色の印章を押し、赤いリボンで結んだ特許状が欲しかったんだ。だが、それは何も自分だけのためではなかった。彼女（ミス・ローザ）は金色の印章や赤いリボンを虚栄心と呼んだかもしれない。しかし、そうだとしても、あの大きな家を考え出したのは虚栄心があったからこそだし、それを知らない土地に、ほとんど自分の手一つで、しかもどこの共同体にも見られるように、自分たちに理解できないことには何にでも反対しようとするお節介な干渉がいつ何どきでも邪魔しようとしたのに、それを建てたのも虚栄心なんだからね。それから、自尊心のためでもあった、彼女だって彼が勇敢だったことを、おまえに認めていたし、たぶん彼女は、サトペンが自尊心を持っていたことも認めただろうが、その自尊心のために、あのような立派な家を持ちたいと思い、それ以下のものでは承知できず、どのような犠牲を払ってもそれを建てるために猛進したのだ、そして、家具調度品がそれなりに整うまでの三年間、ただ一人で、床に敷いた藁布団で寝起きしたのだが――その調度品のうち、特に重要だったのがあの結婚許可証だったわけさ。まったくミス・ローザの言ったとおりだよ。サトペンが持ちたいと思ったのは、ただの家とか、素性のはっきりしない妻や子供ではなかった、だから結婚式にしてもただ挙げさえすればいいというのではなかった。だが、そのことについて、彼はエレンにひと言も言わなかったし、ほかの誰にも言わなかった、事実、女たちに運命の分かれ目が訪れた時、エレンと叔母さんがサトペンを味方に引き込んで、ミスター・コールドフィールドを説得して盛大な結婚式を挙げようとしたが、彼はそれを断った。きっと、自分がほんの二ヵ月前に投獄されていたことをミスター・コールドフィールド以上に意識していたのだろう、つまり、過去五年間のある時期において、まったく胃にもたれなかったわけではないが彼のことを呑み込んで我慢してきた町の世論が、人間にありがちな、自然だが暴力的で不可解な方向転換をし、彼を吐き戻して除け者にしようとしたことをだ。そして、怒り心頭の世論の顎の中の一本の歯となるべき二人の市民が、(15)彼を噛み砕くどころか、彼が無事にそこから脱出するあいだ、その顎を開けたままどうにもできなくさせるつっかい棒の役目を果たしてくれた、だがそれも彼には何の助けにもならなかった。

「エレンも叔母さんもこのことは覚えていた。特に叔母さんはそうだった。女である以上、彼女も、彼が五年前に町に姿を現わした翌日、素性がまったくわからないという理由で決して彼を許さない、と示しあわせ、それ以来ずっとその態度を貫いてきたジェファソンの女仲間の一人だったに違いなかった。今では結婚はすでに決まったことだったので、叔母さんはきっと結婚式を盛大にすることで、ついには彼を拒絶しようとした世論の喉元に否応なしに彼を突っ返してやる恰好の機会と見てとったんだろう、それは、彼の妻になってからの姪の未来を保証させるためばかりか、彼を監獄から出してやった兄の行為や、実際には彼女に阻止しようのなかったその結婚式に賛成し許したように見える自身の立場を正当化したいとも思ったのだろう――これは、ミス・ローザがおまえに話したとおり、町の女性たちが男性たちよりずっと先に感づいていたように、彼が狙っていただけではなく、手に入れようとしていた、あの大きな屋敷と地位と身分のためだったのだろう。それともまた、もしかして、女性はそれほど複雑ではなく、女にとってはどんな結婚式でも、しないよりはましだし、悪党と挙げる盛大な結婚式の方が聖人とのささやかな式より好ましいと、思っていたためかもしれないがね。

「そこで叔母さんはエレンの涙を利用さえしたんだ。そして、サトペンはどういうことが起こるか感づいていたに違いなく、式の当日が近づくにつれてますます慎重になっていった。心配したんじゃなくて、ただ警戒したんだ、ちょうど彼が、これまで知っているすべてに――知っている顔や習慣などに――背を向けて(おまえのお祖父さんに話したところによれば、その時彼はまだ十四歳だった。それは、ミス・ローザがおまえに話した厩舎でのあの夜、とても見るに耐えられなかったあの光景を見た時のヘンリーとまったく同じ年だった)、たいがいの男なら三十歳かそれ以上の年齢になって血の気がおさまり、平穏でのんびりした暮らし、あるいは少なくとも虚栄心を満足させてくれそうな暮らしとはどんなものかがわかって初めて抱くような、一つの明確な目標を心に秘めて、十四歳の普通の少年が地理の授業で学んだ平均的な知識はあっても、理論的なことは何も知らない世界へと飛び出していった日からずっと警戒心を持ち続けていたに違いない、だが、まだ子孫の種が蒔かれているわけがなく、実際に蒔かれるのにはまだ何年もかかりそうな時だったから、息子を作ることによって、過去に受けた侮辱に報復しようとまでは思ってはいなかっただろう。その頃から、彼はそのような用心深さを身につけ、起きている時も寝ている時も、着ている服と同じように、着替えもしなければ脱ぎもせずに、四六時中警戒心を身にまとっていなければならなかった、そして新しい土地で、そこの人たちの中で暮らすために、その土地の言葉を習い覚えなくてはならなかったが、その新しい土地で、そういう事情があったからこそ、彼はあの間違い《ミステイク》を犯すことになった、それは、もし彼がそのことを黙認さえしていれば、過ち《エラー》とさえ呼べないほどのことだったのに、その間違いを受け容れることも、それによって計画を中止することも拒んだがゆえに、それが彼の宿命となってしまったのだ――それは、ただ一度の間違いしか許されないと肝に銘じているような、片時も眠ることのない用心深さであり、事件が起これぱその結果に照らし、周囲の事情は人間性に照らして、誤りを免れない自分の判断力といつかは死ぬ自分の肉体とを、人間の力ばかりか自然の力にも照らして判断しながら、取捨選択し、ちょうど馬を連れて田園や森を越えていく時、実際には、自分にその馬を制御する力はなく、馬の方が自分より遥かに強いのにそのことを馬に悟らせない能力だけを頼りにして、乗っている馬と折り合いをつけなければならないように、自分の夢や野望と折り合いをつけたりもする、そのような警戒心だった。

「サトペンの立場は今やおかしなものになっていたんだ。彼は孤立無援だった。だがエレンは違う。彼女には叔母さんという味方がいたし、女性というものは、その時たまたま欲しいと思っているつまらないものを、どうしようもない事情で諦めなければならなくなるまでは、決して孤立無援だなどとは認めないものなんだ。そしてミスター・コールドフィールドだって一人ではなかった。彼には世論がついていたし、自分でも盛大な結婚式はやりたくない気持ちがあって、それが世論と何の矛盾撞着もなく一致していたわけだからね、エレンは盛大な結婚式を挙げたいと願っていたばかりか、彼女にはそれを何の矛盾撞着もなく支持してくれる叔母さんがついていた。サトペンは、エレン以上に盛大な結婚式を挙げたいと思っていたが、それは彼女が望んだよりは深い理由のためだった、だが、サトペンの判断力は、ミスター・コールドフィールドの判断力以上に、町がそれに対してどんな反応を示すかについてあらかじめ警告を発していた。そういうわけで、エレンが涙を利用してまで父親を強要し、さらにサトペンにも自分の側についてくれるように説き伏せているあいだ、サトペンには一人だけ敵がいた――それはミスター・コールドフィールドだった。ところが、彼が彼女の言うことを拒んで中立を保った時、叔母さんを含めて三人を敵に回すことになった。それから(涙が勝ち、エレンと叔母さんは百通もの招待状を書き――するとサトペンは野生の黒人の一人に命じて招待状を一軒一軒持っていかせ――さらにドレス・リハーサルを見にきてもらうために十二通の特別の招待状を送りさえしたのだが)、彼らが式の前夜、リハーサルのために教会へ行ってみると、中には誰もおらず、ドアの外の物蔭に場末から来た一握りの人たちが(イケモタビー老人の部下のチカソー・インディアンの二人を含めて)立っているだけだったので、それを見るとエレンは再び涙を流した。エレンはリハーサルをどうにか終えたが、そのあとで叔母さんが彼女を家に連れて帰る時は、ヒステリーにきわめて近い状態だった。もっとも、その翌日になると、時々思い出したように静かに泣くだけになっていたそうだが。結婚式を延期したらどうかという話さえ出た。いったい誰がそんな話を持ち出したのか、私は知らないが、恐らくサトペンだっただろう。しかし、それに反対したのは誰だったのかはわかっている。今や叔母さんは、サトペンを町の喉元に押し込んで無理矢理受け容れさせようとしたばかりでなく、結婚式まで何としても強行しようとしていたようだった。叔母さんは翌日いっぱい、手に招待状のリストを持ち、普段着のままショールを羽織って、家から家へとまわって歩き、コールドフィールド家の黒人(二人とも女だったが)の一人がついていき、恐らく叔母さんの身を守るためだったろうが、もしかしたら侮辱されて怒りが爆発したがみがみ女の凄まじい剣幕に吸い込まれる葉っぱのように、ただくっついて歩いていただけなのかもしれない、そうだ、叔母さんは我が家へも来た、おまえのお祖父さんはもちろん結婚式に出席するつもりでいたし、父さんはサトペンを監獄から出してやる時に力を貸したのだから、叔母さんは父さんがきっと来てくれると信じていたはずなのだが、我が家へ来る頃には、ものの見境《みさかい》もつかなくなっていたのだろう、とにかく我が家へも来た。父さんとおまえのお祖母さんはその頃結婚したばかりで、母さんはジェファソンの人間ではなかったので、母さんがどういう気持ちになったのか私にはわからないが、ただ、母さんはその時起こった話を、決して人にしたがらなかったよ、それまで見たこともない逆上した女が、家の中に飛び込んできて、結婚式に来てください、と言ったのではなく、来なかったら承知しないよ、と叫ぶと、そそくさと家から出ていったのだそうだ。最初のうちは母さんにはいったいどこの結婚式なのかさえわからなかったそうだが、父さんが帰宅すると、母さんまでヒステリーを起こしていたそうで、それから二十年経っても、母さんには実際に何が起こったのかよくわからなかったのさ。母さんにとって、その事件には滑稽なところなど少しもなかった。父さんはそのことでしばしば母さんをからかっていたものだが、それから二十年経ってからでさえ、父さんが母さんをからかうと、母さんは、自分の身を守ろうとするかのように、手を（恐らく指には指貫《ゆびぬき》をはめていただろうが）上に挙げるのを見たし、その顔にはきっと、エレンの叔母さんが出ていった時とそっくりな表情が浮かんでいたことだろうよ。

「叔母さんはその朝町じゅう残らずまわった。時間はたいしてかからなかったが、余すところなくまわり、夜までにはその噂が、ただの式の知らせというより、そこら一帯の人たちに対する脅しと挑戦として、町の外ばかりか、その底辺にまで広がり、貸し馬車屋や家畜商人が出入りする酒場にまで浸透していき、結局そのような場所が結婚式に出席する客を提供することになった。エレンはもちろんこんなことになるとは思ってもいなかったし、叔母さん自身も気づいていなかった、あるいは、もし叔母さんが千里眼の持ち主で、物事が起こる前に実際に結果を予見することができたとしても、その晩起ころうとしていたことは、とても信じられないことだっただろう。叔母さんがよもや自分がそういう侮辱を受けるはずはないと確信していたからではなく、彼女にはただ、あの日の自分の意図と行動の結果が、コールドフィールド家の威厳のみならず、女性の慎みのすべてを犠牲にしても手に入れたいと思ったものと、このように異なる展開をするなどとは思いもよらなかったのだろう。私が思うに、そのようになることをサトペンから叔母さんに耳打ちしてやることだってできただろうが、きっと彼女がとても自分を信用してくれないとわかっていたに違いない。だから、彼は話してみることもせず、自分にできる唯一のことしかしなかった、つまり、サトペン百マイル領地に使いを出して、彼が信頼できる唯一の男たちであったあの黒人たちのうちから頼りになりそうなのをあと六、七人連れてこさせ、彼らに火のついた松明を持たせて、馬車が到着し、式の一行が降りてきた時、教会の戸口に立たせてそれを翳《かざ》すようにさせた。そして、馬車を降りたところでエレンの涙は止まった、というのは、教会の前の通りに、四輪馬車と二輪馬車がずらりと並んでいたからだ、もっともサトペンだけは、それからもしかしてミスター・コールドフィールドも、馬車が、教会の入口で人を降ろして中を空っぽにして停まっていたのではなく、通りの向こう側に停まっており、中にはまだ人が乗ったままであることに気づいたし、また教会の出入口前の歩道は、黒人たちの翳す煙る松明によって照らされた闘技場《アリーナ》みたいで、その明りが二列に並んだ人たちの顔の上でゆらめいたり光ったりしており、式の一行は、そのような人たちの顔の列のあいだを通って教会に入らなければならないことに気づいたんだ。まだヤジったり冷やかしたりする声は飛んでいなかったので、どうやらエレンも叔母さんも、様子がおかしいことには全然気づかなかったらしい。

「なぜなら、エレンは一瞬泣くのをやめて涙を拭いて歩き、そのまま教会へ入っていったからだ。中には、おまえのお祖父さんとお祖母さんと、あと五、六人しか来ておらず、その人たちは、コールドフィールド家への義理からか、それとも現場に来て、外の馬車で待つ人たちに代表されるような町の人たちが、サトペンと同じように予想したに違いないことを、一つ残らず見届けたいという好奇心からやって来たのかもしれない。式の始めから終りまで教会の中はがらがらだった。なぜなら、エレンにはいくらか誇り高いところがあり、少なくとも、時には誇りとか不屈の精神のかわりを果たすあの虚栄心があった、それに、まだ何事も起こってはいなかった。外の群衆はまだ静かだったが、それは恐らく教会に対する畏敬の念からで、教会に捧げられた一本の木材や一つの石にいたるまで神秘的な気持ちで受け容れる、あのアングロ・サクソン民族特有(16)の素質と熱意のためだったろう。彼女はまだ何の警戒心も抱かずに、教会を出て群衆の中へ入っていったようだ。恐らく、教会内の人たちに自分の泣き顔を見せてはならないというあの誇りに支えられて、足を運んでいたのだ。彼女はきっと、一人で思い切り泣くことのできる馬車の中に早く隠れたくて、急ぎ足で群衆の方に向かったのだろうが、恐らく最初に変な予感がしたのは、「気をつけろ！　彼女には当てるな！」という叫び声で、それからすぐに、何か物が——何だかわからないが、泥か汚ならしい何か——が自分の脇をかすめていくのに気づいたか、それとも、彼女が振り向いて見た黒人の一人の翳す松明の明かりがちょっと動くのに気づいたのかもしれないが、その時黒人は松明を掲げながら群衆の方へ、人びとの顔の方へ飛び出そうとしているところで、するとサトペンが郡の大半の人たちがそれを文明人の言葉だとは知らずにいた言葉で黒人に何か言った。それが、エレンが見たものだったし、ほかの人たちが通りの向こう側に停まっていた馬車の中から見たのもそれだった——花嫁は縮みあがって彼の腕の中に逃げ込み、彼は彼女を後ろ手にかばうと、その場で突っ立った、するとまた何かが（人びとは本当に傷つけるようなものは投げなかったので、それは泥の塊りとか野菜屑のたぐいだったが）飛んできて彼の帽子を直撃し、三つ目の物が胸にもろに当たった時でさえ動かず——顎鬚の下には白い歯さえ覗かせ、ほとんど微笑しているような表情で、じっとその場に立ちつくし、あのひと言で野生の黒人たちを制した（群衆は間違いなく銃を持っていたし、ナイフを持っていたのは確かだったので、もしその黒人が飛び出していたら、あっという間に殺されていただろう）、そしてそのあいだに、式に参列していた人たちのまわりを、ぽかんと口を開け、松明の明かりで眼を光らせた人たちの顔が取り巻き、それらの顔は、燃える松の煙と光の中で、前に出たりためらったり、位置を変えたり、消えて見えなくなったりしていた。彼は自分の体で二人の女性を守り、また何か言って黒人たちについてくるように命じながら、馬車のところまで戻っていった。しかし、野次馬たちはそれ以上何も投げなかった。彼らは投げつける物を手に用意して、その場に集まってはきたのだが、それを投げたのは、思わず感情が爆発した最初の瞬間だけだったようだ。事実、二ヵ月前のあの日、自警団がミスター・コールドフィールドの家の門まで彼のあとをつけていった時に頂点に達したこの事件は、こういう形で終局となったようだ。なぜなら、その時そこに群がって暴徒化していた商人や家畜商人や馭者などの男たちは、わざわざこれだけのために、潜んでいた場所からネズミのように出てきたのだが、すでに元の場所へと戻り、消えていき、この付近のあちこちへ散らばっていった――エレンでさえ顔を覚えているはずのないその連中は、二十マイルも五十マイルも百マイルも先のどこかの道沿いにある宿屋を兼ねた居酒屋に、一晩泊まるために、あるいは食事のために、それとも酒を飲むために姿を現わし、そのあと、そこからも姿を消してしまったし、また、ローマの休日[17]を楽しむために四輪馬車や二輪馬車でやって来たこのほかの連中は、サトペン百マイル領地へ出かけて、再び(男たちは)サトペン領地の獲物を捕ったり食べ物をご馳走してもらったり、時には彼の厩舎に集まって、彼がまるで闘鶏でもさせるように野生の黒人二人を闘わせたり、たまには、自分までリングに登場するのを見物するようになったのだ。こうしてその夜のことは、すっかり記憶から消えたわけではないが、過ぎたこととして遠のいていった。彼はその夜のことを決して忘れなかったが、エレンは忘れたと私は思う、なぜなら、彼女はその日の記憶を涙で洗い流してしまっただろうからだ。そうなんだ、彼女はそれからもまた泣いていたというからね、まったくあれは雨に濡れた結婚式だったんだな」。

III

もし彼の方で、あのひとを捨てたのだったら、あのひとはそのことを誰にも話したくないだろうと僕は思うんです　とクエンティンは言った。
ああ　とミスター・コンプソンは再び話し始めた　ミスター・コールドフィールドが一八六四年に亡くなったあと、ミス・ローザはジュディスと一緒に暮らすために、サトペン百マイル領地に移っていった。その時、彼女は二十歳《はたち》で、姪のジュディスより四歳《よっつ》も若かったのだが、姉の臨終の願いを叶えてやるために、自分がサトペンと結婚することによってその姪を、彼が懸命に成就しようとしていたあの一家の呪われた運命から救い出そうとしたのだ。彼女(ミス・ローザ)は、一八四五年の生まれで、姉はその七年前にすでに結婚して、二人の子供の母親になっており、ミス・ローザは両親が中年になってから(母親は少なくとも四十歳になっていたに違いなく、産褥《さんじょく》の床《とこ》で死んでしまったが、そのことでミス・ローザは父親を決して許さなかった)――ミス・ローザがただ単に両親の娘婿に対する態度をそっくり映し出しているだけだとしても――一家は平穏な暮らしと静かな日々だけを望み、もう一人子供ができようとは思いもかけなかったし、もしかしたら望みもしなかった時に生まれたのだ。それでも彼女は母親の命を犠牲にしてまで生まれてきたわけであり、そのことを忘れようとしても忘れることができなかった、そして彼女は、姉の花婿ばかりか結婚式までも、嫌がる町の人たちに無理矢理押しつけようとしたあのオールド・ミスの叔母さんに育てられ、女だけの閉ざされた石室の中で成長するうちに、自分が生きているという命の事実を、母親の命を犠牲にしたことへの孤独な弁明とか、父親に対する生きた非難であるとかいうだけでなく、この世の男性原理[18]全体に対する(叔母さんを三十五歳になっても処女のままにとどめさせたあの男性原理に対する)、どこにでも変幻自在に姿を現わす生きた告発のしるしと見なすようになった。そういうわけで、最初の十六年間を、彼女はあの陰気な狭苦しい小さな家で、無意識のうちに憎んでいた父親と――自分の良心だけを唯一の伴侶とし、仲間のあいだで、高潔な人間という評判を保つことだけに心をくだいてきたあの無口な変わり者と――のちに、自分の故国が、侵入してきた北軍を撃退しようと苦闘しているのを見ていられず、自宅の屋根裏部屋に釘を打ちつけて閉じこもり餓死することになるあの男と――あれから十年経ってもまだ、エレンの結婚式を台無しにされた恨みを晴らそうとして、皮を脱ぐ蛇のように盲目的で無分別な怒りにかられて町全体を、人類全体を——兄も姪も義理の甥も自分自身も含めてすべての人間を——誰かれの区別なしに攻撃してきたあの叔母さんと三人で暮らしてきた、その叔母さんはミス・ローザに、姉は家族と家からだけではなく、生きている世界からも姿を消し、青髯《ブルー・ビアード》(19)の館のような建物の中に消え失せ、そこで姿を仮面に変えられてしまい、もう取り戻しようのないこの世を、なすすべもなく希望もなく悲しげに振り返っている一人の女と見なすように、そして、彼女が生まれる前に、竜巻のように突発的に自分と家族の人生に侵入し、取り返しのつかない、数えきれないほどの損害を与えて出ていった一人の男（その男の顔はミスター・コールドフィールドが今見ており、彼がその娘婿と袂《たもと》を分かつことになったあの日からずっと見てきたのと同じ顔だった、その時、未来の娘婿となるその男は、表向きは商売の相棒のつもりだったのに実際には取引を牛耳ったため、ミスター・コールドフィールドの良心がそれに歯止めをかけ、自分の分け前の積荷を無償で譲り渡してまで身を引いたのだった）によって監禁されているというより、嘲笑されながら生かしも殺しもされず引きとめられていると考えるように教え込んだ——ミス・ローザの子供時代は、清教徒的な正義感と怒り狂った女の復讐心の入り交じった、陰気な霊廟《マウソレウム》(20)のような雰囲気の中で過ぎていった(彼女は幼女期と子供時代を、カッサンドラ[21]のように閉ざされた扉ごしに耳を澄ましたり、悲しげで執念深い期待の気持ちから発する、あの長老派教会的[22]な臭気が立ちこめる薄暗い廊下にじっと身を潜めたりして、あの大昔から永遠に変わることのない、若さというものの不在の日々を過ごしたわけであり、自然がその子供時代を欺き裏切ったうえ、男のはたらきを介して、特に父親を介して家の壁を突き抜けてくるものは何でも、確信を持って拒否しようとする早熟な振舞をあっという間に身につけるようにし向けたが、その態度は、ローザが生まれ落ちると同時に、叔母さんが産衣《うぶぎ》と一緒に彼女に着せたものらしい)。

恐らく彼女は、父親が死に、その結果孤児ばかりか貧民になり果てたわけだから、近い血縁に衣食住と保護を求めなければならなくなった時——近い血縁と言っても、それは姉から救うようにと頼まれた姪のことなのだが——恐らく彼女は、この成りゆきに、運命が、姉の臨終の願いを叶える機会を自分に与えてくれたのだと理解したのだろう。恐らく、自分を報復の道具と見なしさえしたのだろう、たとえ彼と太刀打ちできるほど強力で積極的な道具ではなくても、せめて消極的な象徴となって、彼に、婚姻の契りの床なる犠牲の石壇から、血の気をなくし、実体もなく立ち上る姉の姿を否応なく思い出させるようにしてやりたいと思ったのかもしれない。なぜなら、彼は一八六六年にヴァージニアから帰ってきて初めて、彼女がジュディスとクライティと一緒にその屋敷で暮らしているのを知ったのだが――（そうだ、クライティも彼の娘で、正式の名はクライテムネストラ（ギリシャ神話のミュケナイ王アガメムノンの妻。愛人アイギストスとともに夫を殺し、のちに息子のオレステスに殺された）といった。彼がそう名づけたのだ。彼ら全部を、自分の子供たちも、野生の黒人たちがこの土地に同化したあとこしらえた子供たちも、みんな自分で名前をつけたんだ。ミス・ローザは、あの日、馬車に積んできた黒人のうち、二人は女だったという話はしなかったかい？

いえ、していません　とクエンティンは言った。

そうなんだ。その二人は女だった。それも決して偶然や手違いから連れてきたのではない。彼はちゃんと考えがあってそうしたのであり、実際にあの屋敷を完成するまでに、また、隣人たちに善意のほどを示して、自分の黒人と町の黒人の言葉の違いなんて、ほんの数週間、いや、数日ほどで消えてしまうほどの障害に過ぎなかったので、彼が連れてきた野生の黒人と町にいた黒人が交わることをやっと許されるようになるまでに、あの二年の歳月がかかったが、彼はその先まで見越していたに違いない。そこでわざわざ二人の女を連れてきたのだが、彼はきっと、その二人を選ぶ時、あとで買うことになった家畜を――馬とか騾馬《らば》とか畜牛を――選ぶ時と同じような、細心の注意と抜け目なさを発揮して選んだに違いない。そして、屋敷には家具一つなかったが、それもまた同じ理由だったように、彼はその郡の白人女性と話を交わすほど親しくなれないまま、五年近くもそこで暮らしていた、その頃の彼には、家具にしても家畜にしても一人の白人女性にしても、それらと交換できるものなど何一つなかった。そうだ。彼はクライティと名づけたのだが、子供たちの全部を、クライティの前に生まれた一人[23]も、ヘンリーもジュディスでさえも、あの同じ乱暴で冷笑的な無鉄砲さで名づけ、皮肉にも竜の歯[24]のように次々と生み出した自分の子供たちを一人残らず自分で名づけた、その子供たちのうち二人が男の子で、あとは女の子だった。ただクライティの場合は、彼は自分自身の災厄を予言する予言者を生み出すだけでなく、その命名も同時にやろうという、純粋に劇的な節約の気持ちにそそのかされて、本当はカッサンドラと名づけるつもりでいたのに、文字さえ独学で習い覚えたに違いない男にありがちな間違いを犯して、クライテムネストラと誤って名づけてしまったのだと、私は思っている)――さて、一八六六年に彼が戦地から家に帰ってきた時、彼女はこれまでの人生で、その男の顔を百回と見ていなかった。その時、彼女が見たのは、子供の頃に一度見たあの人食い鬼の顔そのままで、それ以後も時々折に触れて何度か見ているはずなのに、どんな時に何度ぐらい見たのかどうしても思い出せず、ちょうどギリシャ悲劇の仮面のように、場面ごとに付け替えられるだけでなく、役者が代わっても付け替えられ、その背後でさまざまな事件が前後の脈絡もなしに起こるような顔であって、しかも彼女は、叔母さんから寝ても覚めてもそれ以外のものは見ないように教え込まれていたので、これまで何度その顔を見たのか、実際のところわからなかった。彼女と叔母さんがサトペン百マイル領地に出かけて一日を過ごした時、叔母さんは、みんなのためにピアノで何か一曲弾いてごらん、と言いつける時とまったく同じ口調で、甥や姪と一緒に遊んでおいで、と命じたりした、そういった監視つきの、憂鬱で形ばかりの訪問の折に、彼女は夕食の時でさえ彼を見かけることはなかった、なぜなら、叔母さんがサトペンの留守を狙って訪問するようにしていたからで、ミス・ローザの方でも、たとえ彼が家にいても、なるべく顔を合わせないようにしただろう。また年に四、五回、エレンが子供たちを連れて、父親の家で一日を過ごした時も、叔母さん(あの気性の激しい、執念深い、頑固な女は、ミスター・コールドフィールドの二倍も男性的で、実際のところミス・ローザの母親ばかりか、父親のかわりもつとめていた)は、このような来訪をも、あの二人の敵に対するいつもの陰険な共同謀議の空気で包み、ローザを共犯者に引き込むのだった、もっとも敵の一人――ミスター・コールドフィールド――は、対決する力があったかどうかはわからないが、ずっと以前に前哨隊を引きあげさせ、砲兵の装備を解除し、正直という、受身だが難攻不落の要塞にたてこもっていたし、もう一人の敵——サトペン——は、応戦して女たちを打ち負かすこともできただろうが、自分が目の敵にされているとはつゆ知らなかった。というのは、彼は義父の家に行って昼の食事をともにすることさえしようとしなかったからだ。その理由は、義理の父親への心遣いのためだったかもしれないが、彼と義理の父親との関係の、そもそものきっかけや本当の理由については、叔母さんもエレンもミス・ローザも知らなかったし、サトペンもそれをたった一人の人にしか漏らさなかった——しかも、ミスター・コールドフィールドが、それまで細心の注意を払って築いてきた清廉実直という評判に敬意を表して、ミスター・コールドフィールドの存命中は決して口外しないと固く誓わせたうえで打ち明けたのであり——おまえのお祖父さんの話では、ミスター・コールドフィールドの方も同じ理由で、それを決して口外しなかった。それとも、恐らくその理由は、ミス・ローザが叔母さんから教えられたとおりで、おまえにも話した内容だったかもしれない、つまり、ミスター・コールドフィールドが持っているもので、サトペンが利用したり欲しいと思っていたものはすべて巻き上げてしまったので、彼(サトペン)は義父に面と向かって顔を合わせるだけの勇気もなかったし、また彼には、年にたった四回であっても、儀礼的な家族の集まりを完全なものにしてやるだけの礼儀も良識も持ち合わせていなかっただろう。それともそれは、サトペンが勝手にでっちあげた理由、つまり、自分は毎日町に出てくるわけではないし、出てきた時には（今では、そこのバーも利用していたのだが）、ホルストン・ハウスに昼頃になると集まってくる男たちと一緒に過ごしたい、という理由のためだったかもしれないが、叔母さんは、サトペンがでっちあげたという事実ゆえに、それを絶対に信じなかった。

彼女がそれをとにかく見たと記憶しているのは、彼の家の食卓を挟んで見た顔だった――それはまさしく敵の顔だったが、当の本人は目の敵にされていることにすら気づいていなかった。その時彼女は十歳で、すでに叔母さんが失踪していたので（今ではミス・ローザが、叔母さんが窓から抜け出して姿を消した晩までやっていたとおりに、父親の家の家事をこなしていた）、あの形式的で葬式のように陰鬱だった訪問の折に、彼女に甥や姪と遊ぶように言いつける者はもういなかったばかりか、彼女は屋敷に出かけていって、彼が呼吸しているのと同じ空気を吸う必要もなかったわけだが、屋敷では、彼が留守の時であっても、彼女の言葉によれば、冷笑的で警戒を怠らない勝利感に浸りつつ、いつもどこかに潜み、家にずっといるような気がしたそうだ。その頃、彼女は年に一度しかサトペン百マイル領地に出かけることはなかったが、そのような時には、彼女も父親も、よそゆきを着て、その一日を過ごすために、頑丈ながら貧相な馬に引かれた、こちらも頑丈だが使い古された馬車に乗って、十二マイルの道を出かけていった。叔母さんがいた頃には、二人に同行することすらしなかったのに、今ではミスター・コールドフィールドが出かけようと主張したのだが、恐らくその理由は、父親が言っていた義務感からだったのだろうし、この場合は叔母さんだってそれを聞いたらやはり信じただろう、というのは、恐らくそれが本当の理由ではなかったからで、本当の理由はミス・ローザでさえとても信じられそうもないものだった、その本当の理由は、ミスター・コールドフィールドが孫たちに会いたかったからなのだが、彼は、娘婿が二人のあいだの、あの昔の取引のことを少なくとも息子にはいつか話すのではないかと日増しに不安を募らせ、しかも孫たちの父親がまだ話していないという確信が持てなかったためだ。すでに叔母さんは家出していたにもかかわらず、今なおこのような訪問のたびに、自分が目の敵にされていることに気づいてさえいない敵に対する厳しい攻撃の雰囲気を、以前よりもいっそう強く喚起し作り出していた。なぜなら、叔母さんがいなくなった今、ミス・ローザが無意識のうちに姉と組んで二人組にしようとしていた、あのかつての三人組の共同戦線からエレンはとっくに脱落してしまっていたからだ。そこで彼女はまったく一人きりで、食卓の向かい側のサトペンの顔を見ていたが、エレンからさえ支援されず（この時のエレンは完全に変身を遂げており、完全な再生を達成するための清めの儀式に入っていたからだ）――つまり彼女は、家の主人としてでも義理の兄としてでもなく、休戦の相手方としてそこに座っているとはつゆ知らぬ敵と、食卓越しに向かいあっていたのだ。彼はきっと、自分の家族や子供たちと見比べて考量し、彼女など重要ではないと思っていたに違いない――彼女は痩せた小柄な子供で、成長してからも、自分の椅子から足が床に届かないほどで、親から譲り受けた椅子とか、私たちもよくそうするように、自分の個性を表現するものとして増やしていくさまざまな物――置き物など――にも届かなかっただろう、それに比べると、エレンもまた小柄ではあったが、いわゆるふくよかな体をしていたし（もし彼女の生命が、男でさえも充分な食べ物がなかった戦時中に衰えていなかったとしたら、またその晩年が苦労のないものだったとしたら、きっといつまでもふくよかだっただろう。太っているというのではなく、ほどよく豊満で美しさの極致にあり、髪は白くなっても眼はまだ若々しく、たるんでしまってもはや頬とは言えないような頬にはまだ微かな華やぎが漂い、豪華な燭台の下に整えられたハヴィランド食器（フランス、リモージュ市産の食器）の前に座り、指輪をはめた小さなふっくらとすべすべした両手を、ダマスク織りのナプキンの上にきちんと置き、食事が出されるのを静かに待っていたことだろうが、それらの華美な家具調度品は、彼がずっと以前に荷馬車に積んで町に運び込んだもので、それらを見て町の人たちはびっくり仰天し、侮辱されたような怒りを禁じ得なかったものだった)、またジュディスはすでに母親のエレンより背が高かったし、十四歳のジュディスに比べると、十六歳にしてはそれほど背が高くなかったものの、いつかは父親と同じぐらいの背丈が予想されるヘンリーと比べても、ローザは小さかった――この生き物は、この顔は食事中はほとんど口も利かず、(言ってみれば)石炭のかけらを軟らかい練粉に押し込んだような眼と、あまり太陽にあたらないためか一風変わった鼠色の髪をきちんと梳《と》かし、母親の髪と父親の眼をしたジュディスや、父親の赤毛とエレンの黒い毛の中間色の髪に、濃いはしばみ色のきらきらした眼をしたヘンリーの、戸外の陽射しにあたって日焼けしている顔とは比べものにならなかっただろう――この小柄な体は、行きたくもない仮装舞踏会のために、ぎりぎりになって否応なしに慌てて借りてきた衣裳みたいな、妙につじつまの合わないぎこちなさが感じられ、まるで特別に選ばれて隔離されながらも、自分からすすんで呼吸しようとも、自然のままに呼吸しようともせず、無理に呼吸の仕方を覚えさせられて苦しんでいる生き物みたいな霊気《オーラ》を漂わせており――生きた肉体に縛られているようなこの侍女は、同じように死んでいる者たちを詠《うた》う女学生趣味の詩を書くことによって、早くもその肉体から解放されるのを待っているかのようだった——その顔は、そこにいる人たちの中で一番小さな顔で、静かだが好奇心に満ち、奥深い緊張を湛えて、食卓の向こうの彼をじっと見つめていた、それはまるで、流動する出来事を乗せて揺れる揺籃《ようらん》との（つまり時間との）親密な共感から実際に何らかの暗示を感じとってでもいるようで、その共感は、ドア越しに耳を傾けることによって得られ、かつ養われたものだが、彼女は、実際に聞こえてきた言葉に耳を傾けていたわけではなく、識別力も判断力も懐疑心も持たずに、ただ従順に受け容れて身をゆだねることによって、人を予言者にし、しかもしばしばその予言を正しいものにする、あの災厄、子供時代には人食い鬼に見えた顔が完全にどこかに消え失せてしまい、彼女がその鬼顔の持ち主の男と結婚することに同意することになるあの災厄を予兆する熱に、つまり未来の破局を予兆する熱に、ただ無気力に抵抗することなく耳を傾けていたのだった。

その時が、彼女が彼の顔を見た最後だったらしい。なぜなら、そこへ出かけるのをやめてしまったからだ。ミスター・コールドフィールドがやめたのだ。それまでもべつに、訪問日というものがはっきりと決まっていたわけではない。ある朝さりげなく、彼が上品な重々しい黒い服を着て朝食に姿を現わすのだったが、その黒い服はかつて自分の結婚式に着たもので、そのあとはエレンの結婚までに年に五十二回（一年間の日曜日の数）着て、そのあと叔母さんが家出してからは、年に五十三回（毎日曜日およびサトペン屋敷訪問日を加えた数）着ることになり、彼が屋根裏に上ってドアを釘で打ちつけ、窓から金槌を投げ捨てて自分を幽閉し、そこに閉じこもったその日からはずっと着続け、果てはその服を着て死んだ。それから朝食が済むと、ミス・ローザは自室に退いて、厳めしそうな黒か茶の絹のドレスに着替えて現われるのだが、それは叔母さんが何年も前に選んでくれたもので、擦り切れてもなお、日曜日や祝い事がある日には、その同じドレスを着ていた、だがそのうち父親が、叔母さんはもう戻っては来ないだろうと決めたある日、彼女が駆け落ちした夜に家に残していった衣類をミス・ローザが着ることを許したのだった。それから、二人は馬車に乗り込んで屋敷へ出かけたものだったが、ミスター・コールドフィールドは、二人の黒人召使に昼食は作らなくてもいいから、と言って、その分の賃金を給料から差し引き、（町の人たちがそう信じていたんだが）黒人たちには残り物の粗末な食事をあてがってその代金まで請求していたという。ところがある年、二人は屋敷に出かけるのをぱったりやめた。ミスター・コールドフィールドがあの黒い服を着て朝食に現われなくなり、それから何日か経っても依然としてそれを着ることはなかったので、とうとうそれっきりになってしまったに違いない。恐らく彼は、孫たちが大きくなったのだし、彼の良心にのしかかっていたものが取れたように感じたのだろう、ヘンリーはオクスフォード（ミシシッピ州北部ラフェイエット郡の町で、フォークナーの故郷。ミシシッピ大学の所在地）の州立大学（一八四八年創立のミシシッピ大学のこと）へ行っていたし、ジュディスはもっと遠い世界に旅立ってしまっていたからだ――つまり彼女は、子供から大人になる過渡期に入っており、彼女がそれまでほとんど会ったこともなく、あまり気にかけている様子もなかった祖父にとっては、ますます近づきがたいものになっていた――その時の彼女は、若い娘にありがちのことだが、眼には見えるものの、ガラス越しに見ているような、声を出して話しかけても、届く様子もない時期にあった、その年頃の娘たちは（このおてんば娘は、走るにしても木登りをするにしても兄に引けを取らず、馬に乗るにも、喧嘩《けんか》するにも兄に負けなかっただろうし――実際に負けなかった）、曇り一つない真珠のような光の揺らめきの中に生きているわけで、自らもその光を放ち始める時であり、その流動的で繊細で実体のない姿形そのものが、星雲のような靄《もや》の中で宙ぶらりんの状態になり、何とも奇妙で予測もつかず、自分から進んで流れたり求めたりせず、何かに寄生して力を蓄え、落ち着き払ってじっと待ちながら、努力もせず、背中や乳房、胸や脇腹や腿のふくらみがひとりでに自分の体に備わる時をただ引き寄せている時期だった。

さてこのあと、大きな破局に終わる一時期が始まるのだが、それというのも、ミス・ローザが完全な方向転換をして、子供の頃に人食い鬼と見なしていたあの男と結婚することに同意してしまったからだ。といっても、彼女の性格が豹変したわけではなく、性格はまったく変わらなかった。もしチャールズ・ボンが死ななかったとしても、彼女はきっと、父親の死後、遅かれ早かれ、いずれはサトペン百マイル領地に移り住み、いったん、そのように出かけていったとしたら、屋敷で残りの人生を過ごすことになっただろうし、実際に屋敷に行った時には、そのつもりだったに違いない。しかし、もしボンが生きていて、彼女とジュディスが結婚し、ヘンリーも行方不明になっていなかったとしたら、彼女は(移り住むことがあったとしても)、覚悟ができるのを待ってそこへ移っていっただろうし、そこで(もしそこで暮らしたとしても)死んだ姉の家族の中で、実際にそうであったように、ただの叔母として暮らしたことだろう。変わったのは彼女の性格ではなかった、彼女が最後に彼を見てから六年経っていたし、また確かに四年ほどは、南軍の憲兵隊長の眼を逃れて屋根裏に潜んでいた父親に夜こっそりと食べ物を届け続けていたにもかかわらず、父親がその人たちから身を隠しており、もし父親が隠れていることを見つけたら、軍法会議にかけずに射殺するか縛り首にしたかもしれない南軍兵士を称える英雄詩を書き綴っており——偶然とはいえ、彼女が子供時代に人食い鬼と思っていた男もそれらの兵士たちの一人だったわけで、おまけに（リー将軍直筆の武功を称える感状をもらって帰還したほどだから）立派な兵士だった――余生を過ごすつもりで屋敷に移っていった時の彼女の顔は、昔あの食卓越しに彼を見つめていたのと同じ顔で、彼の方でも、それを何度見たか、いつどこで見たかわからない始末だったが、それはその顔が忘れられないような顔だったからではなく、逆に眼をそらしても十分もすると、もうどんな顔だったか思い出せないほど印象の薄い顔だったからで、その同じ顔の後ろから、かつての子供と同じ顔の女が、今もあの時と同じ陰険で冷たい激しさで、彼をじっと見つめていた。

それから何年ものあいだ、彼女はサトペンと会うことはなかったが、姉と姪には以前よりずっと頻繁に会っていた。エレンはその時、叔母さんなら変節呼ばわりしたかもしれない段階の絶頂期にあった。彼女は自分の人生と結婚に不本意ながら黙従し、妥協していたばかりでなく、実際にそれを誇りにしているようだった。今を盛りと咲き誇り、その様子は、あたかも《運命》が、やがて来たるべき不幸への償いのためだったのか、それとも帳簿の清算をして、《運命》の妻である《自然》が、夫の名前を署名した手形の支払いを済ませるために、普通なら六年から八年かけてゆっくりと花開き、やがて優雅さを湛えてしぼんでいく小春日和《インディアン・サマー》を、三年か四年の歳月の中に凝縮して花咲かせたかのように見えた。彼女は三十代の半ばすぎで、ふっくらとして顔にはシミ一つなかった。この世に生きているという痕跡が、叔母さんが失踪する日まで顔の上に残っていたのに、それからの年月において、肉体が焼きなまされ、悩まされることもなくなり、苦労の跡が、骨と皮膚のあいだから、また生活の総和とそれを包む外皮のあいだから取り除かれ、すっかり見えなくなったかのようだった。彼女の身のこなしや態度も今では王族ふうの風采さえ湛え——彼女とジュディスはこの頃、たびたび町にやって来て、中にはもう孫のいる人もいたが、二十年前に叔母さんが無理にも結婚式に列席させようとした、あの淑女たちを訪問したり、また町でできるほんの僅かな楽しみの買い物をしたりしていた——あたかも彼女は、やっと清教徒的遺産からばかりか、現実そのものからも首尾よく逃げ出すことに成功し、非道な夫と、どうにも理解できない子供たちを闇に葬り、純然たる幻影の世界に逃避して、いかなる危害を加えられる心配もなく、ある時は町一番の大邸宅の女主人、ある時は町一番の金持ちの妻、またある時は町で一番幸運な子供たちの母親として、自由自在にいろいろ態度を変えながら生きているようだった。買い物をする時は(当時のジェファソンには二十軒の店があったが)、彼女は馬車から降りようともせずに、くつろいだまま、上品に自信ありげに、愚にもつかないことをべらべら喋り、自分勝手にこしらえた役割を、小道具のスープと薬を手にして、土地を持たないが自由な身である小作農民のあいだを歩き回る公爵夫人の役割を演じながら、ほがらかで無意味な決まり文句を口にしていたのだが――もし彼女に悲しみや苦労に耐えられる強い精神力があったならば、現実の舞台で女家長を演じてスターの座につき、そうなれば、年老いた身を炉辺の隅において、家族の誇りと運命を自在に操りながら話して聞かせることもできたはずで、死に際に、家族の中でも一番年下の妹に、ほかの者の保護を頼む必要などなかったかもしれないのだ。

たいていは週に二度、時には三度も、この二人は町にやって来て、実家に寄っていった――一人はもう六年も世間から遠ざかっている愚かで現実離れした、よく喋る若々しい女で――あふれる涙を流しながら家と肉親のもとを去り、三途の川《ステイクス》のほとりの、侘びしい毒気が漂う幽界のようなところで二人の子供を生んだあと、沼地で孵化した蝶のように、腹の重みとか生活の苦労で重くなった体の器官にも妨げられることなしに、静止した太陽が永遠に輝く真空の中へと舞い上がっていった女で――そして少女の方は夢を見ているようで、生きている様子はまるでなく、全身が難聴になったかのように、現実に対して何の反応も示さず、完全に超越しているようだった。この二人にとって、ミス・ローザはもう何の意味も持たない存在だったに違いない、もはや家出した叔母さんの執念深くたゆまぬ世話と関心の対象であり犠牲者の子供という意味もなければ、ただ家事をこなしている女でさえなく、また実の叔母でありながら叔母と受け取られていなかったのも確かだ。そして、ミス・ローザの側から言えば、姉と姪の二人のうち、どちらがより非現実的に見えたかということになると、それは判断し難いことだっただろう——二人のうち、大人の方は、現実を逃避して人形の住むような、のどかな地帯に入り込んでしまっていたし、若い娘の方は、誕生前の状態みたいに、全身を完全に宙に漂わせながら、夢と現実《うつつ》のあいだを彷徨《さまよ》っていたし、母親とは反対側の極地にいながら、同じほど完全に現実から遊離しているのだった、この二人は週に二度も三度も、馬車で実家を訪れていたが、ある時、ジュディスが十七歳の夏のことだったが、ジュディスの衣裳を、そうだ、婚礼衣裳を買うために、陸路メンフィスへ行く途中に立ち寄った。あれは、ヘンリーが大学に入ってからちょうど一年後の夏のことで、彼はその前年のクリスマスにチャールズ・ボンを連れて帰省したのだったが、そしてこの夏休みにも、再びボンを連れて帰省し、ボンは一週間ほど夏休みを一緒に過ごしてから、ミシシッピ川まで馬で行き、そこで蒸気船に乗ってニューオーリンズに帰った、あの夏、サトペン自身も旅に出ていて家を留守にしていた、エレンは、商用で出かけたと言いながら、夫がどこへ行ったか知らなかったに違いないし、それを知りたいとも思わない自分に感づいてさえいなかった、当時の彼女の暮らしぶりはそんな状態だった、そしてサトペンがその時ニューオーリンズへ行ったということをあとになって知ったのは、おまえのお祖父さんと、恐らくクライティだけだった。さて、この二人がいつも、家出をして四年経つというのに、叔母さんがどのドアの後ろ側にも潜み、手をいつでもドアの取っ手にかけている気配のある、あの薄暗い陰気で狭く小さな家に入っていくと、エレンは十分か十五分ほど、甲高い声を家じゅうに響かせてから、ひと言も喋らない、夢見ているような、意志もまったくあらわにしない娘を連れて帰っていった、そして、ミス・ローザは、実際には少女の叔母であり、年齢から言えば少女の妹と呼ぶのがふさわしく、また現実の経験と希望と機会の点からすれば、少女の姪にさえあたるほどだったが、母親の方は無視して、近づきがたい娘が帰っていこうとするところを、いささかの嫉妬心もなく、言葉にならない近視眼的な憧れを抱いて、そのあとからついていき、自分の宿命的な、挫折した青春の、流産に終わった夢と幻想のすべてをジュディスに投影して、自分にできる唯一の贈り物をジュディスに差し出そうとするのだった（それは花嫁に必要だからというより、花嫁仕度に必要だと思って申し出たものだったが、このことを楽しげな甲高い声で一度ならず話したのはエレンだった）、つまり彼女はジュディスに、家事のこなし方や食事の仕度や洗濯ものの整理の仕方を教えてやろうと申し出たのだが、それに対してジュディスは、うつろで窺い知れない眼差しを向け、よく聞いていなかったかのような、「えっ？　何ておっしゃったの？」という反応を示すだけで、その時でさえ、エレンはびっくりしたような金切り声で礼を言うのだった。そうして、二人は帰っていった——馬車も、買い物の包みも、楽しそうにはしゃいでいる見栄っ張りのエレンも、夢見心地の、計り知れない姪も帰っていった。彼女たちが次に町に来て、馬車がミスター・コールドフィールドの家の前で停まると、中から黒人女の一人が出てきて、ミス・ローザはお留守です、と言ったのだった。

その夏は、彼女が再びヘンリーの姿を見た時でもあった。彼女は、その前年の夏以来彼に会っていなかった、もっとも、彼はクリスマスに学友のボンを連れて家に帰ってきたし、その休暇に、サトペン百マイル領地で舞踏会やパーティが催された噂は彼女も聞いていたが、彼女も父親も屋敷へは出かけていかなかった。そしてヘンリーが正月の二日に大学へ戻る途中に、ボンを伴って叔母に挨拶しようと立ち寄った時、彼女は本当に家にいなかった。だから彼女は、翌年の夏まである一年、彼と会わなかったことになる。その時、彼女は町に買い物に出ており、街頭でおまえのお祖母さんと立ち話をしていたら、ちょうどそこへ彼が馬で通りかかった。彼は彼女に気づかなかったが、父親からもらった新しい雌馬に跨《また》がり、大人ものの服を着て帽子をかぶっており、おまえのお祖母さんの話では、彼はもう父親と同じほどの背丈があり、馬上でふんぞり返っているところは父親そっくりだったが、さすがにまだ骨格がサトペンより軽そうで、その骨格ではふんぞり返ることができても、軽すぎてとても父親のような傲慢さを支えきれない様子だったという。というのは、この時もサトペンは自分の役割をしっかり演じていたからだ。彼はいろいろな面でエレンを堕落させてしまっていた。彼は今や郡で唯一最大の地主でもあれば最大の綿花農場を持つ農園主であったが、それはあの屋敷を建てたのと同じ術策を弄して——あの時と同じひたむきでたゆまざる努力を続け、町の人たちに見える行状がどのように映ろうと、また町の人たちに見えない行状に対してどのような指摘がなされようとお構いなしに、その地位を築きあげていた。町の人たちの中には、その裏には何かうさんくさいことがあると未だに怪しんでいる人がいて、農園は、彼の実際の後ろ暗い本業を隠すための煙幕に過ぎないと信じている者やら、彼は綿花市場をたぶらかす何らかの手を知っていて、一梱《こり》あたり、正直者にはできないような不当な利益をあげていると信じる者やら、さらには、彼が連れてきたあの野生の黒人たちが、綿花畑一エーカーあたりの収穫量を土地のおとなしい黒人たちより多く生み出す魔法の力を持っているのだと本気で思い込んでいる者までいた。彼は町では好かれておらず(もっとも、彼自身好かれたいと思っていなかったのは明らかだが)、恐れられていたが、そのことを本気で喜んでいなかったとしても、面白がっているようには見えた。だが彼は町の人たちに受け容れられてはいた、ここまで大金持ちになっては、彼を無視したり、酷い目に遭《あ》わせたりできる者など一人もいなかった。彼はそれだけのことを成し遂げてきたからだ――結婚して十年も経たないうちに、農園を順調に経営し(今では農場監督も雇っていたが、それは、婚約の日に、未来の花嫁の家の門前で彼を逮捕した保安官の息子だった)、今では自分の役割もしっかり演じていた――それは傲慢な安逸と暇を演じる役割だったが、暇と安逸によって肉づきがよくなるにつれて、いくらか尊大になっていた。そうだ。彼はエレンを変節に追い込んだばかりでなく、いろいろな点で堕落させていた、もっとも、彼女と同じように彼自身も、自分の開花もまた無理矢理咲かされているもので、その舞台《シーン》を観客の前で演じているうちにも、自分の背後で運命が、宿命が、応報が、皮肉が――なんなら舞台監督が、と言ってもいいが――すでにその場面の舞台装置を取り外しにかかり、次の場面のために人工的に作った影や形を用意していたことに、これもまた彼女と同様に気づいてはいなかった。――「あら、あそこに――」と、その時おまえのお祖母さんが言った。しかし、ミス・ローザはすでにヘンリーに気づいていた、彼女はお祖母さんと並んでそこに立っており、その頭がお祖母さんの肩にやっと届くほどの小柄な痩せ細った体に、叔母さんが家出した時に置いていったドレスを自分で体に合うように短く詰めて着ていた、彼女はそもそも裁縫の仕方を教わったことがなく、家事のやり方も自分一人で覚え、それをジュディスに教えようとしたのだが、料理にしろ何にしろ人に教わったものは何一つなく、ただ閉ざされたドアの外で聞き耳をたてていただけなのだ、その彼女はまだ十五歳だというのに五十歳ほどにも見える恰好でショールを頭からかぶって、甥を眼で追いながら、「あら……あの人、ちゃんと鬚まで剃ってるわ」と言ったのだ。

それから彼女はエレンに会うのもやめた。というのは、エレンの方でも実家に来なくなり、つまり週に一度、馬車で店から店へとまわる途中で家に立ち寄るのをやめたということだ、店の前まで来ると、エレンは馬車から降りもせずに、商店主や店員に、布地や派手で安っぽい装飾品を自分のところまで持ってこさせるのだったが、店主にも店員にも、彼女には買う気などなく、小うるさいことを弁舌さわやかに陽気にまくしたてながら、商品をただ触ったり、いじくったり、かきまわしたりするだけで、結局は品物を突っ返すだろうと、初めからわかっていた。とは言っても、彼女の態度は軽蔑しているようでも、偉そうな素振りをしているようでもなく、男たちの、つまり店主や店員たちの寛容な態度や礼儀正しさや、途方に暮れた様子に、子供みたいに悪気なくつけ込むだけのことだった、それから実家に立ち寄っていたわけだが、ここでもあの虚勢を張った意味のないことを喋りたて、ミス・ローザや父親や家のことで、とても実行できそうもない、いわれのない忠告をしていった、たとえばミス・ローザの着ているものや家具の置き方や、食事についても、どんなふうに調理して、どの時間に食べるのがいいのか、などについて、あれこれ言っていくのだった。エレンが来なくなったのは、運命の時が近づいていたからで（それは一八六〇年のことで、ミスター・コールドフィールドでさえ、戦争は避けられないことをきっと認めていたのだろう）、これまでの二十年間、静かな泉から湧き出て静かな渓谷に流れ込み、広がり、知らず知らずのうちに水位を増した湖みたいに、その上で一家四人が陽光を浴びながらふわふわ浮遊していたようなサトペン一家の運命が、その流出口の方へ、南部全土の破局ともなった峡谷の方へ動いていく最初の地下変動を初めて感じ、いかにも平穏無事そうに浮いていた四人の遊泳者も、不気味な流れを感じて、突然互いに顔を見かわしていたが、まだ心配したり不信感を感じたりしていたわけではなく、ただ用心深くなっただけで、人が災難に遭った時に仲間を見まわして、いつ仲間を見捨てて自分一人だけ逃げ出したらいいだろう？　と考えるものだが、四人のうち誰一人、そんなところまでにはいたっておらず、その瞬間が近づいていることに気づいてさえいなかった。そういうわけで、ミス・ローザは一家の誰にも会わなくなったし、チャールズ・ボンには一度も会ったことがなかった(そのあとも生きて会うことはなかった)、ニューオーリンズ出身のチャールズ・ボンはヘンリーの友人で、ヘンリーより数歳ちょっと年上であるばかりか、大学生にしては実際年をとりすぎていたし、ことに彼が在学した大学では明らかにいささか場違いな存在だった――それはミシシッピの辺鄙な片田舎にある新しい小さな大学で、彼の世俗的で異国ふうの故郷の都市から三百マイルも離れたところにあった――この青年は、年齢に似合わぬ世俗的な優雅さと自信をそなえ、ハンサムで見るからに裕福そうで、背後には、親というより、法的後見人の姿が影のように見え隠れしており――彼はその当時のミシシッピの僻地に、子供時代を一挙に飛び越えて、いきなり大人の状態で、女からも生まれず、時間の影響もいっさい受けず、そして、どこにも骨も遺灰も残さずに消滅しては蘇る伝説の不死鳥のように姿を現わしたとしか考えられなかった――この男には洗練された物腰のゆとりと、誇らしげで堂々とした雰囲気があり、それに比べるなら、サトペンの尊大な傲慢さは不器用な虚勢に過ぎず、ヘンリーはとりわけ青二才にしか見えなかった。ミス・ローザはこの青年には会ったことがなかったわけで、これは想像した姿であり、イメージだった。また、それはエレンが彼女に話し聞かせたものでもなかった、というのは、その頃のエレンは夏の蝶のように平穏そのもので、しかも今の彼女には、自分の血と女の性を受け継ぐ娘に、上品に、また優美に、自分から進んで若さを譲り渡そうとする魅力が加わり、その気になれば娘の結婚式において自分が花嫁になることもできそうな、娘の婚約中に示す華やいだ態度と身振りが加わってもいた。その頃のエレンの話を聞いていると、知らない人だったらその結婚が、そのあとの出来事が示しているように、若い当人と両親のあいだでは話題にすらされなかったのに、実際に行なわれていたと信じかねなかっただろう。エレンは、ジュディスとボンとの愛情を口にしたことは一度もなかった。それを遠まわしにほのめかしたりもしなかった。若い二人に関するかぎり、愛情というものは、ちょうど最初の孫が誕生してから処女性を問題にするのと同じように、すでにできあがり、完全に終わったことだった。彼女はボンのことを、まるで三つの無生物が一つになったもの、あるいは自分たち一家が三つの用途を一致して見出せる一個の無生物でもあるかのような調子で話し、つまりジュディスにとっては、乗馬服や舞踏会のドレスのように身につけることができる衣裳であり、エレンにとっては、格式ある家と地位を補って完全なものにしてくれる一個の家具であり、そしてヘンリーにとっては、田舎くさい言葉遣いや服装を洗練してくれる教師でありお手本でもあるという具合だった。彼女は時間を出し抜いてしまったかのように見えた。ハネムーンもなければ、何の変化もなく過ぎ去った年月を蘇らせ、まるで本当に起こったかのように話していたが、その中から、(今では)五人になった顔が、真空の中に吊るされた肖像画のように、生気はないが永遠の輝きを帯びてこちらを見つめており、その顔のどれも前もって予告された最盛時の姿を映し、あらゆる思考や経験を取り払われており、その顔のモデルはとっくの昔に生き、そして死んでしまったため、彼らの喜びも悲しみも、その上で偉そうに威張ったり、気取ったり、笑ったり、泣いたりした舞台そのものによってさえ、すっかり忘れられているに違いなかった。このようなボンのイメージだが、ミス・ローザは、エレンの話を聞いて想像したのではなく、最初のひと言を聞いただけで、恐らくチャールズ・ボンという名前を聞いただけで思い描いたものだっただろう、そしてこの時、十六歳にして生涯独身であることを運命づけられたこの女は、明るくきらめく幻想図の下に、まるで生まれて初めて足を踏み入れたキャバレーの、色つきの眩しい光線を浴びる思いで座っており、金糸銀糸の微片のような、実体なき輝きに満たされた光線が突然、彼女に向けて放たれ、一瞬そこで停止したかと思うとすぐに流れ去っていくように思えたことだろう。彼女はジュディスに嫉妬していたわけではない。また自分を憐れんでいたわけでもなく、叔母さんが馬商人と駆け落ちした時に、恐らくそのような服を二度と着ることはあるまい、絶対着るものかと念じて、いや固く心に決めて家に置いていった、あのつぎはぎだらけの普段着(エレンが時々彼女にくれた服の中には着古したものもあったが、たいていは新しく、もちろんどれも絹だった)を着てそこに座って、エレンが話しているあいだ、たえず眼をしばたたかせながら姉を見つめていた。その時、彼女が感じていたのは、きっと最後の完全な自己放棄の時の心静かな絶望と安堵だっただろう、というのは、ジュディスは彼女に代わって、挫かれた希望を、生きたお伽噺に変えて報いてくれようとしていたからだ。エレンがあとになっておまえのお祖母さんに話した時も、それはお伽噺に聞こえたそうだが、ただそれは上流階級の淑女クラブのために書かれて演じられたお伽噺のようなものだった。しかしミス・ローザには、それはただもっともらしいだけでなく、正当な根拠のある信じるべき真正の話に思えたに違いなく、だからこそ(これもまた彼女が話したことだ、なにしろ他愛もない冗談のつもりだったから)あんなことを言って、またもやエレンに、楽しそうでいてじれったそうな驚きの大声をあげさせることになった。「わたしたちにはあの人を受け容れるだけの資格があります」とミス・ローザは言ったんだ。「資格がある、ですって? あの人を受け容れる資格ですって?」とエレンは金切り声さえもあげて言った。「もちろんよ。わたしたちにはその資格がありますとも――もし、あなたがそんな言い方をしたいのならばね。あなたにぜひわかってもらいたいのはね、コールドフィールド一家の者は、誰かと結婚してどんなに素晴らしい名誉を受けることになっても、ちゃんとそれにお返しできるだけの資格が充分にあるっていうことよ」。

当然ながら、この言葉に対してどんな返事がなされたのかわからない。少なくとも、エレンが話したかぎりでは、ミス・ローザは返事をしようともしなかった。彼女はただエレンが帰るのを見送り、ジュディスのために自分の持っている第二の特技を生かした贈り物をしようと、それに取りかかった。彼女はその頃、二つの特技を持っていて、二つ目も一つ目と同じように、家事や洋服の直し方を教えてくれた(25)叔母さんが、ある夜窓に攀《よ》じ上って家を出た時に譲られたものだったが、この二つ目の特技はあとになって発揮された(自然に呼び戻された、と言ってもいい)、というのは、叔母さんが家を出た時、ミス・ローザはまだほんの子供だったわけで、家に残していった服の丈を詰めることなどできなかったわけだからね。彼女はジュディスの婚礼衣装をこっそりと作り始めた。布地は父親の店から持ってきた。ほかの場所で手に入れたということはあり得ない。おまえのお祖母さんが私に話していたのだが、その頃のミス・ローザは実際に金勘定もできず、釣りをもらうすべも知らず、理屈では硬貨の十進法は知っていたのだが、実際に現金を見たことも触ったことも使ったこともなかった、週の決まった日に買い物籠を持って町に出かけ、ミスター・コールドフィールドが前もって指定しておいたいくつかの店で買い物をしたが、口や手を使って金のやりとりをせず、いくらかもわからず、その日遅くになって、ミスター・コールドフィールドが娘が立ち寄った店をまわり、紙とか壁とかカウンターに走り書きされた勘定書を確認しては、それを支払っていたそうだ。そういうわけだったから、彼女はその布地を父親の店で手に入れるほかなかっただろう。それに、彼はたった一台の荷馬車に積んでジェファソンに運んできた品物で商売を始め、しかもその頃は店の売上げだけで母親も妹も妻子も養わなければならなかったのだが、今は子一人養うだけで良かった、またこのことに関連して言えば、彼は蓄財に対して心底から無関心だったために、娘婿に誘われて巻き込まれた商取引の途中で良心が頭をもたげ、いわゆるあの古い一件から手を引くことになり、自分の正当な利益ばかりか、最初の投資資金までも犠牲にしたのだった、もともと、店の在庫品は、粗末な最低限の生活必需品ばかりだったし、店の売上げだけでは自分も娘も養うことさえできそうもなかったが、あとになっても品物の種類どころか量さえ少しも増えてはいなかった。それでも彼女は、身近な若い娘が、自分の身代わりとなって結婚式に着るはずの衣裳を作るためには、材料をこの店で手に入れるほかなかった――そして、ミス・ローザが誰の手も借りずに作り上げた婚礼衣裳がどんなものになると思っていたかは言うまでもなく、婚礼衣裳というものを彼女がどんなものだと思っていたのか、おまえにも想像できるだろう。彼女が父親の店でどうやって材料を手に入れたのか、誰にもわからない。それを父親の方から与えたのではなかった。彼は、孫娘がみっともない身なりをしていたり、ぼろを着ていたり、寒そうにしていれば、何としてもその孫に着るものを用意してやらなければならないと思っただろうが、婚礼衣裳を都合することまで義務とは感じなかっただろうからね。だから彼女はそれをこっそり盗み出したんだと思う。きっとそうだ。彼女はほとんど父親の鼻先で(なにしろ小さな店だったし、父親は店員も兼ねており、店の中のどこからでも店じゅうが見渡せた)、女に特有の、善悪の見境《みさかい》がつかない大胆さと、あの略奪癖を発揮して、布地を公然と持ち出したに違いない、いや、もしかしたら、無邪気さが仕組んだその誤魔化し方が、あまりにもあからさまな、欲しくてたまらない様子だったために、そのあまりの単純さがかえって父親を騙したのかもしれないとも思う。

そういうわけで、彼女はもはやエレンにも会わなくなった。明らかにエレンは、その所期の目的を達成し、蝶が、明るいだけで意味のない夏の昼と午後を終えてしまったようにして、たぶんジェファソンの町から消えたわけではないが、ともかく妹の生活からは姿を消し、このあと姉妹が顔を合わせるのはあと一度だけで、あの屋敷の暗い一室の死の床においてであった、その頃にはすでに不幸な運命の手がその家にまで伸びて、その上に屋敷が建っていたあの黒い土台を離散させ始め、一家の大黒柱であった二人の男を、夫と息子を――一人は危険な戦争へ、もう一人は明らかに忘却の彼方へと――追いやってしまっていた。ヘンリーはちょうど姿を消したばかりだった。彼女もヘンリーの噂を聞いていたが、昼のあいだずっと（そして夜も、父が寝てしまうのを待ってから）、姪の婚礼衣裳のつもりで作っていたあの服を、のろのろと裁縫もろくに知らないまま縫っていた、しかも彼女はその縫い物を父親からだけではなく、父ミスター・コールドフィールドに告げ口する恐れのある二人の黒人女からも隠しておかなければならなかった――ほぐして貯めておいた紐や糸でレースを編み、それを衣裳に縫いつけているうちに、リンカーン（アメリカの第十六代大統領エイブラハム・リンカーン、一八〇九―六五）大統領の当選やサムター要塞陥落（サウス・キャロライナ州南東岸のチャールストン港入口の要塞、一八六一年、南軍がここを砲撃して南北戦争が始まった）の報も伝わってきたが、彼女はほとんどそれに耳を貸さず、生きて会うこともない男のために自分が着たり脱いだりするわけがない衣裳を、のろのろと不器用に縫いながら、故郷の土地の宿命と弔いの鐘を聞いたり聞き逃したりしていた。ヘンリーはちょうど姿を消したところだったが、そのことについて彼女は町の人たちが聞いていることしか知らなかった――つまり、母親がもう六ヵ月ものあいだ、ハンサムで裕福なニューオーリンズの青年と娘との婚約について町じゅうに吹聴していたが、そのボンが今年のクリスマスにも、ヘンリーと一緒に休暇を過ごすためにまた帰ってきたということしか聞いていなかった。その二人が再び帰ってくると、町の人たちは、いよいよ式の日取りが発表になるだろうと期待した。ところがそこで何かが起こった。いったい何が起こったのか、誰にもわからなかった、それがヘンリーとボンの二人とジュディスのあいだに起こったことなのか、それとも若い三人と両親とのあいだに起こったことなのかもわからなかった。しかしとにかく、クリスマスの当日になると、ヘンリーとボンはいなくなってしまった。そしてエレンはもう姿を見せず(彼女はあの暗い寝室に引きこもってしまったらしく、そこから二度と出ることがないままに二年後に亡くなった)、サトペンやジュディスの表情とか行動とか態度からは何一つ推測できなかったが、噂は黒人たちの口から漏れてきた、つまり、クリスマスの前夜に、ボンとヘンリーでも、ボンとサトペンでもなく、ほかならぬ息子と父が喧嘩をして、ヘンリーは父と正式に縁を切ると言い、生得権も生まれた家も放棄すると宣言して、その夜のうちに、ボンと一緒に馬で家を出ていってしまい、母親はすっかり悲嘆にくれて臥《ふ》せっているというものだった——もっとも、母親が悲嘆にくれたのは、娘の結婚が破談になったためではなく、現実が彼女の生活に入ってきた衝撃のためで、これは獣の喉を切る前に斧で加えられた慈悲の一撃なのだと町の人たちは信じていたらしい。もっともエレンの方では、もちろんこのことにも気づいてはいなかったのだが。

ミス・ローザが聞いていたのはそれだけだった。彼女が心の中でどう思ったのか、誰にもわからない。町の人たちは、ヘンリーの行動は、サトペンの血筋のせいであることは言うまでもなく、血気盛んな若者がしたことであり、時間が経てば自然におさまるだろうと信じていた。そのあとのサトペンとジュディスの、互いに対する、また町の人たちに対する態度はこの件といくらか関係があったことは疑いない。二人は、少なくとも父娘のあいだには何ごともなかったかのように、時折、馬車で一緒に町に出かけてきたが、もしその喧嘩がボンと父親のあいだで起こったのであれば、こういうことはもちろんなかっただろうし、そのもめごとがヘンリーと父とのあいだの問題だったとしても、そのようなことはきっとなかったに違いない、なぜなら、町の人たちも気づいていたことだが、ヘンリーとジュディスの関係は、昔からある兄と妹に見られる深い結びつきよりいっそう親密なもので、しかもそれはちょっと奇妙な関係で、二人で一つの皿を分けあって食べ、一枚の毛布にくるまって眠り、同じ危険を分かちあいながら、相手のためではなく連隊全体の堅固な前線を守るために互いに死の危険を冒しあう、精鋭部隊の二人の士官候補生のあいだに生じる、あの私情を超えた激しいライヴァル意識に似ていた。ともあれ、ミス・ローザが知っていたのはそれだけだった。彼女は、町の人たち以上に知ることはできなかったのだが、それは、真相を知っていた人たちが（サトペンかジュディスは何らかの真相を知っていただろうが、エレンは知らなかった、そもそもエレンは何も聞かされていなかったはずだし、もし聞かされていたとしても、それを理解できなかったかもしれないし、忘れてしまったかもしれない——エレンは、太陽の上に浮いていた空気が、前触れもなくその足元から遠のいてしまった蝶みたいになって暗い陰気な部屋でベッドカヴァーの上に小太り気味の手を組み、眼には苦悩の色さえなく、ただ困惑し、何一つ理解できない様子だった）、ジェファソンの人にであれ、どこの誰にであれ話せるようなことしか彼女に話してくれなかったからだ。彼女は、きっと一度は屋敷へ訪ねていったに違いないが、それっきり行かなくなってしまった、訪ねた時も、きっとジュディスにさえ真相を訊き出そうとしなかったのだろう、恐らく訊いても教えてもらえないと思ったのか、それとも恐らく自分に知らされる時をただ待っていたのだろう。そして彼女はミスター・コールドフィールドに、何も変わったことはなかったと伝えていたに違いないし、自分でもきっとそのように信じていたのだろう、なぜなら、彼女はジュディスの婚礼衣裳を縫い続けていたのだからね。彼女は、ミシシッピ州がアメリカ合衆国から分離し[26]、ジェファソンの町に南軍の軍服を着た兵士たちが姿を現わすようになってからも、その衣裳を縫い続けていた、そしてサートリス大佐[27]とサトペンが連隊を組織し、サトペンが副官となり、一八六一年に、スコット将軍[28]の名にあやかった黒い雄馬に跨り、サートリス大佐の左手に並んで連隊旗を掲げて出征していったのだが、その旗はサトペンとサートリス大佐が考案し、サートリス家の女たちが絹のドレスを縫い合わせて作ったものだった。彼は、一八三三年の日曜日に初めてジェファソンに乗り込んできた時や、エレンと結婚した時と比較しても、ずっと肉づきがよくなっていた。だが、もう五十五に近かったのに、まだ堂々たる恰幅になってはいなかった。脂肪がついて腹が出てきたのは、そのあとからだった。ミス・ローザとの婚約が変なふうにこじれた翌年、急にそうなった、彼女は彼の屋敷を出て父親の家に帰って一人で暮らすことになり、そしてそれ以後、彼が死んだと知らされた時に、一度だけ彼の名前を口にして何かを言いかけた時以外は、彼女は二度と彼に話しかけることはなかった。ともかく、彼に贅肉がつき始めたのは突然で、黒人たちやウォッシュ・ジョーンズが堂々たる男の姿と呼んだものは、その土台が崩れ去ったあとに絶頂に達してそのまま持続し、傍目にうつる彼の体つきと、元のまま変わらぬ骨格とのあいだの何かが流動体となって、大地に縛りつけられたまま、風船のようにふわふわして生気なく、それを収めきれなくなった外皮によって撥ねつけられたり抑えつけられたりしているかのようだった。

彼女が連隊の出発するところを見送らなかったのは、父親が家から出してくれず、他所《よそ》の女たちや娘たちと一緒に連隊の壮行式に参加することを許さなかったからで、たまたま連隊に娘婿が加わっていたためではなかった。彼はこれまで決して怒りっぽい人間ではなかったし、戦争が実際に布告されてミシシッピ州が分離するまでは、彼の抗議の言動は穏やかなものだったばかりか、筋の通ったきわめて思慮深いものだった。ところがひとたび、賽《さい》が投げられ(29)、戦争が始まると、ちょうど娘のエレンがその数年前に本性をすっかり変えてしまったように、彼は一夜にして人が変わってしまったようだった。軍勢がジェファソンに姿を現わし始めると、彼は店を閉め、兵士が動員され訓練されているあいだずっと店を閉めたままで、そのあいだも、そのあとになって連隊が町を出ていってからも、たまたま町を通りかかった部隊が、一晩この町で野営する時はいつも、どんなに金を出すと言われても、軍人には商品を一つも売るまいとしたし、噂では、兵士の家族にも、南部脱退と戦争を口先だけで支持した人の家族にも、何も売るまいとしたという。彼は自分の妹が、馬商人の夫が軍隊にいるあいだ家に帰って一緒に暮らしたいと言ってもそれを許さなかったし、ミス・ローザが表を通る兵士たちを窓から見ることさえ許さなかった。彼は永久に店を閉じてしまい、一日じゅう家に引きこもっていた。彼とミス・ローザは、玄関のドアに錠を下ろし、表側の鎧戸《よろいど》を閉めて固定し、家の奥で暮らしていたが、近所の人たちの話によれば、そこで彼は、一日じゅう、僅かに開けたブラインドの蔭に立って、見張りについている哨兵のように過ごし、軍の部隊が通り過ぎるのを待ち構えていたという、手にはマスケット銃(ライフル銃の前身の歩兵銃)のかわりに、大きな家庭用聖書(出生、死亡、婚姻などを記録する余白頁のついた大型聖書)を持って武装していたが、その聖書には、自分と妹の誕生と、自分の結婚と、エレンの誕生と結婚と、二人の孫とミス・ローザの誕生と、それから妻の死が(だが叔母さんの結婚は記録されてはおらず、それを、エレンの死と一緒に記入したのはミス・ローザで、その日彼女はミスター・コールドフィールドとチャールズ・ボンとサトペンの死も記入した)、商人らしい彼の達筆できちんと記入されていた、そして、いざその部隊が通りかかると、彼は手にしていた聖書を開き、行進する兵士の足音よりも高く声を張りあげて、本物の哨兵なら窓の下枠に沿って実弾を並べて用意しておくようにして、あらかじめ印をつけておいた、狂おしい復讐心にみちた大昔の神秘思想が書かれた聖書の数節を声高に読みあげるのだった。それからある朝、彼の店が何者かに踏み込まれて略奪されたことを知った、それをやったのは、町外れに野営していた他所の土地から来た部隊の一中隊であることは疑いなかったが、その連中が、ただ耳打ちされただけだったにせよ、町民たちに教唆されたことも疑いのないところだった。その夜、彼は金槌と一握りの釘を手に屋根裏部屋に上がり、中に入ってドアを釘づけにすると、金槌を窓から投げ捨てた。臆病者だったからではない。彼は己れの道義心を絶対に曲げない人で、僅かばかりの商品を持って新しい土地にやって来て、その売上げで五人の家族を少なくとも不自由させずに無事に養ってきたのだ。それは確かにきわどい取引もやっただろう、きわどい取引とか不正でもしなければ、とてもそんなことはできなかっただろうからね、それに、おまえのお祖父さんが言っていたことだが、当時のミシシッピのような土地では、麦藁帽子とか馬具につける紐《ひも》とか塩漬け肉を売る時ぐらいにしか不正をやれない人間だったら、そんなことをする前に家族から盗み癖があると見なされてとっくに監禁されていただろう。だが彼は臆病者ではなかった、お前のお祖父さんが言っていたように、彼の良心に我慢できなかったことが、どんな大義名分があるにせよ、人間の血と命を犠牲にすることよりは、浪費することであり、ものを使い尽くしたり食べ尽くしたり無駄遣いしたりすることだったとしても、決して臆病者ではなかった。

今やミス・ローザの生活は、毎日、自分と父親が何とか暮らしていくだけになった。店が略奪される夜までは、二人は店にある品物で生きていた。彼女は暗くなってから籠を持って店に行き、一日か二日ぶんの食糧を持ち帰った。だから、略奪のしばらく前から補充されていなかった店の品物は、それ以前からかなり減っていたし、それから間《ま》もなく、彼女は、叔母さんに自分がか弱いばかりか、実際に大事な人だと信じるように育てられていたので、実践的なことは何一つ教わってこなかったにもかかわらず、時とともに入手が困難になり、その質もますます貧しいものになっていった食べ物をこしらえ、夜になると屋根裏部屋の窓に取りつけた井戸の滑車とロープで、それを父のもとに引きあげていたのだった。彼女は三年間これを続け、一人分としてはとても足りないほどの、それも憎悪している男のために、僅かな量の食べ物を、夜にこっそりと届けていた。それに彼女はこの時まで、自分が父を憎んでいることに気づかず、その時もなおそれを知らなかったのかもしれない、それなのに、おまえのお祖父さんが一八八五年にそれを見た時には、千編以上の詩が入っていたあの紙挿みの中の、南軍兵士を詠《うた》った最初の頌詩《オード》の日付は、彼女の父親が自ら進んで幽閉生活に入った年のもので、時間は朝の二時になっていたそうだ。

それから彼は亡くなった。ある朝、籠を引きあげる手が出てこなかったのだ。ドアにはまだ古い釘が打ち付けられたままだったので、近所の人たちに手伝ってもらって斧でドアをこじ開けると、たとえ大義もその擁護者もそれまで断乎として拒絶してきたとはいえ、自分の唯一の生活手段がついにその大義の擁護者によって略奪されるのを見てしまった男が、藁布団を敷いたベッドの脇に三日分の食事を手つかずのまま残して死んでいるのが見つかった、それはまるで、彼がその三日間、この世における自分の貸借勘定を心の中で計算しながら過ごし、その結果を得てそれを証明すると、現に今起こっている愚かさと激怒と不正義の舞台に対して、冷たく頑とした反対意見を貫いた無感覚な死体を突きつけているようだった。かくして、ミス・ローザは孤児になったばかりか、貧窮の底にまで落ちぶれた。今や店は建物の殻だけとなり、誰もいなくなった建物には鼠さえ寄りつかず、何一つなかった、父親が隣人にも町にも、戦争のさなかにある土地にも、そのいずれに対しても徹底して疎遠な態度をとってきたために、善意を施してくれる者もいなかった。二人の黒人女までいなくなっていた、父親が二人の所有者となってすぐに自由の身にしてやり（ついでながら言えば、買ったのではなく、借金のかたに引き取ったものだったが）、二人ともそれを読めなかったのに、自由人であるという証明書を書き、週給を与える約束をした、だが借金に見合うだけの当時の市場価格の弁済が終わるまでは週給の支払いを停止していたとも聞いている――その二人は自由にしてもらったお返しとして、ジェファソンで最初に逃げ出して北軍についていった黒人の仲間入りをしたのだった。そういうわけで、彼が死んだ時、蓄えも財産も何一つなかった。将来の娘婿に出会う前に貯めたささやかで堅実な蓄えが彼の唯一の楽しみではなかったことは確かだろう――つまり、金銭そのものにあったわけではなく、いつの日か彼の自己否定と不屈の精神に報いるために一覧払い為替手形が支払われるに違いないと信じて、どこかの精神上の銀行に残高を置いておくことにあったのだ。だからサトペンとの取引を通して彼を最も苦しめたのは、決して金銭を失ったことそのものではなく、それまで築き上げ確保したと信じていた精神上の弁済能力を何とか維持するために、不屈の精神と禁欲の象徴である、その僅かな蓄えを犠牲にしなければならなかったという事実にあったことは疑いない。それはちょうど日付か署名をうっかり見落としたために、同じ手形の支払いを二度もしなければならなくなったようなものだった。

こんなわけで、ミス・ローザは貧民となり孤児にまで落ちぶれて、この世にいる血縁は、ジュディスと叔母さんだけになったが、叔母さんの消息を最後に聞いたのは二年前のことで、その時の叔母さんは北軍の戦線をくぐり抜けてイリノイ州に向かっており、ロック・アイランド（イリノイ州北西部の町）捕虜収容所の近くまで行こうとしていたという話で、そこに、商才を揮って、南軍騎兵隊の補充馬軍団のために馬や騾馬を入手する役目を引き受けていた彼女の夫が、その仕事の最中に捕らえられ収監されていたからだった。エレンが死んでやがて二年だった――あの蝶は、強風によって壁に叩きつけられた蛾のようで、弱々しげに羽ばたきながらそこにしがみついていたが、頑なに命に固執していたわけではなく、軽すぎて激しく叩きつけられなかったためにそれほど痛そうでもなく、強風に見舞われる前の明るい真空状態すら記憶にとどめてもおらず、ただ当惑し、わけもわからずに驚いているだけだった――その年サトペンの黒人たちが一人残らず屋敷を捨てて北軍についていってしまったために、ひどい食べ物しかなかったにもかかわらず、彼女の華やいで軽やかな外形は少しも変わってはいなかった、その黒人たちというのは、彼がその土地に連れてきて、種馬と自分の馬を交配させようとしたのと同じ目的と同じぐらいの注意深さで、すでにこの土地に住んでいたおとなしい黒人と交配させ混ぜ合わせようとしていた、あの野生の黒人たちだった。そして馬の場合と同じように、黒人の場合もそれに成功したのだった、それはあたかも彼の存在だけが、あの屋敷に人間の命を受け容れさせ、維持していくことを強制できるかのようだった、まるで家というものには、実際に一つの知覚力が、一つの個性と性格が備わっているようで、それらはそこに住んでいたり、過去に住んだことのある人たちから滲《にじ》み出たというよりも、材木や煉瓦の中にもともと備わっているか、それともまた、その家を考案して建てた男あるいは人たちによって材木や煉瓦の上に生み落とされたもののようだった——この家には、見捨てられて空き家になることを強く主張しているものがあり、冷酷な人間とか強い人間たちに認められて護られる時以外は、人に住まわれることを激しく拒むような雰囲気があった。もちろん彼女はいくらか痩せたが、それはちょうど、蝶が、次第に生命が解体して死に向かっていくみたいで、羽と体の部分がいくぶん縮まり、斑模様もやや寄りあっていたが、まだ皺らしいものは一つも見えず——相変わらずつやつやした、ほとんど少女のような顔を枕にのせて寝ており（もっともミス・ローザはその時、エレンがもう何年も前から髪を染めていたことに気づいたのだったが）、相変わらずふくよかで柔らかい（もう指輪をはめていなかったが）手をベッドカヴァーの上にのせて、ただ何もわからなくなっている暗い眼の中の挫折の表情だけが、近づきつつある死を想像して、十七歳の妹に（すでにヘンリーは生得権を放棄して姿を消したままで、一家を破滅させる最後の役割を果たしに、まだ家に戻ってきてはいなかったが——これは、おまえのお祖父さんの話によると、エレンには何の害も及ぼさなかった、それが壊滅的で決定的な打撃になるだろうからではなく、しがみついている蛾には、たとえ生きていても、もはや風や暴力を感じる力もなかったために、彼女はそれにも何の反応も示さないことになっただろうからだ）、残していく子供を守ってくれと頼まざるを得ない状況を物語っていた。そんなわけで、彼女が屋敷に移ってジュディスとともに暮らすことは一番自然な成りゆきだっただろうし、彼女ばかりか南部女性なら誰だって、ことに淑女だったら、そうするのが自然だっただろう。だから彼女は誰からもそう言われる必要がなかっただろうし、彼女が人から頼まれるのを待っているなんて誰も考えなかっただろう。なぜなら南部淑女とはそういうものだからだ。だが、たとえば、一文無しで、この先金の入る見込みもなく、自分を知っている人はみんな、このことを知っていると承知しながら、それでも、パラソルと個人用の便器とトランク三つを持って他所の家へ行き、そこの奥さんが手刺繍のシーツを使っているような私室に入り込んで、召使たちも白人の主人たち同様に、彼女にはチップをくれるだけの金もないことを知っているので、チップを貰えるとは決して思ってはいないが、その召使たちを指図するだけでなく、台所にまでずかずか入り込んで、料理人を追い払い、そこの家の者の食べ物を自分の口に合うように味つけするということまでは決してしないのだ——南部の淑女はそうまでして、自分の身と心を守ろうとはしない、彼女たちは吸血鬼のように生き血を吸って生きているように見えるが、それは飽くことなき欲望のためではなく、まして貪欲のためではなく、ただ平穏にのんびりしながら華麗に花を咲かせているだけなのだ、というのは、地図のない海や陸地を越え、荒野の苦境や思いがけない困難やさまざまな災難と闘ってきた祖先たちの血から得られる栄養分が彼女たちの血管をも満たしてくれるからだ、安逸や平和な暮らしに対するいかなる面倒な心労があっても、心静かに受け流してきたのだが、そのような暮らしを維持するために、時代それぞれに変質する泉の源泉とでも呼べるものを背負い込むことになるが、その源泉となる男は、粗野ながら食べ物を運んでくれる血球を、存分に多く、しかも充分に健康な状態に保ち、その家系の流れをいっぱいに満たしたい、とたくらむものなのだ[30]。

そこで彼女は屋敷に行って一緒に暮らすだろうとみんなは思っていた。だが彼女はそうはしなかった[31]。ジュディスも孤児だったが、彼女にはクライティが一緒に暮らし助けてくれていたし、エレンが死ぬ時まで食べ物を持ってきてくれたウォッシュ・ジョーンズがいて、彼女の食べ物の世話をしてくれるのはもちろんのこと、食べ物を作ろうと思えば作れる、あの放ったらかしにされていた何エーカーもの土地があった。しかしミス・ローザはすぐにはそこへは行かなかった。恐らく彼女は生涯行くつもりはなかったのかもしれない。ジュディスを守って欲しいとエレンから頼まれたものの、たぶんジュディスはまだ保護を必要としていないと感じていたのだろう、なぜなら、もしすぐには実を結ばない愛情だとしても、それが彼女に、ここまで生き続けさせ、ここまで長く耐え忍ぶ意志を与えることができたのだとすれば、その同じ愛情が、たとえすぐには実を結ばなくても、ボンの気持ちを繫ぎとめるに違いなく、男たちの愚考が、ただ疲労困憊して行き詰まり戦争が終われば、どこにいるかはわからないがボンは帰ってくるだろうし、ヘンリーを一緒に連れてくるだろうと感じたからなのだ――ヘンリーもまた同じ愚考と災難の犠牲者だった。彼女は時折ジュディスには会っていたに違いないし、ジュディスはきっとローザに、サトペン百マイル領地に来て一緒に暮らすように勧めただろうが、今言ったような理由で、ローザが屋敷に行かなかったのだと私は信じているんだ、もっとも、ローザはボンとヘンリーの居場所を知らなかったし、ジュディスもそれを彼女に教える気はさらさらなかったのだが。なぜならジュディスは二人の居場所を知っていたんだからね。もうずっと前から知っていたのかもしれないし、エレンでさえ知っていたかもしれない、ただ、その時のエレンにとって、人の不在は中身の問題ではなく、恥辱や忘却に沈む形での不在はどれも同じ意味を持っていたのだろう、だからエレンには、人によっては戦争の不確かさと忘却の確かさは別々のことを意味しているかもしれない、ということを妹に話すことすら思いつかなかったのだろう。それとも、恐らくジュディスは母親にも何も話さなかったのかもしれない。恐らくエレンは、ヘンリーとボンが、大学の同級生が組織した中隊の兵士になっていることを死ぬまで知らなかったのかもしれない。いずれにしても、ミス・ローザはまったく知らなかった。この四年間のうちで、彼女が甥のヘンリーが生きていたことを初めて知ったのは、あの午後に、ウォッシュ・ジョーンズが、まだ残っていたサトペンの騾馬に跨って家の前で止まり、彼女の名前を大声で呼んだあの午後のことだった。彼女は以前にもその男に会ったことがあったのだが、それが彼だとはすぐにわからなかった——マラリヤ病みの青白い眼をした、痩せてひょろひょろした男で、二十五歳とも六十歳とも見当のつかない顔をして、鞍もつけていない騾馬に跨ったまま門の前の通りで止まり、間《ま》をおいて何度も、「ハロー。ハロー」と叫ぶので、彼女が戸口に行ってみると、その声を、たいしてではないが、いくらか低くして、「おたくがローズィ・コールドフィールドさんかい？」と言った。

Ⅳ

クエンティンが出かけていくにはまだそう暗くなっておらず、そこまでの往きの十二マイルと帰りの十二マイルを見越しても、少なくともミス・コールドフィールドの都合に合わせて出向くには、まだ充分に暗くなってはいなかった。クエンティンにはそれがわかっていた。彼には、小さな陰気くさい家の侵しがたい孤独に包まれた、暗く風通しの悪い部屋の一室で待っている彼女の姿がほとんど眼に見えるようだった。彼女は間《ま》もなく家を出るつもりだったから、明かりもつけていなかっただろうが、それはきっと、光と風は熱を運び込むと昔彼女に教えた人がいたが、その精神を受け継いだその人の子孫か親類が、電気代は実際に電灯をつけている時間の長さで決まるのではなく、スイッチをひねると、それまで静止していた電流が反動で急に流れ、それがメーターに現われるのだとも彼女に話していたからだろう。彼女はすでに黒玉のスパンコールのついた黒いボンネットをかぶっているだろうが、彼にはそれもわかっていた、そしてショールも羽織り、次第に暮れゆく死んだような黄昏の中に座って、これから六時間ほど留守にしようという家の、玄関やクロゼットや食器棚の鍵を全部入れた手提げ袋を手に持つか膝に置くかしていることだろう、それにパラソルと雨傘もだ、彼女は天気や季節に鈍感になっているようだから、と彼は考えた、というのは、彼は生まれてからその日の午後まで、彼女と百語と口を利いたことがなかったが、彼女はきっと、日曜日と水曜日の祈禱集会に行く時を除けば、この四十三年間に、日没後に家を出たことが一度もなかったことをよく知っていたからだ。そうだ、彼女は雨傘を持っていることだろう。彼が出向いていったら、それを手にして姿を現わし、まだ露も降りていない夕暮れの疲れた吐息の中に、必ずそれを持って出てくるだろう、その頃、僅かに夕暮れの推移を感じさせたのは、ふわふわと気ままに飛びかう蛍の数が増えたことぐらいだった――六十日間も雨が降らず、露の降りない日が四十二日も続いたあとの夕闇のヴェランダの下では、蛍がますますたくさん、ますます深いところまで気ままに飛びかっていた――そこへ、ミスター・コンプソンが手紙を手にして家の中から現われ、通りがかりにヴェランダの明かりを点けたので、クエンティンが椅子から立ち上がると、「これを読むには家の中に入らないとだめだろうね」とミスター・コンプソンが言った。

「もしかしたら、ここでも充分に読めると思いますが」とクエンティンは言った。

「そうかもしれないね」とミスター・コンプソンは言った。「ひょっとしたら、これどころか、外の明かりでも――」とミスター・コンプソンは、きれいな時でもあまり明るくないのに、長い夏のあいだに虫の糞で汚れてしまった、たった一つの電球を指しながら言った――「人間は必要にかられて電球を発明したに違いないが、それはどうやら人間が生きる苦労の重荷から解放されて夜行動物に先祖返りしつつある（もしくは進化しつつある）ためだろう、この明かりでさえ、この手紙にとっても、あの人たちにとっても、明るすぎるほどだろう。そうだ。あの人たちは、あの時代に、つまり昔の時代に生きていた人たちなんだが、彼らも私たちと同じ人間であり、同じような犠牲者なのだ、といっても私たちとは事情も違い、もっと単純な事情があり、それゆえ、いかなる要素においても完全で、もっとスケールも大きく、もっと英雄的な犠牲者なのであり、それゆえその姿形も英雄的で、縮んだりもつれあったりせず、明確で純粋で、宝探し袋から手足ばらばらに滅茶苦茶に取り出されて繋ぎ合わされたその辺の輩《やから》とは違って、人を愛するも一度、死ぬも一度限りという天賦の才に恵まれており、だから千もの殺人と千もの交接と離縁の創り手であり、同時に犠牲者なのだ。恐らく、おまえの言うとおりだ。恐らく今の外の明かりより少しでも明るいと、この人たちには明るすぎるだろうね」。しかし、彼はすぐには手紙をクエンティンに渡さなかった。彼が再び腰をおろすと、クエンティンも再び腰をおろした、ミスター・コンプソンがヴェランダの手摺から葉巻を取りあげると、燃えさしにまた火がついて赤くなり、藤色の紫煙が風もないのにクエンティンの顔の前をよぎって漂い、ミスター・コンプソンが手に手紙を持ったまま、再び足を手摺に投げ出すと、白い麻のズボンの上に置いた彼の手は黒人の手のように黒かった。「なぜなら、ヘンリーはボンを愛していたからだ。彼はこんな男のために生得権と物的保障を放棄したんだ、かりに根っからの悪人ではないにしても、少なくとも意図的に重婚を犯そうとし、それから四年後にジュディスがその男の遺体の上に別の女と子供の写真を発見することになる、そんな男のためにだよ。彼（ヘンリー）はそこまでボンを愛していたからこそ、れっきとした根拠や証拠がなければ口にできないし、口にするはずがないと信じていたことを父親から言明されて、それに対して嘘だと言うことができたのだろう。だがヘンリーは、父親から女と子供について話されたことが真実だとわかっていたに違いないのに、その自分を自らの手で叩きのめすようにして、そう言ってしまった。彼はこう独り言を言っていたに違いない。あのクリスマス・イヴ、これが最後だと思いながら書斎のドアを閉めて出てきた時も、そう言ったに違いないし、そのあとであのクリスマスの早朝、凍てつく暗闇の中をボンと並んで馬に跨《またが》り、自分が生まれた、そしてあと一度しか見ることのない家を出て、今自分の脇に並んで、馬を走らせる男の血を自らの手に生々しく感じながら、こう繰り返していたに違いない、僕は信じよう、信じよう。もし、そのとおりだったにしても、父が僕に話したことが真実だったとしても、父の言葉が真実であることを図らずも知らざるを得ないことになっても、それでもなお僕は信じよう　と。なぜなら、ニューオーリンズに行けば、真実でなくても、父親が話したとおりのことでなくても、彼が我知らず、自分でもすでに信じてしまったというのに、それを否定し、どうしても受け容れられないと思ったことしか発見できない、と覚悟していたんじゃないかい？　だけど人間というものは、たとえそのためにひどく苦しんでいても、切り取らなければならないとわかっている腕や脚に対して、健全なほかのどの部分にもまして、執着を感じるのが自然なはずだろう？　なぜなら、彼はボンを愛していたからだ。私には、あのクリスマス・イヴに書斎でヘンリーとサトペンが、つまりその男の父親と弟が、雷鳴とその谺《こだま》のような激しさで、それと同じように間髪を入れずにやりとりしている様子を想像することができる、こうだという言明に対して嘘だと言い返し、嘘だと言う瞬間でさえ彼にはそれが真実だとわかっていたにもかかわらず、父と友人のどちらをとるか、（ヘンリーはそう信じていたに違いないが）名誉と愛情を選ぶか、血縁と利益を選ぶかについて、即座に取り返しのつかない形で決意する様子を想像することができるのだ。そんなわけで、四年もの保護観察ということになったのだ。彼には、このあとニューオーリンズでわかり、自分の眼で確かめたことはさておき、その時すでに、そのクリスマス・イヴにすでに、保護観察などは無駄だということがわかっていたに違いない。彼にもその頃までに、ボンという人間がその程度にはわかっていただろうし、ボンはそれまで少しも変わらなかったのだから、どう見ても、これからもきっと変わらないだろうとわかっていたのだろう、だから彼（ヘンリー）は、その友人に対して、僕はあなたを愛しているのであしたのです、ですからあなたも僕を愛するならこうしてください　などとは言えなかっただろう。彼にはそんなことが言えるはずもなかったんだ――この男、二十歳《はたち》そこそこのこの青年は、自分の知っていた世界に背を向けて、たった一人の友人と運命をともにしたのであり、その夜、馬で家を出ていった時も、父親が告げたことが真実であるとわかっていたのと同じように、この友人をいつかはきっと自分の手で殺すように運命づけられていることもわかっていたに違いないのさ。彼には、自分の希望が、それが何に対するどんな希望か言えなかったものの、とにかく虚しい結果に終わることがわかっていたのと同じように、その運命に気づいていたに違いない、つまり、その希望と夢というのが、ボンかそれとも今の状況が変わってくれればいいというものであろうと、その夢が、ちょうど負傷した男が熱にうなされながら、自分のひどく痛んでいる腕や脚の方が本当は丈夫で健全で、何ともない手足が病んでいると感じるような、いつかそれから目覚めたら、それが夢だったとわかるようなものであろうと、とにかく虚しいものだとわかっていたようにね。

「それはヘンリーが命じた保護観察で、ヘンリーは自分たち三人全員をその期間じゅう拘束したのであり、ジュディスだってある程度それにおとなしく従っていた。彼女は、あの晩書斎で何が起こったのか知らなかった。私が思うに、四年後の、あの午後になり、彼女が二人に再会するまで、つまりボンの遺体が家に運び込まれ、彼女がボンの上着に、自分の顔でも自分の子供でもない顔が写っている写真を見つける時までは何も気づかなかった、ところが彼女がその翌朝目を覚ますと、二人ともいなくなっており、ただ手紙だけが、ヘンリーの手による書き置きだけが残っていた、だってヘンリーはボンに手紙を書くことを禁じていたに違いないからだ――それは休戦の、保護観察の宣告で、ジュディスもこの点までは黙って従った、それが父の命令だったなら、兄が父に反抗したように、ジュディスも即座に従うことを拒んだだろうが、この件ではヘンリーの言うことを聞いた――それは血のつながる男性だから、つまり兄だからというのではなく、二人のあいだのあの特別な関係の——つまり、ジュディスがまだその男に一度も会ったことがないのに、二人してほぼ同時に一人の男に誘惑された、あの一心同体の関係のためだった——彼女が保護観察を守り、それがいつになるか口には出さず、はっきりしていなかったものの、互いに認めあっていたあの時点までは、彼(ヘンリー)に猶予を与えるだろうということが彼女にもヘンリーにもわかっており、二人とも、その時点が来たら、彼女が、あのいつもの動じることのない冷静さと、女性の昔ながらの弱々しさから、受けることも与えることもいつもと同じように穏やかに、いつもと同じように拒絶し、その休戦を撤回し、今度は敵として兄に立ち向かい、ボンがそこにいて支援してくれることを求めもしなければ望みもせず、もしそこにいて仲介しようとすれば、きっとそれも断り、女に、愛される者に、花嫁に戻る前に、まずは男のように、その問題についてヘンリーと徹底的に戦い抜くだろうということに、きっと気づいていたに違いない。それで、ボンだが、ヘンリーが父の話したことをボンに話そうとは思わなかったように、父のもとに引き返してボンがそれを否定したと話そうともしなかっただろう、なぜなら、その一方をするためには、もう一方もしなければならなかったからだし、それに、彼にはボンの否定が嘘であるとわかっていたし、彼自身はボンの嘘に我慢できたとしても、ジュディスや父にその嘘を聞かせることには我慢できなかっただろうからね。それに、ヘンリーは書斎で何が起こったのかについて、ボンに話す必要はなかったかもしれないのだ。彼（ボン）は、その最初の夏、故郷に帰るやいなや、サトペンがニューオーリンズを訪ねていたことを知ったに違いない。つまり彼は、サトペンが自分の秘密を嗅ぎつけたことを知ったに違いない――だがボンは、サトペンの反応を見るまでは、それを秘密にすべき事柄とは考えても、それが白人女性との結婚に反対される正当な理由になろうとは考えてもみなかっただろう――そういった関係は、彼の同時代人で、それだけのゆとりのある男たちなら誰でもきっと、自分と同じように持つものだと思っており、それについて、自分の花嫁や妻や妻の家族に話そうなどという考えが彼に起こらなかったのは、男が結婚前に加入した友愛会の秘密を話そうと思わないのと同じだっただろうからね。事実、彼の未来の花嫁の家族がそれを発見した時の反応は、恐らくサトペン一家が彼をびっくりさせた最初で最後のことだったに違いない。私は、ボンにはしきりに興味をそそられるんだ。だって彼は、ちょうどサトペン自身がジェファソンに乗り込んできた時と同じように、つまり背景も過去も子供時代も持たずに、見たところ、すっかりできあがった人間として、隔離された清教徒的な田舎の家庭に入り込んだのだし――実際の年よりはいくらか老けて見える男で、スキタイ人（前六―前三世紀頃、黒海北岸に住んでいた遊牧民）さながらの一種の輝きに包まれており、特に何の努力もしなければ、特にそうしたいとも思わずに、田舎者の兄と妹を誘惑したように見え、そのため大騒動を引き起こしたわけだが、それでいて、サトペンが何とかしてその結婚を阻止しようとしていると悟るやいなや、彼(ボン)は引き下がって受身になり、いくらか冷笑的で、完全に謎めいた、ただの傍観者になってしまったように思えるのだからね。彼は、最後通牒《つうちょう》とか断言とか大胆な抵抗とか挑戦とか放棄といったような、(彼には)とても理解できなかったとしても、きわめて率直で論理的なものごとすべてから一歩退いて、影のように、ほとんど実体もないまま、宙に浮いているかのように見え、その様子には、若いローマの執政官が、自分の祖父が征服した野蛮人の群れのあいだを漫遊旅行《グランド・ツアー》(32)して歩き、毒気が漂い、亡霊の出没する森の中にある、大声で怒鳴りあっている、子供っぽい、不気味な泥の城に住む家族のところに行き暮れて泊めてもらったような、冷笑的でけだるそうでいかにも超然としたところがあった。彼は、この事態全体を、もちろんわからないわけではないが、まったく不必要なものと見なしていたようで、サトペンが自分の愛人と子供のことを発見したのを直ちに悟ると、サトペンの行為も、それに対するヘンリーの反応も、思考と呼ぶにも値しない、呪物に取り憑かれたすえの道徳的な躓《つまず》きだと思い、彼はそれを、科学者が麻酔をかけた蛙の筋肉を見守るように、超然とした注意深さで眺めてでもいるみたいで――つまり、洗練された素養の後ろから見守り観察し眺めていたのだが、そのようなボンに比べるならば、ヘンリーもサトペンも先史時代の穴居人さながらだった。それは外に現われた点だけではなく、つまり彼の歩き方とか話し方とか服の着こなしとか、エレンに手を貸してダイニング・ルームや馬車に案内する時の作法とか、(恐らく、いやきっと)彼女の手にキスをする時のやり方などは、エレンが息子のヘンリーもそうであれば、とつくづく羨ましがるようなものだったが、彼という人間そのものが――あの宿命的で計り知れない沈静さを保ちつつ、相手方のしたいことは何でもさせようとただ待ちながら、じっと彼らを観察しており、まるで彼にはそのあいだずっと、やがては自分が待たねばならない時が訪れるだろうし、自分に必要なのはただ待つことだけになるのがわかっていたようであり、また自分はヘンリーとジュディスの二人を徹底的に惑わしてしまったのだから、自分が結婚したいと思う時にジュディスと結婚できなくなるなどという恐怖はまったく感じていないように見えた。それは、賭博師が自分の見ているものからできるだけ稼ぎたいと待ち構えている時の、いくぶんか本能を、いくぶんか幸運を信じ、またいくぶんかは感覚と神経を働かせて習慣的に筋肉を動かしているような、あの無分別な抜け目なさではなく、まだ未開人の域を脱しきれずにいて、しかもこれから二千年経ってもなお、初めから自分たちと縁もゆかりもないラテン的教養だの知性だのといった軛《くびき》を、得意げに放り出そうとするような(そうだ、サトペンとかヘンリーとかコールドフィールド一家の人たちといった)連中が口にする駄洒落やその場限りの戯言《たわごと》を、もう何世代も昔に脱ぎ捨ててしまった、どこか控えめながら頑ななペシミズムだった。

「なぜなら、彼はジュディスを愛していたからなんだ。彼だったらきっと、「自分流に」と付け加えただろうね、だって、彼の未来の義理の父親にも間もなくわかったように、彼が恋人の役を演じ、ジュディスに誓ったようなことをほかの女にも誓ったのはこれが最初ではなかったし、まして、彼が白人女性との式と、あのかつての儀式とのあいだにどんな区別をしようとも(ついでながら彼はカトリック教徒のはしくれだった)、最初の時も彼はその誓いを記念する式を経験さえしていたかもしれないのだから。だって、おまえにもこの手紙を読めばわかるだろうけれど、これは彼が彼女に書いた最初の手紙ではなかったが、おまえのお祖母さんがその当時そのように理解していたように、少なくとも彼女が人に見せた最初にして唯一の手紙だったし、彼女が死んだ今となっては、みんながそう信じているだけなのだが、ミス・ローザかクライティが彼女の死後に処分した手紙がほかになかったとすれば、彼女がとっておいた唯一の手紙なのだ、だがこの手紙は、ジュディスが大切にしまっておいたからではなく、ボンの死後、彼女が自分でそれを持ってきておまえのお祖母さんに預けたために、ここにこうしてとってあるわけで、彼女がそれを持ってきたのは恐らく、（もちろん処分したのが彼女自身だったとすれば）ボンが彼女に書いたほかの手紙を全部処分してしまった日で、それはまた彼女が、ボンの上着の中に八分の一黒人混血女性《オクトルーン》の愛人と幼い男の子の写真を見つけた日だったかもしれない。なぜなら、彼は彼女にとって最初にして最後の恋人だったからなのだ。彼女は、事実ヘンリーが彼を見たのとそっくりな眼差しでボンを見ていたに違いない。だから、その二人のどちらに、ボンがより魅力的に映ったか、それを判断するのは難しいだろう――一人は、たとえ無意識にではあれ、彼を所有することによってそのイメージを自分のものにしたいという希望を持っていたのに対して、もう一人は、潜在的な欲望を抱きつつ、同性であるためにいかんともしがたい、越えがたい障壁のあることを意識していたけれど――この男をヘンリーが最初に見たのは、恐らくボンが学内に繋いでおいた二頭の馬の一頭に跨り、大学の森のあたりを駆け抜けていく時だったか、それとも恐らく、ちょっとフランスふうに見える外套と帽子をつけて校庭を歩いていた時だったか、それとも恐らく（私はこうだと思うのだが）、花模様のある、ほとんど女の着るようなガウンを着て、自分の居室の陽当りのいい窓辺でくつろいでいる彼に正式に紹介された時だったかもしれない――この男はハンサムで、優雅で、猫のようでもあり、大学生としては年をとりすぎていたが、実際の年齢というより、経験が豊富であるという意味で年をとりすぎていたのであり、ものを知り尽くし、飽き飽きしている様子がはっきり窺え、つまりこれまでいろいろなことをやり、楽しみごとは味わい尽くして、もうすっかり忘れてしまったようにさえ見えた。だから彼はヘンリーだけではなく、その小さな新しい地方大学の全学生の眼に、羨望ではなく絶望の対象として映ったに違いない、なぜなら、羨望というものは、偶然さえなければ、断然自分の方が上だと信じる相手に対して、また自分がこれまでよりも僅かでも幸運に恵まれれば、いつかはきっと手に入ると思うものに対して感じるものだからだ――だからそれは羨望ではなく絶望であり、時としてそれを持っていた人に対する侮辱や、さらには身体的攻撃に変わりさえする、青年だけが感じる、あの鋭い、衝撃的で、恐ろしい、どうにもならない絶望なのだが、ヘンリーのような極端な場合になると、当の人物を誹謗《ひぼう》する者を誰かれなく侮辱し攻撃することになるわけで、その証拠に、サトペンがあの結婚を禁止した時、ヘンリーは猛烈な勢いで父親と生得権を放棄したのだった。そうだ、彼はボンを愛していた、だってボンはジュディスを誘惑したのと同じほど確実に、ヘンリーも誘惑していたからだ――ヘンリーは根っからの田舎者で、ほかの農園主の息子たちから成るその僅かな学生たちの中で、ボンが親しくすることを許した五、六人の青年たちと一緒になって、ボンの服装や振る舞い方や（彼らに可能な範囲で）その暮らしぶりさえも真似し、あたかもボンを青春物の『千夜一夜物語』に登場する主人公ででもあるかのように見なし、智慧とか権力とか富ではなく、ほとんど想像もつかないほどの快楽の場所を、少しの間《ま》もおかず、飽きもせずに、次から次へと渡り歩ける能力と機会を授けてくれる護符か石を偶然手に入れた（いやむしろ無理矢理押しつけられた）者と考えていた、そして、ボンはその贅沢そうな快楽をほしいままにする時の、異国風でほとんど女ものの服装で、学友たちの前をぶらぶら歩きながら、もう飽き飽きしたよ、とみんなに話すたびに、彼らは驚きと、悔しいがどうしようもない激怒を募らせるばかりだった――ヘンリーはいかにも田舎者で、ほとんど道化に近く、どちらかと言えば、考えたり推論したりするよりは、本能的で過激な行動に出る傾向があったが、自分が妹の処女性に対して抱いている烈しく偏狭な誇りは相当に偽りのものだと気づいていたのかもしれない、もともと処女性とは、それが永久に保つことができないという真実を必ずや含み込んでいるからこそ貴重なものとなるわけで、したがってそれは、失われて無くなることによって初めて、これまで確かに処女だったことの証《あかし》が得られるはずのものだからだ。事実、恐らくこれこそ純粋で完璧な近親相姦なのだ、この兄は、妹の処女性が一度は存在したことを証明するためには、それを破壊しなければならないと悟り、その処女性を義理の兄の手を借りて奪おうとするのだが、その男は、もし自分がその妹の恋人に、夫になれるものなら、自分が変身したいと思っている男であり、またもし自分が変身して妹に、愛人に、花嫁になれるものなら、その人に奪われたいと、自分の略奪者に選びたいと思っている男だった。恐らく、ヘンリーの心というより魂の奥底にめぐっていたのは、そのような願いだった。なぜなら、彼はものを考えることを決してしなかったからだ。彼は感じると、それをすぐに行動に移した。忠誠心を知ると、それを実行した、また誇りと嫉妬も知り、愛し、悲しみ、殺したが、その時もなお悲しみ続け、そして恐らく、それでもなお彼はボンを愛し続けていた、希望し期待することは虚しいことを知りながらも、前の結婚を正式に破棄して解消するための四年間を、つまり四年間の保護観察を与えたその男を愛し続けていたに違いない。

「そうだ、ジュディスを誘惑したのはヘンリーであり、ボンではなかった、ボンとジュディスの求愛期間がずっと不思議なほど穏やかだったのは、その何よりの証拠だろう――それが本当に婚約だったとしたら、婚約期間は丸一年だったことになるが、実質的にはたった二回、ボンが兄の客人として休暇を過ごしに来ただけのことであり、その時でさえボンはヘンリーと乗馬や狩猟をして過ごしたか、あるいは、出身地や生い立ちやその過去については、ある都市の名前だけしかわかっていない、優雅で怠惰で、いかにも謎めいた、温室育ちの花のような役割を演じて過ごしたのであり、その花のまわりをエレンはじゃれるようにして飛びまわり、知らず知らずに蝶の小春日和《インディアン・サマー》を楽しんでいた、つまり生きた人間としての彼は、すっかり強奪されていたわけだ。毎日がそんな相手をすることで潰《つぶ》れ、彼がジュディスに求婚しようと思っても、その暇も、合間も、隠れ場所もなかった。彼とジュディスが二人だけでいる場面など想像することさえできないだろう。その様子を懸命に想像しようとしても、せいぜい思い浮かぶのは二人の影でしかなく、実際の二人は明らかに別の場所に離ればなれになっており――二人の影が、落ち着き払い、肉体に悩まされることなく、夏の庭園を歩調を合わせて歩いている姿とか――その同じ落ち着き払った二つの幻が、巌《いわお》のようなサトペンと気まぐれで激しやすいヘンリーが、ぱっと閃光を発しまぶしく光ったかと思うとすぐに終わった、禁止と抵抗と拒絶が巻き起こす、わけのわからない入道雲の上と後ろに漂いながら、どちらの味方もせずに気遣いつつ、静かに見守り眺めているような姿だろう――そのヘンリーだが、その時まで一度もメンフィスにさえ行ったことがなかったし、前の年の九月に、田舎くさい服装をし、鞍をつけた馬に跨り、黒人の馬丁に伴われて大学に行くまでは、家から一度も離れたことがなく、年も育ちも同じ六、七人の級友はみな、食べ物とか着るものとか毎日することといった、ごく表面的な点で、彼らの世話をしていた黒人奴隷たちと違っていただけで——黒人と同じように汗を流しており、唯一の違いと言えば、一方は畑仕事で汗を流し、もう一方は、畑に出て汗を流す必要がなかったために、彼らなりに手に入る質素で貧弱な楽しみごと、つまり激しく荒っぽい狩猟や乗馬で汗を流すといった違いだけであり、黒人と同じ楽しみごとを楽しみ、一方は、それが一番簡単で手っ取り早いという理由で、刃先がすり減ったナイフや真鍮の装飾品やひねりタバコやボタンや衣服を賭けて遊んでいたのに対して、もう一方は、同じく簡単という理由で、金とか馬とか銃とか時計などを賭けて遊んでいたのであり、同じようにパーティを催し、粗末なヴァイオリンとかギターといった、同じような楽器で同じような音楽を奏でるが、一方は蠟燭《ろうそく》と絹のドレスとシャンパンのある主人の邸宅で行なわれるのに対して、他方は松明《たいまつ》とキャラコの服と糖蜜で甘くした水のある奴隷小屋の土間でやるのだ——それはともかく、ジュディスを誘惑したのはヘンリーだった、というのは、その時ボンはまだジュディスに会ってすらいなかったからだ。彼はきっと、ヘンリーの簡単でありきたりの背景や育ちに関するはっきりしない説明に、さして注意を払わなかったので、ヘンリーに妹がいることさえ覚えていなかっただろう――この物ぐさな男が、今一緒に暮らすことになった青年たち、というより子供のようにしか見えない連中と友達になるには年をとりすぎていて、しばらくは自分に合わない役を演じさせられているのを承知で、それを甘受していたのは、明らかに彼にそれを我慢させるだけのもっともな理由があったからで、その理由は、彼がその時まわりにいた知りあいに打ち明けるには、あまりにも深刻であるか、少なくともあまりにも個人的なものだったに違いなく――この男はのちに、ジェファソンの町が知る限りでは、正式には取りかわされず、ボン自身肯定も否定もしなかったあの婚約のことで人びとが騒ぎたてた時も、ほとんど無関心と言えるような、いつもの物ぐさと、いつもの超然とした態度を変えなかったし、彼は背後に退き、どちらに加担することもなく、受身的で、まるで自分自身がそれに関係しているのでも、あるいは今はいもしない友人の代役を演じているのでもなく、その件に巻き込まれ禁止された人物は、彼が耳にしたこともなく、まったく関知しない他人だったかのような素振りだった。求愛などというものは全然なかったかのようにさえ思えるんだ。どうやら彼はジュディスに対して心にもないお世辞は言ったらしいが、彼女を滅ぼすような意図もなかったらしいし、ましてサトペンが結婚を禁止するあとにも先にも結婚を主張したことはもちろんなかった――いいかい、大学にいるあいだから、サトペンが実際にその証拠をつかむずっと前から、女たちのあいだですでに勇名を馳せていたこの男が、こんな有様だったのさ。婚約も、求愛すらもなかった、彼とジュディスは二年で三回しか、エレンに潰された時間も含めて全部で十二日しか会っておらず、二人はさよならも言わずに別れたのだ。それにもかかわらず、四年後に、ヘンリーは二人を結婚させまいとしてボンを殺さなければならなかった。だからジュディスを誘惑したのはボンではなく、ヘンリーだったに違いない、オクスフォードとサトペン百マイル領地があれだけ離れていたのに、妹がまだ会ったこともない男とのあいだがあれほど離れていたのに、自分と一緒に妹も誘惑したのだ、だから、まるで二人が、時折子供時代に、二羽の鳥が同時に枝を飛び立つように、互いの行動をそれによって察知するあのテレパシーの力を借りて誘惑したようであり、それは双子のあいだのありふれた妄想というよりも、むしろ性別とか年齢とか人種的遺伝とか言葉には関係なしに、生まれた時どこかの孤島に漂着した二人の人間のあいだに生じるような、あの共感的関係《ラポール》だったが、この場合の孤島とはサトペン百マイル領地のことで、その島は孤立しており、町の人たちのみならず、二人の母方の家族までが、受け容れたり同化したりしたというよりは、ただ一時的に休戦状態を装っていた、あの父親の影に支配されていた。

「いいかい？　二人はそんな状態だった、この娘は、この若い田舎育ちの娘は、彼が生きているあいだに、たった十二日間、一日平均一時間の割合でその男に会っただけで、しかもそれは一年半もの長期にわたっていた、それでいて彼女は、兄がその結婚を阻止するために、しかも四年も経ってから、謀殺《マーダー》ではなかったにしろ、殺人《ホミサイド》(33)という最後の手段に出なくてはならなくなるほどに、その男との結婚を固く決意するのであり、しかも四年ものあいだ、果たして相手がまだ生きているかどうかさえよくわからなかったのに、その決意を変えなかった、また、この父親には、その男をひと目見ただけで、六百マイルの旅をしてその男の身元を調査する理由があった、彼がどうやら千里眼によって早くも感づいていたことを突き止めるか、とにかく結婚禁止の確たる理由になりそうなことを見つけなければならないだけの事情があったのだ、それからこの兄の眼には、二人のあいだに奇妙で尋常ならぬ関係があったとすれば、彼にとっては妹で父にとっては娘であるジュディスの名誉と幸福が、父親にとってよりも、いっそう妬ましく貴重なものに映ったに違いないのだが、それでも彼はその結婚を擁護するために父親も血も家も捨て、四年前にそれを擁護するために家を出たのとどうやらまったく同じ理由で、その男を殺すまでの四年間、その拒否された求婚者の従者として、そのあとについていくことになった、そしてこの恋人だが、自ら求めることも避けることもしなかったように思える婚約に、意志も欲望もないまま巻き込まれ、自分の放逐をいつもどおりの受身的で冷笑的な気持ちで受けとめたのに、四年後には、その時までまったく無関心だった結婚をどうしても果たそうと決心して、かつてはその結婚を擁護していた兄が、今度はそれを阻止するために彼を殺さなければならなくなった。なるほど、そうだとすれば、遥かに世慣れた父親はもちろん、世間知らずのヘンリーにとっても、八分の一黒人の血を持つ愛人と十六分の一黒人の血を持つ息子の存在は、貴賤間の結婚儀式だとしても——当時の裕福な若いニューオーリンズ市民のあいだでは、それはダンス靴と同じような社交上の流行のアクセサリーの一つに過ぎなかったものの——その存在は、ジュディスとの結婚に反対する充分な理由となったかもしれないし、しかも、南部に生まれ、一八六〇年か六一年頃に大人になった世代の南部人の中でも、私たちの先祖のような、今では影の薄い典型的な南部人にとってさえ、結構な名誉に関わる充分な理由だったのだろう。それにしても、これは実に信じられない話だね。それだけではどうにも説明にならないんだ。それともまた恐らく、当人たちが何も説明しないから私たちにわかるはずがない、ということなのかもしれない。私たちには、口から口へと伝えられた昔話がいくつか残っているし、古いトランクや箱や引き出しから、挨拶の言葉も署名もない手紙を探し出すこともあるが、そのような手紙に出てくる、かつて生きて呼吸していた男や女も、今では単なる頭文字かあだ名でしかないわけで、しかもそんなあだ名は、今では理解できない愛情の中から生まれた呼び名なので、私たちには、サンスクリット（インド・ヨーロッパ語族の一つ、紀元前一二〇〇年頃からインドで文学語・宗教語として用いられた）かチョクトー・インディアン（アメリカン・インディアンの一種族、現在はオクラホマ州に住む）の言葉のように聞こえるものなのだ、私たちはその人たちの生きていた時の血や精液の中で眠りながら待っていた遠い先祖の姿をぼんやり思い浮かべることがあるが、この時間の希薄になった朧《おぼろ》げな過去の中で、彼らは今や英雄的な大きさを持ち、単純な情熱と単純な暴力にかられて、時間の影響も受けることなく、何とも不可解な行為を行なっているように見えるものだ――そうだ、ジュディスも、ボンも、ヘンリーも、サトペンも、みんないる。みんなそこにいるのに、何かが欠けている、彼らはあの手紙と一緒に、忘れられた箪笥から注意深く掘り出された化学式みたいなもので、その紙は古ぼけて変色しぼろぼろになりかけ、字はほとんど判読できないほどに消えかかっているが、それでもいかにも意味ありげで、よく見ると、その形と感じには見覚えがあり、その名前にも、気まぐれで感覚のあるさまざまな力の存在にも見覚えがある、ところが、指示された順序でそれらのものを繋ぎ合わせてみても、何も起こらない、穴があくほどじっと見て、何一つ見落とさず、何一つ計算違いもしてはいないことを確認しながら、うんざりしつつも熱心にもう一度読み返し、何度も何度も彼らの姿を繋ぎ合わせるが、何も起こらず、ただ言葉と符号と形だけが、人間の営みの、ぞっとするような血なまぐさい不運を誇張した背景を後ろにして、影のように謎めいて静穏にそこにたたずむだけなのだ。

「二人はあの最初のクリスマスを一緒に過ごすために大学から帰ってきた。ジュディスとエレンとサトペンはその時初めてその男を見た――ジュディスは、のべにして十二日しかその男を見ないことになるのに、決して彼を忘れられず、そのため四年後に(そのあいだ、彼は彼女に一度も手紙を書かなかった。ヘンリーが書かせなかったのだろう、だって、保護観察中だったからね)、彼女は彼から　僕たちはもう待ちくたびれました　という手紙を受け取った時、彼女とクライティは直ちにぼろや屑布でウェディング・ドレスとヴェールを作り始めることになるし、またエレンは、この謎めいた、ほとんど奇怪で、ほとんど両性具有の芸術品みたいな男を、子供のような貪欲さで自分の家の家具調度品の一つにしようとしたし、またサトペンは、彼をひと目見ただけで、妻の心の中以外ではまだ婚約の話など起こりもしていないのに、この男を、自分の長年の労苦と野望の賜物《たまもの》として(今やっと)手に入れた輝かしい栄冠に対する大きな脅威を秘めたものと見なし、それをはっきりさせるために六百マイルもの旅もいとわなかったほどに、その脅威を確信した——自分が嫌いだったり恐れたりする相手に挑戦して射殺することは考えられても、その人間を調べに十マイルの旅さえしそうもない男がこうしたのだ。いいかい？　おまえは、サトペンのニューオーリンズへの旅はまったくの偶然に過ぎず、ちょうど幼い少年が、わけもわからないまま、たくさんの蟻塚の中から特別の一つを選んで熱湯を注ぐのとそっくりに、この郡やこの地方の数ある住人の中から特別にあの一族を選ばせたような、あのいたずらな運命のなせる不条理なたくらみに過ぎなかったと考えたくなるだろうけれどね。二人は二週間滞在してから、馬で大学に戻り、途中ミス・ローザに会おうとして立ち寄ったのだが、彼女は家を留守にしていた、そのあと二人は、夏休みまでの長い学期を、話しあったり、乗馬をしたり、本を読んだりして過ごし（ボンは法律を勉強していた。彼がどういう理由でその大学にやって来たにしろ、法律以外に大学生活を我慢させてくれるものがなかったからそれを勉強した、というより、そうするほかなかったのだろう——こういう生活は、いわば彼のだらだらした怠惰な性格には完璧な環境だっただろうし、学部全体でまだ二桁台の在校生の中で、彼自身とヘンリーのほかには六人しかいなかった法律学科で、ブラックストーン（サー・ウィリアム・ブラックストーン　イギリスの法律家、一七二三—八〇）とクック（サー・エドワード・クック　イギリスの法律家、一五五二—一六三四）[34]のカビ臭い著書を猛烈に勉強する生活がうってつけだったのだろう――そうだ、彼はうまいことを言ってヘンリーを法科に誘い込みもした、だってヘンリーは学期の中途で転科したんだからね）、そのあいだ、ヘンリーはボンの洋服や言葉遣いを真似していた、ところが、恐らく可笑しいほど下手な真似方だった、一方のボンは、その頃はジュディスにも会っていたが、これまでと変わらぬ怠惰で猫のような男で、そのような有様を知りつつ、ちょうど秋学期に、ヘンリーとその仲間たちが、ボンにロサリオ[35]の役を押しつけたようにして、ヘンリーは今度は彼に妹の婚約者の役を押しつけた、また一方、エレンとジュディスは週に二、三度町に買い物に来るようになり、一度はメンフィスに出かける途中で、ミス・ローザに会うために家に立ち寄りもしたが、その時の二人は買ったものを運ぶ荷馬車を一台先行させ、馭者のほかにもう一人黒人を馭者台に座らせ、数マイルごとに馬車を停めて火を焚き、エレンとジュディスが足を乗せるレンガを暖め、こうして二人は、その正式な婚約がエレンの心の中にしか存在しなかった結婚の衣裳を買いに出かけていった、ところがサトペンの方は、ボンを一度見ただけで、その次にボンが家に来た時には、彼を調べるためにニューオーリンズへ出かけていっていた、それにしてもサトペンはニューオーリンズまで行って、初めからきっと見つけられるとわかっていたことを見つけようとするなんて、彼がいったい何を考え、何を待ち、いついかなる瞬間のことを、いかなる日が来るのを待っていたのか、誰にもわかるまい。彼にはそのことを話せる相手が、彼の恐怖と疑念について話せる相手がいなかったからだ。彼は男にしろ女にしろ誰も信用せず、男からも女からも愛されてはいなかった、エレンは人を愛することのできない女だったし、ジュディスはあまりにも彼に似ていたし、彼はひと目見ただけで、娘はまだ救えるとしても、ボンはすでに息子をすっかりだめにしたことに感づいたに違いない。そうだ、彼はあまりにも成功しすぎたんだね、しかも彼の場合は、ただ幸運だったからではなく、強かったから力ずくで成功をおさめたわけだが、その成功がかえって軽蔑と不信を招き、すっかり孤独になっていたのだ。

「それから六月になり、学年末になって、ヘンリーとボンはサトペン百マイル領地に帰ってきたが、ボンは一日か二日過ごして、故郷のニューオーリンズへ行く蒸気船に乗るためにミシシッピ川へ馬で出発した、ところが、エレンはもちろん、ほかの誰も知らなかったのだが、サトペンはすでにそこへ出かけていっていた。ボンの滞在はたった二日間だったが、彼がもしもジュディスと気持ちが通じあい、ひょっとして恋に落ちる機会があったとすれば、この二日のあいだだけだった。もちろん彼にもジュディスにもわかるはずはなかったが、この二日間が彼の唯一にして最後の機会だった、というのは、サトペンはたった二週間家を留守にしただけだったが、八分の一黒人混血女性の愛人と息子のことをすでに嗅ぎ出していたに違いないからだ。だから、最初にして最後、ボンとジュディスが自由に振る舞える時だったと言えたかもしれない――あくまで、かもしれない、ということだ、なぜなら自由に振る舞っていたのは実はエレンだったからだ。私には、彼女が、こっそりと、だがしょっちゅう、いたるところに出没しては、ジュディスとボンに密会や愛の誓いをする機会をこしらえてやりながら、その求愛の成りゆきを巧みに操っている様子が想像できるんだ、そして二人はそれを避けて逃れようとしてもどうにもならず、ジュディスは当惑しながらも落ち着いたまま懸念の表情を装い、ボンは、わけのわからない影のような彼の性格から見れば当り前の、あの冷笑的だが驚いたような不快な表情を浮かべていたことだろう。そうだ、彼は自分自身の影さながらであり、神話の中の人物にも似ており、一つの幻とも言え、神話とか幻だけで生み出され造られたものみたいで、一人の人間としては存在せず、サトペンの血と性格から発散する臭気のようなものだった。しかし死体は確かにあり、ミス・ローザもそれを見たし、ジュディスはそれを一家の墓地の母親の隣に埋葬したのだった。それに、事実はこういうことなのだろう、つまり、はっきりわからないし、誰も口にしなかったものの、その婚約は生きながらえたのであり、それが、二人が互いに愛しあっていたという仮定を充分証拠づけてくれるのだ、なぜなら、それが単なるロマンスに過ぎなかったとしたら、その二日間のうちに消滅していただろうし、甘ったるい偶然の出来事として終わっていただろう。とにかく、そのあとボンは馬でミシシッピ川まで行って船に乗った。それから、こういうことも考えられるだろう、もしヘンリーが次の機会まで待たずに、その夏にボンと一緒に出かけていたならば、ボンはあんなふうに死ななかったかもしれない、もしその時ヘンリーがニューオーリンズに出かけて、あの愛人と子供のことを見つけ出してさえいたならばの話だ、そうすればヘンリーも、手遅れにならないうちに、嫉妬深い兄なら恐らくそうすると思うが、その発見に対してサトペンとまったく同じような反応を示していたかもしれないからだ、というのは、ヘンリーが嘘だと言って抵抗したのは、愛人と子供がいて重婚の恐れがあるという事実に対してではなく、それを彼に教えたのが父親で、父親が自分のすることを先取りしたからかもしれないからね、だって母親が味方している実の息子や義理の息子にとって父親が敵となるのは当然で、それはちょうど、結婚式が終わると、娘婿にとって妻の母親が不倶戴天《ふぐたいてん》の敵となってようやく、父親が娘婿の味方になるのと同じことだ。しかし、ヘンリーはこの時は行かなかった。彼はボンと一緒にミシシッピ川まで馬で行き、そこから引き返してきた、それからしばらくしてサトペンも帰ってきたが、その時彼がどこから帰ってきたのか、何の目的で出かけていたのか、次のクリスマスまでは誰にもわからなかった、そしてその夏は、平和と満足のうちに送った最後の夏として無事に過ぎていき、ヘンリーはこれといった意図もなしに、ボンの求婚を当のボンよりも熱心に、あの物ぐさな宿命論者がわざわざ自ら申し開きをするよりも遥かに熱心に弁護したに違いないし、一方のジュディスは、いつもの落ち着きを、あの計り知れない静けさを保ったまま、その話を聞いていたが、一年ほど前までは、若い娘のぼんやりとした、要領を得ない、夢を見ているような優柔不断に思えたその様子が、今は成熟した女の――恋をしている成熟した女の――落ち着きに変わっていた。何通かの手紙が来たのはその頃のことで、ヘンリーは何の嫉妬も感じずに、完全に自己を否定し、妹の恋人の身体に変身した思いで、その手紙をすべて読んでいた。またサトペンはニューオーリンズで知ったことについてはまだ何も言わず、ただ待っているだけだったが、ヘンリーにもジュディスにも何一つ感づかれず、何を待っているのか誰にもわからなかった、恐らくサトペンは、ボンの秘密を発見したことがボンにわかるに違いないから、そうなれば彼(ボン)はすでにゲームは終わったと悟って、来学期は大学に戻ることはないかもしれない、と密《ひそ》かに期待していたのだろう。ところがボンは戻ってきた。彼とヘンリーは大学で再会し、手紙が――今度はヘンリーとボンの二人から――毎週ヘンリーの馬丁の手によって運ばれてきた、そのあいだサトペンは依然として待ち続けていたが、この時の彼が何を待っていたのかは誰にも決してわからなかっただろう、彼がクリスマスを、つまり自分に危機が到来するのを待っていたとは信じられないからだ――この男については、ただ自分からわざわざ困難を迎えに行くばかりか、時には出かけていってわざわざ困難を作り出すという噂があったくらいだ。しかし、この時の彼はただ待っており、するとそれはついに訪れた、クリスマスになり、ヘンリーとボンは再び馬でサトペン百マイル領地へやって来たのであり、この時までには町の人たちも、エレンの言葉から婚約が成立したと思い込むようになっていた、それは、一八六〇年十二月二十四日のことで、黒人の子供たちがほんの申し訳程度にヤドリギとヒイラギの枝を持って、白人たちに、特に今年はジュディスに求婚に来る金持ちの都会人に、「クリスマス・ギフトをちょうだい！」とねだろうとして、すでに母屋の裏手に潜んでいたというのに、サトペンはまだ何も言わず、恐らくその晩ヘンリーが事態を危機的な状況にしなければ、まだ誰にも感づかれなかっただろう、そしてこの時のエレンは、彼女の非現実的で無重力の生活のまさに満潮時にあったのだが、それも翌日の夜明けには彼女の足元から堰《せき》を切って崩れ、彼女はぐったりし、呆気にとられ、わけもわからぬままに、鎧《よろい》戸《ど》を閉ざしたあの部屋の中へ押し流されて、ついには二年後にそこで死ぬことになった――だからそのクリスマス・イヴに大爆発が起こったことは間違いないが、ヘンリーと父親のあいだでいったい何が、どうして起こったのか、本当のことは誰にもわからずじまいで、ただ黒人たちが奴隷小屋から奴隷小屋へと伝えた囁き声によって、暗いうちにヘンリーとボンが馬で家を飛び出し、ヘンリーが正式に家と生得権を放棄したという噂が広がっていったのだ。

「二人はニューオーリンズへ行った。彼らはそのクリスマスのよく晴れた寒さの中を馬を走らせ、ミシシッピ川まで行って蒸気船に乗ったが、ヘンリーが依然として先に立って導き、彼は最後の時までずっとそうしていたが、その最後の対決の時に二人が知りあって初めて、ボンがヘンリーの先に立ち、ヘンリーがあとからついていった。どうしても行かねばならないわけではなかった。彼は自分から選んで一文無しの身になったが、その気になれば祖父のもとに駆け込むこともできたはずだ、というのは、彼はボンを除外しなくても、同級生の誰よりもきっと上等の馬に乗っていただろうが、彼とボンが家を出た時には、馬に大急ぎで乗せられるものと身につけていた貴重品のほかには何も持ち出せず、金はほとんどなかったに違いないからだ。いや、彼は行く必要などなかった、そして今度はまたボンの先に立って導いていた、ボンは彼と並んで馬を走らせながら、彼から事の真相を聞き出そうとしていた。もちろんボンには、サトペンが何をニューオーリンズで見つけ出したのかわかってはいた、だがサトペンがヘンリーに何を、どの程度まで話したのか知る必要があっただろう、ところがヘンリーは話そうとせず、あの新しい雌馬に乗っていたと思うが、彼はその馬も自分のこれから先の生活や相続財産と一緒に放棄し、犠牲にしなければならないことを承知しながら、今はどんどん走らせ、家と生まれた土地と、子供時代と青年時代に慣れ親しんだすべての光景に、頑なに、取り返しようもなく背を向けたのだったが、彼がそういうものを棄てたのはこの友人のためで、彼は愛と忠誠心のためにそれほどの犠牲を払ったにもかかわらず、その友人に対して未だに完全に率直な気持ちになりきれなかった。なぜなら、サトペンが自分に語ったことが真実だとわかっていたからだ。彼は父親に嘘だと言い返したその瞬間から、それがわかっていたに違いない。だから彼はボンにそんなことはないと言ってくれとは、とても言い出せなかった、彼には敢えてそうするだけの勇気がなかったのだろう。彼は貧乏や勘当は平気だったが、ボンの口からそのような嘘を聞くことには耐えられなかった。それでも彼はニューオーリンズへ行った。彼は、そこへ行けば、父親の口から出た時、嘘だと言ってのけた、あの言明の真実を、最終的にいやでも思い知らされることがわかっていながら、まっすぐそこへ向かった。彼はそのつもりで、それを証明するために行ったのだ。一方ボンは、彼と並んで馬を走らせながら、サトペンが彼に何を話したか探り出そうとしていた――ボンはこの一年半のあいだ、ヘンリーが自分の服装や言葉遣いを真似るのを眺めてきたし、またこの一年半のあいだ、女はそんなことはしないが、若い男だけが別の青年や大人の男に対して見せる、あの完全に自己を否定した献身的愛が自分に捧げられるのを見てきた、さらには、ちょうどこの一年間、兄がすでにその虜になっていた同じ魔力に、妹も虜になるのを見てきたのであり、しかも自分には誘惑者になろうという意志はまったくなく、指一本あげずにこうなったのだ、それはまるで、ほかならぬ兄が妹に魔法をかけ、ボンの体を借りて歩いたり呼吸したりしている身代わりの自分のために妹を誘惑したみたいだったのだ。ところがここにはこんな手紙があり、これは二人が失踪してから四年後に送られてきたもので、キャロライナで略奪された家から持ち出した一枚の紙に、分捕った北軍の備品の中にあったストーヴの磨き粉で書かれたものだが、それはジュディスが、彼(ボン)がまだ生きているという、ヘンリーから届いたいくつかの伝言を別にすれば、四年ぶりにボンから貰った便りだった。それはともかく、その時のボンは、ほかに女がいることをヘンリーが知っていようがいなかろうが、こうなった以上は、それを知らせる必要があると思ったのだろう。ボンはそれを理解していた。私には馬で出かけていく二人の様子が想像できるよ、ヘンリーはボンへの忠誠を貫くために家を棄てた興奮の名残でまだ顔を紅潮させており、一方のボンは、ただ経験がより豊かで、年齢《とし》が数歳ちょっと上だったためだとしても、ヘンリーよりも賢明で抜け目なかったので、ヘンリーにはそうと気づかれることなく、サトペンが話した内容をヘンリーの様子から感じとっていたのだろう。なぜなら、こうなった以上、ヘンリーにどうしても知ってもらっておく必要があったからだ。また私には、それが、いずれ訪れる危機に備えて、ヘンリーを味方にしておくためだけだったとは思えない。なぜかというと、ボンは彼なりの流儀でジュディスを愛していたばかりか、ヘンリーも愛していたからであり、しかも彼なりの愛し方でというより、私が信じるところ、もっと深い意味で愛していたからなのだ。恐らく、彼はその宿命観から、兄妹のうちでヘンリーの方をより深く愛しており、妹の方は、単なる影として、青年の方を真の対象としたその愛を完成させるための、女性という器としてのみ見ていたのだ――この頭脳派のドンファンは、順序を逆にして、自分が傷つけたものを愛するようになった、恐らく彼が愛したのはジュディスでもヘンリーでもなく、恐らく、その二人によって代表された生活と存在そのものだったのだろう。なぜなら、ボンがあの単調そのものの田舎びた時代遅れの場所にどのような平和な情景を見出したのか、若いうちに途方もなく遠くまで旅をしてきて喉の渇ききった旅人にとって、この御影石に囲まれた簡素な田舎の泉の中に、どんな安らぎと憩いを見たのか、誰にもわからないからね。

「それから私には、ボンがどうやってヘンリーに話したか、その秘密を明かしたか、察しがつく。メンフィスにすら行ったことがない、ヘンリーがニューオーリンズにいる様子が想像できるよ、彼がそれまで世の中を見た経験といえば、自分の家の暮らしとそう変わらない他所《よそ》の家や農園に泊まりに行って、家でするのとそっくりなことをやっていただけで――まったく同じ狩猟や闘鶏をやったり、粗末な手作りの走路で、血統は申し分ないが競馬用には仕込まれていない、つい三十分ほど前まで二輪馬車か恐らく四輪馬車の長柄《ながえ》に繋がれていた馬を走らせる草競馬とか、家にいる時と同じような田舎娘を相手に、家でやる時とそっくりな音楽に合わせてやる同じスクエア・ダンスとかをやり、その時振る舞われるシャンパンも同じで、確かに質は最高だが、茶番狂言のパントマイムを演じているような、気取った黒人の給仕が乱暴な手つきで、レモネードを扱う時と同じようにぞんざいに配るのだ(それからまた、それを飲む連中も、同じように下品に飾りたてた言葉で乾杯を繰り返し、ストレートのウィスキーでも飲むような調子で飲みほすのだった)。私には想像できるんだ、そんなヘンリーが、その清教徒的伝統を――あのアングロ・サクソンに特有な伝統を――あの烈しく誇り高い神秘主義と、無知と無経験を恥じる傾向の伝統を携えて、宿命的であると同時に物憂く、女性的であると同時に鋼鉄のように固い雰囲気の、あの異国的で矛盾だらけの都会にいる姿が目に浮かぶ——この陰気でユーモアを解しない田舎者が、衣服や振舞はもちろん、家までが嫉妬深くて加虐的なエホバ（旧約聖書の神）の姿を模して造られている、御影石のように堅苦しい伝統の中から、突然、そこでは逆に、全能の神と、それを支える美しい聖者や麗しい天使から成る合唱隊を、住民たちが、自分たちの家とか個人的な装飾品などを、官能的な生活のイメージに模して造り出している土地へ放り出された様子が眼に浮かぶ。そうだ、私にはボンがヘンリーをその話の方へ、その衝撃の方へ、徐々に導いていく様子が想像できる、ちょうど、でこぼこした岩だらけの農地を耕して植えつけをし、望み通りの作物を育てるのと同じようにして、ヘンリーの清教徒的な心を徐々に切り崩していくボンの手際と計算が想像できる。ヘンリーを一番たじろがせたのは、それがどんな形であれ、結婚式が行なわれたという事実だろうし、ボンもそれは承知していた。問題なのは、愛人がいるということでもなく、子供がいるということでもなかった、だってその事実に比べれば、愛人が黒人だということも、ましてやその子供のことなど、どうでも良かったのだろう、なぜなら、ヘンリーもジュディスも黒人の血を持つ姉とともに育ってきたからで、ヘンリーにとってはいないのことなど問題ではなく、特にヘンリーのような育ちの青年にとっては、その愛人が黒人だということだってもちろん問題ではなかった、というのは、彼は、女性が三つの明確な区分にくっきりと分けられていて、(そのうちの二つは)一度だけしか、しかも一つの方向にしか越えることのできない裂け目で隔てられている環境で育てられ生活してきたからだが――それはつまり、淑女と女と雌の三つで――さらに言えば、紳士がいつの日か結婚する処女と、彼らが安息日などに町へ行って遊び相手にする娼婦と、最上段の淑女たちの頼みの綱となり、時には、確かにそのお蔭で彼女たちが処女性を保っていられる奴隷娘や奴隷女たちの三つだが――だがこういうことはヘンリーにはどうでも良かった、だって彼は若くて元気旺盛で、青年の血をかきたて、煮えたぎらせる乗馬と狩猟に明け暮れる、厳しい独身生活の犠牲者だったからだ、彼のような青年たちには、時間を潰すのにそうした乗馬とか狩猟しかなく、自分と同じ階級の娘たちは禁制で近づくことができず、第二の階級の女たちにも金と遠距離のため近づくことができず、そのため手に入るのは奴隷の娘だけだったが、それは白人の女主人たちによって清潔で小奇麗にされた下女か、あるいは畑からそのままやって来る汗臭い体をした娘たちで、青年は馬を乗りつけ、見張っている農場監督を手招きし(36)て、ジューノーとかミシリーナとかクローリィとか好きな娘の名をあげて、その娘を寄こしてくれと言い、それから木立の中に入って、馬から降りて待っているっていうわけだった。だからそういうことではなくて、ヘンリーにとって問題になるのは結婚式が行なわれたことだろう、確かに黒人を相手にして挙げた式ではあるが、それでも式に変わりないから、とボンは考えたに違いない。そういうわけで私には、その時の彼が、その時の彼のやり方が、汚れていない写真の原板みたいなヘンリーの田舎者らしい魂と知性を取り出し、それを徐々にこの秘境的な環境にさらして、その原板に写って欲しいと思っている画像を次第に作りあげていく様子が想像できる。私にはボンがヘンリーを、予告も警告もせずに、仮定より事実が先だとして、次第に典雅な遊びの界隈《かいわい》へと誘い込み、ゆっくりとその表面にさらしていく様子が眼に浮かぶ――いくらか風変わりで、いくらか女性的にけばけばしく、それゆえヘンリーには華美で官能的で罪深く見える建物や、汗水たらして働く人間が綿花農場を横切ってゆっくりと少しずつ進んで手に入れるかわりに、蒸気船の積荷の量によって測られるような、巨大で、しかも安易に手に入れた富を想像させる豪奢なものや、無数の車輪の華やかなきらめきなどにさらしていく様子が眼に見える、そして、その馬車の中に悠然と身動きもせずに座って、あっと言う間に眼の前を通り過ぎていく女たちは、まるで絵に描いた肖像画のように見え、その隣に座った男たちは、ヘンリーがこれまで見たものより、いくらか上質のリネンのシャツと、いくらかよく光るダイアモンドをつけ、いくらかぱりっとした黒ラシャ服を着て、いくらか陰気で威張っている顔の上に帽子をいくらか余計に傾けてかぶっている、そして指導者役のボンは、ヘンリーがそのために肉親ばかりか、衣食住の保証までも捨てて、女性に対する態度とか名誉や誇りに対する考え方と一緒に、服装や歩き方や言葉遣いまで真似しようとしたりするのを、あの冷酷な、猫のように計り知れない計算をしながら眺め、画像が次第に鮮明になり固定される様子を眺めていたが、やがてヘンリーに、「だがこんなものじゃない。これはほんの基礎で、土台に過ぎない。こんなものは誰にだって手に入る類いなのさ」と言い、するとヘンリーは、「あなたの言うのはこんなものじゃないってことなんですね？この上に、これより高度なもので、これより上等なものがあるって言うんですね？」と言い、するとボンは、「そうさ。これはほんの底辺の部類で、手始め用なんだ。これぐらいは誰にだって手に入る」と言う、これは言葉にはよらない暗黙の対話だが、それによってその画像を固定し、それからその背景を立ち去ると、線一つ消さずにその画像を、つまりこの背景を消し去ってしまうだろう、するとその原板はすっかり準備が整って再び汚れなき清らかなものになるだろう、その原板は、論理や事実の問題というより感覚の問題である場合には、どんなことにもあの清教徒的な謙遜を示す従順なもので、その男は、その背後で心臓が締めつけられる思いで喘ぎながら　僕は信じます！　きっと！　きっと！　それが真実であろうとなかろうと、僕は信じます！と言って、指導者役が、つまり堕落させる側の男が目論んでいる次の画像を待っている、そして次の画像が固定され受け容れられると、指導者役は、真剣で思慮深い顔を、驚きとか絶望を顔に出すくらいなら非難の色をあらわにすべきであり、またもし非難の色が驚きとか絶望と受け取られるのだったら、何の表情も顔に出すなと教えるあの清教徒的遺産をすっかり信頼して、相変わらず自信ありげに見える顔を眺めながら、今度は恐らく言葉を使って、「だけど、こんなものじゃない」と言い、するとヘンリーは、「それは、これよりもっと高級なもので、これとは程度が違うと言うんですか？」と言うだろう。なぜなら、彼（ボン）は、物憂げに、ほとんど謎めいた調子で話しながら、自分の望み通りの画像を自分の手で、その原板に焼きつけようとしている最中だろうからね、そうだ、私にはその時の彼の様子が想像できるんだ――計算ずくで、外科医のような注意深さと冷静で超然たる態度で、露出を少なくし、しかも謎めかして、ほとんど断片的に見えるほど少なくするが、一方、原板の方は出来上がった画像がどういうものになるのかわからないでいる、だがそれは、外からは見えないがそれでいて根深く残るもので――それはいくらか退廃的でいくらか邪悪にすら見える界隈の、奇妙に修道院ふうの閉ざされたドアの前に立っている一台の二輪馬車と一頭の乗用馬の姿で、それからボンは、その家の所有者の名前を何気なく口にする――このことは、世慣れた男どうしが話しあっているという考えをヘンリーの心に植えつけることによって、つまり、脈絡のない言葉の端々《はしばし》からもボンが何の話をしているのかヘンリーには理解できる、とボンが信じている、そんなことは百も承知だ、とヘンリーに思わせることによって、新たに巧妙に計算された堕落だったが、それでも清教徒であるヘンリーは、驚きとか、わからないという表情を顔に出すくらいなら、何一つ顔に出すまいとするだろう――その家の正面は鎧戸が降ろされ、装飾もなく、靄《もや》にかすんだ朝日の中でまどろんでいるが、その物柔らかな謎めいた声を聞いていると、そこには密やかで奇妙で想像もできないほどの楽しみごとが潜んでいるように思えた。ヘンリーには、自分の見たものが何だったのかわからなかったが、彼にはそれはまるで、そののっぺりとして落ちかけていた障壁がばらばらに崩れて、心には、つまり考量し取捨する知性には理解できないが、そのかわりに、すべての若者の生きた夢と希望の根源をなす、何も見えず何も考えない、汚れを知らぬ基盤に、じかに痛烈に訴えるものが姿を現わしたように感じられ――それは花の陳列を思わせる顔の列であり、奴隷制度の華《はな》とも言うべき、そのように売られるために、白黒二つの人種から生み出された人間の肉体の、神のように崇高な姿であり――それは、年寄りの陰気な付き添い女《デュエンナ》と、身なりはきちんとしているが肉欲的で、（いざとなれば）牡山羊みたいに猛烈な好色漢になる若い男たちに左右から挟まれ、呪われた悲劇的な花のような顔が並ぶ回廊で、ヘンリーはそれをちらっと一瞬だけ見たが、ちらっと見せられてすぐに隠され、指導者役の声は相変わらず穏やかで、楽しげで謎めいており、二人の世慣れた男どうしが互いにわかっていることを話しあっているように相変わらず装い、驚きや無知をあらわにするのを恐れる、清教徒の野暮な恐れを相変わらず当てにし、頼りにしていた、というのも指導者役の男は、ヘンリーが彼を知る以上によくヘンリーを知っていたのであり、今のところヘンリーは驚きも無知も表には出さず、僕は信じます！　信じます！　信じます！　というあの最初の恐怖と悲哀の叫びをじっと抑えている。そうだ、それを眼にしたのはほんの一瞬だったので、ヘンリーには見たものが何だったのかわかる余裕もなかったが、それがだんだん長くなり、やがてボンが計画してきたあの瞬間が訪れることになろう――剝《は》げ落ちることのない壁と、重々しく錠の下ろされた門を見せられ、まじめで思慮深い田舎の若者は、なぜです？　とも、何です？　とも尋ねず、レース模様の鉄格子作りのかわりに堅牢な梁でできたその門を見ながら、ただ待っており、それから二人は門を抜けて先へ進み、ボンが眼の前の小さな戸口をノックする、やがてフランス革命（一七八九年のボルボン王朝崩壊から九九年のナポレオンの第一執政就任まで）を描いた古い木版画から出てきたような浅黒い顔の男が、不安そうに、いくらかぎょっとしたような様子で飛び出してきて、まず陽射しを、次いでヘンリーを見てから、ヘンリーにはわからないフランス語でボンに何か言い、するとボンは一瞬白い歯をちらっと見せてからフランス語で答える、「この男とかい？　アメリカ人とかい？　いや、この人は客人だよ、だからもしこの男とやるんなら、この男に武器を選ばせなきゃならないが、僕は斧なんかで決闘したくないね。いや、いや、そうじゃないんだ。ただ鍵をくれるだけでいいんだ」。そして鍵だけをもらうと、がっしりとした門が二人を中に入れてから閉められ、低俗な町の様子は、高くて厚い壁の向こうに隠れて見えなくなり、その音もほとんど聞こえなくなり、夾竹桃やジャスミンや、ランタナやミモザが入り乱れた茂みが、粉にした貝殻が綺麗に敷かれ、つい最近の血の跡が褐色に見えるものの、ほかは念入りに掃除されている裸の土の一角を取り囲んでいた、するとその声が——指導者役の案内方は、まじめくさった田舎者のそばに立ち、その顔をじっと見ながら——さり気なく、面白い逸話を聞かせるように言う、「普通のやり方は、右手にピストルを持ち、左手に相手のマントの裾を握って、まず背中合わせに立つ。それから合図があると君は歩き始め、そしてマントがぴんと張るのを感じるや、振り返って撃つんだ。もっとも、時には違ったやり方もあって、特に血気盛んな連中とか百姓の血の抜けきらないような連中は、一着のマントの中でナイフで戦う方を望む者もいるがね。その場合、二人は一着のマントの中で向かいあい、互いに左手で相手の手首をつかんでやるんだ。だけど僕はそういうやり方はしたことがないがね」――こんなことをさり気なくぺらぺらと言い、田舎者がのろのろと質問するのを待っているが、ヘンリーには、「あなたがたは――連中はいったい何のために決闘などするんでしょう？」と訊かないうちに、すでにその答えがわかっていたのだ。

「そうだ、ヘンリーはもうわかっていたか、それとも、わかっていると思い込んでいただろう、これ以上ひどいことは起こらず、これから先はきっとアンチ・クライマックスになるだろうと思っただろうが、そうはならず、まだ最後の打撃が、一突きが、一触が残っていた、だが、それは外科医のような鋭く手のこんだやり方だったので、すでにショックを受けている患者の神経はもうそれを感じさえもしないし、これまでの激しいいくつものショックが場当り的で無遠慮なものだったということにも気づきもしなかっただろう。なぜかと言うと、まだあの儀式が残っていたからだ。ボンには、ヘンリーが抵抗を感じ、腹に据えかねるのは、その儀式だろうとわかっていた。そうだ、確かに彼は抜け目なく、もう何週間も、ヘンリーはこの男がますますわからなくなったと感じていたが、このわけのわからぬ男は、その女を訪問するための、形式的な、ほとんど儀礼的な準備に没頭して我を忘れ、彼がヘンリーに、無理にも着せて行かせようと思って注文した新しい上着が体に合うかどうかで、ほとんど女みたいにやきもきし、まるでヘンリーがその訪問から受ける印象全体が、彼らが家を出る前に、ヘンリーがその女に会う前に、新しい服いかんによって決まるとでも思っているようであり、一方、田舎者のヘンリーは、足元で微かな潮流が動き出し、そこへ行ったら、自分自身と自分のこれまで受けてきた教育と考え方のすべてを裏切るか、それとも、すでに家も肉親も何もかも放棄して尽くしてきたこの友人を裏切るかのどちらかにならざるを得ない地点に向かって流れ出しているのを感じて当惑していた、それも、ただ当惑するだけで、(その時は)どうすることもできなかった彼は、信じたいと思いながらも、どうしたら信じることができるかわからず、その友だちに、その指導者役に連れられて、その前に馬だったか二輪馬車だったかが停まっているのを見た場所に似ている、あの計り知れない、奇妙に生気のない戸口の一つを通り抜けると、彼の清教徒的で田舎者の心にはすべての道徳が逆さになり、すべての名誉心が消え失せるように思える場所へ入っていった――そこは官能的快楽と、恥も外聞も知らぬ感覚のために、そうしたもの自身によって造られた場所であり、そして、女は淑女と淫売婦と奴隷女の三種類しかないという、単純で、大昔から一度も疑われたことのない戒律を身につけてきた田舎者の青年は、その戒律の犠牲者が鎮座する、運命づけられた二つの人種の権化を見たのであり——それは悲劇的なマグノリアの花に似た顔の女で、永遠の女であり、永遠の《受難者》の顔だったが、それから、そこにいる子供を、絹とレースのベビー服にくるまれて眠っていた男の子を見た、その子を生み出し、その体も魂も所有していて、（もしその気になれば）子牛や子犬や羊みたいに売るかもしれない男の完全な所有財産である男の子を見た、そして二人がそこを出てボンの部屋に戻った時、指導者役は再びヘンリーを見つめ、この時は恐らく賭博師みたいに　自分はこの勝負に勝ったのか負けたのか？　と考えていただろうが、しばらくは口を利くこともできず、彼の抜け目なさもまったく役に立たず、驚きも絶望も表に出してはならないという、あの清教徒的性格にはもはや頼ることはできず、（もし何かに頼るとするならば）堕落そのものに、愛情に頼るほかなく、「どうだい？　あれをどう思う？」とさえ言うことができなかった。彼はただ待つしかなく、しかも理性ではなく本能によって生きている人間の、絶対に予知できない行為に応対しなければならなかったが、ついにヘンリーが、「だけど、あれは買われた女です。淫売です」と口を切り、するとボンはむしろ穏やかな口調で、「淫売じゃあない。そう言っちゃいけないよ。事実、ニューオーリンズではああいう人たちのことをそうは呼ばないんだ、もしそんな呼び方をしようものなら、君はきっと千人もの男たちを相手に血を流さなくてはならなくなるからね」と言い、それからさらに穏やかに、恐らく哀れみさえいくらかこめて、人間の不正や愚行や受難に対するインテリ特有の、頭だけで感じるあの悲観的で冷笑的な哀れみさえこめて、言っただろう、「淫売じゃあないさ。淫売じゃないのは、僕たちの、千人の男たちのためなんだ。僕たちが——その千人が、白人男性が——そういう女たちを作り出し、創造し、生み出したのさ、それに僕たちは、ある特定の血の八分の一は、ほかの八分の七の血より重大だと唱える法律までこしらえたんだ。そのことは僕も認めるよ。ところが、もしこの千人がいなければ、つまり君はたぶんそう言うだろうが、主義も名誉心もない、僕みたいなその僅かな男たちがいなければ、その同じ白人種があの女たちも奴隷にし、労働者や料理人や恐らく農園労働者にさえしていたことだろう。僕たちはあの女たち全員を救うことはできないし、たぶん救いたいとも思わない、僕たちが救える千人は、恐らく全体の千分の一にもならないだろう。だけど僕たちはその千分の一は救うんだ。神様なら、すべての(37)雀に目をかけるかもしれないが、僕たちは神様のふりをするつもりはないからね。だって、恐らく僕たちは神様なんかになりたいとも思わないだろう、なぜって、誰しもその雀たちのうちの一羽しか欲しくないだろうからだ。それに、もし神様が、君が今夜見たような、ああいう建物の一つを覗いたら、僕たちなんか一人だって神様にしたいとは思わないだろうよ、だって神様はもう年寄りなんだからね。神様だって昔は若かったに違いないし、確かに昔は若かったさ、それに、神様みたいに長いあいだ生きてきて、神様がいやでもご覧になってきたような、優しさも遠慮も品位もない、粗野な乱交の罪をたくさん見てきた者だったら、たとえそういう場合が万に一つもなくとも、君たちアングロ・サクソンが肉欲と呼び続け、それを満足させるために、安息日になると原始時代の洞穴へ戻っていく、あの完全に正常な人間本能に当てがっている名誉とか品位とか優しさなどの原理について、いつかはじっくり考え直さなければならないだろうし、君たちがいわゆる神の恩寵からの失墜を、神様に挑戦するような情状酌量や説明を口にして曖昧に誤魔化そうとしようが、あるいは、辱しめや折檻はもうたくさんです、と神様を懐柔するような叫び声をあげて、その恩寵の回復をはかろうとしようが、神様はそのいずれにも――挑戦にも懐柔にも――もはや関心を示されないし、それが二度、三度繰り返されると、もう顔を背けようとさえされないだろうからね。そういうわけで恐らく、神様はもう年寄りなので、君たちが肉欲と呼ぶものを僕たちがどんなやり方で満足させようと、何の関心も持たれないだろう。また恐らく神様は、僕たちにどれか特定の雀を救えと要求することもされなければ、僕たちだって神様から賞賛されたいと思って、その雀を救うわけじゃない。そうじゃなくて、僕たちがそれを救うのは、もし僕たちがいなければ、そういう女は、金の払える野獣みたいな男に売り渡されるかもしれないからなのだ、しかも白人娼婦のように、その晩だけ夜の相手をするために売られるのではなくて、肉体も魂も生涯にわたってその男に売り渡され、その男が動物を、若い雌牛や雌馬を扱うのと同じように彼女を扱おうと、何の咎めも受けず、女が使い物にならなくなったり、彼女をかこっておく経費が利用価値に見合わなくなると、捨てることも売ることも、殺すことだってできるからなんだ。そうだ、あいう女は神様が眼をかけ損ねた雀なのさ。なぜなら、男が、白人の男が、彼女を創造したのに、神様はそれをお止めにならなかったからだ。神様が彼女を開花させる種を植えつけたのだ——つまり、白人の男が女の美と呼ぶものの姿形と肌の色にするために、われわれの祖先の白人男が、木から降りて毛を失い、肌の色が白くなるずっと前から、世界の付け根ともいうべき灼熱の赤道直下で、女王然とした完全な姿で存在してきた、一つの女の原理に、白人の血を植えつけたのだ——その原理は利発で従順で、昨日生えたキノコみたいな白人の女だったら、激しい道徳的な恐怖心から逃げ出してしまうような、異様とも不思議とも言える大昔からの肉体の喜び(ただそれだけで、それ以外には何もなく）に満ちあふれ――それは、白人の女だったら、一定の利益をあげるために店とか会社にカウンターや秤や金庫などを備えつけることを主張する人と同じように、それを必ず経済的な利益と結びつけて考えるに違いないのに、彼女の玉座である太陽の射さない絹のベッドから、聡明に、怠惰に、力強く、すべてを支配する原理なのだ。いや、決して淫売じゃあない。高級娼婦でさえない――子供のうちに引き取られ、選り抜かれて、どんな母親にもできないような不眠不休の世話をしてくれる養育係の手で、どんな白人の娘より、どんな尼僧より、どんな純血種の雌馬よりも大切に育てられるのだ。それはもちろん売値のためだが、その値段は、白人の娘が売られるどんな場合よりもきちんとした制度によってつけられ、交渉のすえ公正に決められるのだ、なぜなら彼女たちは商品としては白人の娘たちよりうんと価値があり、女性の唯一の目的を、つまり愛することと、美しくしていることと、楽しませることを果たすために育てられ鍛えられているからで、相手の男の顔をろくに見たこともないうちに、舞踏会に連れ出され、売りに出され、誰かに選ばれるが、それを選んだ男はその見返りに、彼女が愛したり美しくしていたり楽しませたりするのにふさわしい環境を彼女に与える義務があり、できる、とか、したい、とかいうのではなく、与え《なければならない》のだし、男はその特権を得るためにはたいていは命を賭けるし、また賭けなくてはならないし、少なくとも血を流す危険を冒さなくてはならない。いいや、淫売じゃあ決してないんだ。時々僕は、彼女たちこそ、処女とは言えなくても、アメリカにおける唯一の真に純潔な女たちだと思うのだ、だって彼女たちは、単に相手の男が死ぬまででも、あるいは彼女たちを手放してくれるまででもなく、自分たちが死ぬまで、その男に忠誠を尽くすんだからね。淫売にしろ淑女にしろ、そこまでしてくれる女にお目にかかれるものかね?」、するとヘンリーが、「でもあなたは彼女と結婚しました。結婚したんです」と言い、するとボンは——今はいくらか焦り、いくらか鋭く、だが相変わらず穏やかで辛抱強く、それでいて相変わらず鉄のように、鋼鉄のように堅固な態度で——この賭博師はまだ最後の切り札を使うところまでは追いつめられていないので、「ああ、あの式のことか。わかった。それが問題なんだな。だがあんなものは、子供の遊びみたいな無意味な決まり事で、一つの慣習のようなもので、その時の事情によって誰かが執り行なうものなのさ、たとえば、一つかみの髪の毛を燃やして明るくした地下室で、しわくちゃの老婆が、娘たちにわからない、もしかしたらその老婆にだってわからない言葉で何かぶつぶつ言うが、その老婆にとっても、そのあと生まれてくる子供にとっても、何ら経済的な意味のないことなんだ、なぜかと言えば、僕たちがその茶番狂言を黙って我慢したという事実が、この儀式は何も強要できないということを、老婆が保証し請け合うことになったからだ、だから、誰にも新たな権利を与えもしなければ、誰に対しても古い権利を否定するものでもなく――男子学生が夜に秘密の部屋でやる儀式と同じように無意味なもので、古くさい忘れられたシンボルに向かって行なう点までそっくりじゃないか？――でも君は、結婚初夜にしろ、金で買った売春婦との行きずりの行為にしろ、同じように（いっときだけ）私室を占有し、同じような服を同じような順序で脱ぎ、一つのベッドで同じような交わりをすれば、それを結婚と呼んでいるんじゃないのかい？　それだったら、あれだって結婚と呼べばいいじゃないか？」と言い、するとヘンリーは、「ああ、わかりました。わかりました。あなたは2たす2はいくつだと訊き、答えは5だとあなたが言うと、実際に5になるって言うんですね。それでも、やっぱり、あの結婚の問題は残ります。もし僕が義務を、僕の言葉を話すことのできない誰かに、その人の言葉で伝えられて承知した義務を負っているとしましょう、その場合、相手が僕を信頼した時の言葉を、僕がたまたま知らなかったからと言って、僕の義務はそれだけ軽くなるでしょうか？　いいえ、それどころか、ますます重くなるんです」と言い、するとボンは――いよいよ切り札を出すが、声は相変わらず優しく、「君は、この女が、この子供が黒んぼ《ニガー》だっていうことを忘れたのかい？　ミシシッピのサトペン百マイル領地で生まれたヘンリー・サトペンともあろう君が？　その君が、この都市《まち》へ来て、結婚だの、結婚式だのとやかく言うのかい？」と言い、するとヘンリーは——今や絶望し、それでも決して負けまいと、最後の痛恨の叫び声をあげながら、「ええ、わかっています。それはよくわかっています。だけどそれでもまだ問題は残るんです。それは正しくないんです。あなたがやったからといって、正しいことにはならないんです。あなたがやったからといっても」と言う。

「それで終りだった。というより当然終わったはずで、四年後のあの日の午後のことは、この次の日に起こって然るべきだった、あの四年という合間は、アンチ・クライマックスに過ぎず、すでに機の熟した結論が、合衆国が重大な(そして不可能な)運命を果たす途中で犯した、愚かで血みどろの脱線によって、あの戦争によって、先細りに引き延ばされた期間なのだが、あるいはその戦争は、あの一家の運命によってそそのかされたものかもしれないんだ、だって、あの一家の宿命には、運命が、人間をその手先や材料に使わざるを得なくなった時に必ず見られる、あの因果の理法の奇妙な欠落が、あらゆる状況において見られたのだから。ともかく、ヘンリーは自分たち三人をあの休止状態に、あの拘束状態に縛りつけたまま四年間待ち、ボンがあの女と縁を切り、彼(ヘンリー)が結婚とは認めていない結婚を解消するのを待ち望んでいたが、ヘンリーは女と子供をひと目見た時から、ボンがその女を捨てないことはわかっていたに違いない。事実、時が経ち、まだ結婚とは認めていなかったあの儀式のことも、さほど気にならなくなるにつれて、ヘンリーを悩ませたのはあのことだったのかもしれない――二度の式のことじゃなく、二人の女がいることになる事態だったかもしれない、つまり、ボンの意図しているのは重婚を犯そうということではなく、彼の（ヘンリーの）妹を、いわばハーレムの第二の情婦にするのではないか、という点だったかもしれない。とにかく彼は四年待ち、望みを捨てずにいた。その年の春、二人は北に、ミシシッピに戻ってきた。ブル・ラン（ヴァージニア州北東部の川の名前）[38]での交戦はすでに終わり、大学では学生たちのあいだで歩兵中隊が編成されていた。ヘンリーとボンはその一団に加わった。きっとヘンリーはジュディスに、自分たちが今どこにいて何をするつもりか、手紙で知らせたことだろう。二人は一緒に入隊したんだ、いいかい、ヘンリーはボンを監視し、ボンは監視されるのを承知しながらだ、つまり保護観察とし、拘禁していたのさ、一方が他方を自分の眼の届かないところに行かせなかったわけだが、それは、ボンがジュディスと結婚しようとする時、ヘンリーがそこにいて阻止できないと困ると思ったからではなく、ボンがジュディスと結婚すれば、彼（ヘンリー）は死ぬまで、自分がそんなふうに裏切られたのにそれを喜んでいるという意識を持ちながら、つまり完全に負けたのではないのに降伏する臆病者の喜びを味わいながら生きなければならないと思ったからだろう、また一方のボンも同じ理由で、ヘンリーが一緒でなければジュディスを欲しいなどと思わなかっただろう、なぜならボンは、自分がその気になれば、兄と父親の両方が反対しても、ジュディスと結婚できると確信していたに違いないからだ、それというのも、私が前に言ったように、ボンの愛情の相手も、ヘンリーの心配の種もジュディスではなかったからだ。彼女は単なる虚ろな形に過ぎず、二人のいずれもが、自分の幻影でもなければ相手の幻影でもなく、相手が自分をそうあって欲しいと心に抱いた姿を、その中にとどめておきたいと思っていた空《から》っぽの器に過ぎなかった——一人は一人前の男で、もう一人は青年であり、誘惑する者と誘惑される者であり、互いに相手を知っており、誘惑したりされたりし、かわるがわる相手の犠牲となり、一方が自分自身の強さに征服された勝者となれば、他方は自分自身の弱さによって征服した敗者となる、こうした関係は、ジュディスという名前が、二人の共同生活に侵入する前から始まっていた。それに思いがけないことに、折しも戦争になった、そこで、その宿命とその宿命の犠牲者たちは、戦争がこの問題を解決し、どうにも和解できない二人の一方を放免してくれるかもしれない、と考えたり望んだりしたのではあるまいか、なぜなら青年が、自分では解決できない個人的な問題を解決したいばかりに、破局を神の摂理の直接の現われと受けとめることは、今に始まったことではないからね。

「ところでジュディスだが、こんなふうに説明する以外に説明のしようがないんじゃなかろうか？　さすがにボンだって、十二日間では彼女を堕落させて宿命論者に変えることはできなかっただろうし、彼は彼女を誘惑してその貞操を奪おうとしなかったばかりか、彼女の父親に反抗しようとさえしなかった。いや、ジュディスは宿命論者とはほど遠く、二人の子供のうち、ヘンリーがコールドフィールド家特有の、道徳観と善悪のルールに混乱をきたす、いかにもコールドフィールド家の人間だったのに対して、彼女は、もし自分にそれだけの力があれば、欲しいものは何でも手に入れるという、あの冷酷なサトペンの掟を身につけた、いかにもサトペン家の人間であり、彼女はあの晩、ヘンリーが悲鳴をあげて嘔吐したというのに、厩舎《きゅうしゃ》の二階の干し草置き場から、サトペンが半裸になって半裸の黒人の一人と取っ組みあう様子を、ヘンリーが同じ年齢で体重も同じぐらいの黒人少年と喧嘩《けんか》するのをサトペンが眺めていただろうのと同じ冷酷で真剣な興味を持って、平気で見下ろしていたのだからね。こんなふうにしか彼女を説明できないのは、彼女は父親が結婚に反対する理由を知るはずがなかったからだ。ヘンリーは彼女にその理由を話さなかっただろうし、彼女も父親に聞き出したりしなかっただろう。なぜなら、もし理由を知ったところで、彼女にとってはどうということもなかっただろうからね。彼女は、サトペンが自分の邪魔をするような輩《やから》に対して振る舞ったのと同じように振る舞ったことだろう、つまり彼女はどのような手段を用いてもボンを手に入れようとしただろう。私には、必要とあらば、彼女が相手の女を殺すことだって想像できる。だけど、彼女は相手の女の調査などしなかっただろうし、それに、自分の欲しいと思うものと、自分が正しいと考えているもののどちらかを選ぶ時は、道徳に鑑みて少しは悩んだことだろう。それでも彼女は待った。ヘンリーを通じて、彼(ボン)がまだ生きているということを知らされた以外は、ボンからは何の便りもないまま、四年間も待ったのだ、なぜならヘンリーはボンが彼女に手紙を書くことを許さなかったからだ。どうしても書かせなかったのだろう。それに、ボンも書こうとはしなかったのだろう。なにしろ保護観察中で、拘禁状態にあり、彼らは三人ともそれを受け容れていたのだから、ヘンリーとボンのあいだには、いかなる約束の要求も申し出もなかっただろうと、私は思う。だけどジュディスには、何が起こったかも、なぜ起こったかもわからなかっただろう。——私たちはしばしば、世の中の男たちや女たちのしていることについて、なぜあんなことをしたのか、その原因をもう一度考え直してみると、そのような行為が古くさい美徳に由来するとしか信じられなくて、本当にそうとしか信じられなくて、ちょっとびっくりすることがよくあることに、おまえも気づいたことがあるかい？　つまり、泥棒が盗みを働くのは、貪欲のためではなくて愛のためだったり、人殺しが殺すのは、情欲のためではなくて憐れみのためだったりすることがあるってことを？　ジュディスは愛を捧げたあの男を密かに信頼していたし、自分が命と自尊心をもらい受けた父親を密かに愛していた、それは真の自尊心で、その時理解できないからといってそれを軽蔑とか侮蔑に置き換え、それを立腹と苦悩に発散させてしまうような偽りの自尊心ではなく、なんの屈辱も感じずに、自らに向かってこう言えるような真の自尊心なのだ　わたしは愛している、この愛以外のものは受け容れないわ、あのひとと父のあいだに何かがあったに違いないけれど、もし父が正しければ、わたしは二度とあのひとに会わないわ、もし父が間違っているなら、あのひとが来てくれるか、わたしを呼びによこすでしょう、もし幸せになれるのならなりたい、けれど、もし苦しまなければならないのなら、わたしはそれにも耐えられる　とね。なぜかと言えば、彼女は待ったからで、彼女は待った、二人が一緒にいるところを見ると、ボンなど存在しなかったかのように思えること以外には何もしようとせず、彼女と父親との関係は以前といささかも変わらなかった、二人が一緒にいるところを見ると、ボンなど存在しなかったかのように思えるほどで——この二人は、エレンが病床に就いてからの数ヵ月間に、つまり、あのクリスマスの日から、サトペンが自分とサートリスで編成した連隊と一緒に戦争に行った日までのあいだに、これまでと変わらない、冷静で計り知れない顔をして、一緒に馬車で町にやって来たりしていた。いいかい、二人は口を利かず、互いに何も話さなかった――サトペンは、ボンについて知っていたことを話さなかったし、ジュディスも、ボンとヘンリーの今の居場所を知っていることを話さなかった。二人には話をする必要などなかった。二人はあまりにもよく似ていたからだ。二人は、あまりに互いを知りすぎているか、あまりにも似すぎているために、言葉によって気持ちを伝えあう能力も、その必要も、使わないうちに衰えてしまい、耳とか頭などを使う必要なしに互いを理解できるので、相手の実際の言葉がもはやわからなくなった者どうしのようだった。だから彼女はヘンリーとボンの居場所を父に言わなかったし、父は大学の学徒隊が出発するまでそれを知らなかった、というのは、ボンとヘンリーは入隊してから、どこへともなく身を隠してしまったからだ。きっとそうだ、つまり、二人は出陣するまでは、入隊手続きをするほんの僅かのあいだしかオクスフォードにいなかったに違いないんだ、なぜなら、オクスフォードでもジェファソンでも二人を知っていた人たちの中で、二人がその時中隊に加わったことを知っていた人は誰もいなかったからで、もしどこかに隠れていたのでもなければ、そんなことはとてもあり得ないだろうからね。それというのも、今や人びとは――そのような青年たちの父親も母親も姉妹も親戚も恋人も――ジェファソンより遥か遠い町からオクスフォードへ集まってきており――それらの家族は、食糧や寝具を携え、召使まで連れてきて露営し、オクスフォードに住む家族たちと一緒に、息子や兄弟の雄々しい行進の練習を眺めていたのだし、その人たちはみな、金持ちも貧乏人も、貴族も土百姓《レッドネック》（赤首、南部の無教養で貧しい白人農場労働者）も、あらゆる人間の集団的経験の中で恐らく最も感動的なこの集団的光景に惹かれて、多くの処女たちが、ある異教の神、たとえばプリアポス（ギリシャ神話において、男根で表わされる豊穣の神、庭園や葡萄園の守護神）の生け贄として身を捧げにいく光景より遥かに壮大な光景に惹かれて――軽やかで敏捷な骨格を持ち、輝かしく勇ましい、わくわくした肉体を、勇ましげにきらめく真鍮と羽根飾りの軍服にくるんで、戦場へと行進していく若者たちの姿をひと目見たくてそこへ来たのだった。そして、夜になると音楽が聞こえたことだろう――赤々と燃える蠟燭の光の中で、ヴァイオリンとトライアングルが鳴り、高窓のカーテンが四月の外の闇に向かってはためき、誰のものとも見分けのつかないフープ・スカートが、袖口に飾りのない灰色の軍服を着た兵卒たちや金色の線条《すじ》の入った服を着た士官たちの群れに混じって揺れ動いていたことだろう、というのも彼らの属する軍隊では、たとえ紳士だけの軍隊ではないとしても、兵卒も連隊長も互いにファースト・ネームで呼びあい、しかも百姓どうしが畑で鍬を休めて呼びあったり、更紗やチーズや革帯用の油などを棚に並べた店の売り台を挟んで話しかけるのとは違い、女たちの化粧粉をつけた滑らかな肩越しや、またマスカットブドウの赤ワインや買って来たシャンパン・グラスをかざしながら呼びあうように、互いに付きあっていたのだから——こうして日々が過ぎ、中隊が出陣を待つあいだ、音楽が、最後のワルツが夜ごと繰り返され、破局的というのではなく、ただの背景に過ぎない黒々とした夜を背にして、勇ましいがささやかな光がきらめき、青春の最後の香りがいつ消えるともなく、いつまでもそこに漂っていた、だがジュディスはそこにはおらず、あのロマンティストのヘンリーも宿命論者のボンも、監視する者も監視される者も、そこにはおらず、どこかに隠れており、また日ごとに花が咲き乱れる四月と五月と六月の夜明けの光が、ラッパの響きとともに百もの窓に流れ込み、そこでは百もの、花嫁にならないうちに未亡人になった女たちが、亡き婚約者の黒や茶色や黄色の遺髪のことは考えず、処女の見果てぬ夢を見ていたが、ジュディスはこのような女たちの一人でもなかった、また中隊の五人の兵士が馬に跨り、馬丁とお付きの召使を糧秣車《りょうまつ》に乗せ、真新しいシミ一つない灰色の軍服を着て州内をまわり、旗を、中隊旗を、といっても、適当に裁断してはあるが、まだ縫い綴じられてない絹の切れ端を持って、中隊員の恋人の一人一人に、その切れを二針三針縫ってもらうために一軒一軒まわって歩いたが、ヘンリーとボンは、出発まで中隊に加わっていなかったので、この五人の中にも入っていなかった、というのは、二人はどこか知れないが潜んでいた場所から、道端の草むらか茂みから、誰にも気づかれずに出てきて、行進中の中隊に合流したに違いなかったからだ、その二人は――青年と一人前の男は、青年の方は、これで二度も生得権を剝奪されたようなものだが、本来なら蠟燭の光やヴァイオリンの音の中に、キスや必死の涙の集まりの中にいるのが当然だったろうし、またまだ縫ってない旗を掲げて州内をまわったあの軍旗衛兵の中にいるのが当然でもあったろう、だが一人前の男の方は、もともとそんなところにいるべきではなく、そこにいるには年齢の点でも経験の点でも年をとりすぎており、彼の肉体が置かれていた場所と、精神や倫理観が望んでいた場所との中間の、いわば忘却《リンボー》の淵のようなところに存在することを明らかに運命づけられた精神的孤児で――ミシシッピ大学の学生ではあるが、年をとりすぎていたというだけで、たった六人しかいない法律学科のクラスでは異端児とならざるをえず、また軍隊に入っても、同じく年をとっているというだけで、一人だけ切り離されて士官に任命されていた。彼は中隊が最初の戦闘に加わる前に中尉に任命された。私は、彼の方ではその地位を望まなかったと思うし、むしろ、それを避けようと、断ろうとさえしたと思う。だがとにかくそういうことになり、彼の背負わされた宿命的事情によって再び孤児の身となり——そこで二人は士官と兵卒に分かれたが、まだ監視する者とされる者の関係にあり、何かを待っていた、だがそれが何であるか、運命の、宿命のいかなる働きなのか、二人を裁く裁判官かそれとも審判者による、取り消しようのない、どんな宣告が待ち受けているのかわからなかったが、ただそれ以下のことは考えられず、中途半端な宣告や取り消しのきくものでは決着しないように思え——士官で中尉のほうは、君が行け、と命令できる、少なくとも時には自分の指揮する歩兵中隊の背後にいられるだけの、ささやかな権限を持っていたが、連隊がピッツバーグ・ランディング(39)で北軍の砲火を浴びて退却した時、肩を撃たれたその士官を背負って安全な場所まで運んでいったのは兵卒の方で、それというのも、そのあと二年ほど彼を監視し、そのあいだにジュディスに、二人ともまだ生きているという手紙を書きたいためだったからで、ただそれだけのためだけだった。

「それからジュディスのことだが、彼女は今やたった一人で暮らしていた。恐らく、前年のあのクリスマスの日から一人で暮らし、それから二年経ち、三年経ち、そして四年経っても一人だった、なぜなら、サトペンは自分とサートリスの連隊を率いて戦争に行ったきりだったし、黒人たちは——サトペンが百マイル領地を造るのに使ったあの野生の男たちは――ジェファソンを通り抜けた最初の北軍部隊のあとについていってしまったからだ、だが彼女は決して孤独裡にいたわけではない、というのは、鎧戸を下ろした部屋のベッドには母エレンが寝ついており、なされるがまま驚いたような、あのわけのわからない様子で死を待ちながら、まるで子供のように絶えず手をかけて貰いたがっていたし、また彼女（ジュディス）とクライティは生きていくために、いろんな野菜を作ってその世話をしなければならなかったし、またウォッシュ・ジョーンズもいたからだ、この男は、サトペンが町の最初の女性――エレン――が屋敷に入ってきて、鹿狩りと熊狩りの猟師たちがもう来なくなってから川沿いの低地に造った、今では放ったからしになって腐りかけた釣り小屋に住んでいたが、ウォッシュに娘と孫娘と一緒にそこに住むことを許したのはサトペンで、ウォッシュは辛い野良仕事をしたり、最初はエレンとジュディスの二人に、次にはジュディス一人に魚とか猟の獲物を時折届けたりして、彼も今では母屋の中に入ってくるようになっていた、だがサトペンが出征するまでのウォッシュは、台所の裏の葡萄棚の園亭《あずまや》までしか近づいたことがなく、その下で日曜日の午後にサトペンと二人で、大瓶から酒を飲んだり、彼が一マイルも離れた泉から汲んできた水を、バケツから口飲みしたりしていた、そんな時サトペンは、酒樽の板で作ったハンモックに寝そべって話し、ウォッシュは柱にもたれかかって、げらげらと馬鹿笑いしていたものだ――だからジュディスは少しも孤独だったわけではなく、また怠惰にしていたわけでもなく、その顔には、フィアンセと兄があの晩家出して姿を消したという噂が広まってから一週間も経たないうちに、馬車で父親の隣に座って町に現われた時と変わらない、いつもながらの計り知れない落ち着いた表情が見られたが、ただ、今の彼女はいくつか大人になり、少し痩せていた、二人がなぜ、どこへ消えたのか誰も知らなかったし、誰一人聞き出さなかったのと同じように、彼女が町にやって来た時も、彼女に聞いたりする者は一人もいなかった、ジュディスはその頃の南部女性の誰もが着ていた、仕立て直した服を着て、まだ馬車には乗っていたが、それを引くのは馬ではなく騾馬《らば》で、鋤を引く、いや、間もなく鋤を引くだけになる騾馬で、またその馬車を馭したり、騾馬を引き具につけたりはずしたりする馭者もなく、自分でそれを馭して町にやって来ると、町のほかの女性たちと一緒になり――その頃ジェファソンにも負傷者がいたので――仮設の病院で働いていた、その女たちは(よくしつけられてはいるが、伝統的にこの上なく怠惰な娘たちは)、そこで見知らぬ人や負傷者や死者たちの汚れた体を清拭したり、包帯を巻いてやったり、自分たちが生まれた家の窓のカーテンやシーツや下着類で包帯を作ったりしていたが、彼女たちは恐らく涙を流したり悲しみに暮れたりし、少なくとも確かな知識を持って自分たちの息子や兄弟や夫たちの話をしながらも、彼女に兄や恋人のことを訊く者は誰一人いなかった、彼女もまた、ヘンリーやボンと同じように、何を待っているかわからずに、しかもヘンリーやボンとは違って、なぜ待つのかさえわからずに、ただ待っていた。そのうちエレンが、すでに二年も死んだも同然で、忘れられた夏の蝶ともいうべきエレンが死んだ――それは中身のない殻同然で、まったく重量がないので死んでも解体する心配のない影であり、埋葬されなくてはならない体はなく、あるのは、ただ形と思い出だけだったが、それがある静かな午後に、鐘も鳴らなければ棺台もなく、あの杉木立へと運ばれていって粉になり、その軽い亡骸《なきがら》の上に千ポンドもの重い大理石の墓碑が建てられたのはいかにも逆説めいた話だが、その墓碑は、サトペンが（前年の連隊士官の年次選挙でサートリスが降格となったので、今では大佐になっていたサトペンが）、サウス・キャロライナ州のチャールストンから連隊の糧秣車に載せて運んできて、ジュディスがエレンの墓だと教えた、草のかすかに生えた窪みに建てたものなんだ。それから彼女の祖父が自宅の屋根裏部屋に閉じこもって餓死すると、ジュディスがミス・ローザにサトペン百マイル領地に来て暮らすように誘ったのは間違いないだろう、だがミス・ローザはそれを断わった、ジュディスはきっとこの手紙を、四年ぶりにボンから直接送られてきたこの手紙を心待ちにしていたに違いない、そして彼女は、ボンを母親の墓石の隣に埋葬してから一週間後に、今では彼女もクライティも扱うことができるようになっていた騾馬に、四人乗り馬車を引かせて、自分でこの手紙を町へ持ってくると、おまえのお祖母さんに渡した、彼女は自分からこの手紙をお祖母さんのところへ持ってきたのだが、その時の彼女(ジュディス)は訪ねる人もいなければ友だちもおらず、なぜその手紙を預ける相手としてお祖母さんを選んだのか、お祖母さんにもわからなかったのと同じように、彼女自身にもわからなかったに違いない、彼女は痩せているというより、やつれており、サトペン家特有の頭蓋骨の形が、やつれたコールドフィールド家の身体から、はっきり表に現われ、その顔はとっくの昔に若さというものを忘れてしまっていたが、それでもまだ、どうにも計り知れず、完全に落ち着いた表情を崩さず、喪に服しているようにも、悲しんでいるようにも見えなかった、そこでおまえのお祖母さんは言ったんだ──「わたしにですか？　わたしにこれを預かって欲しいっておっしゃるんですか？」。

「『はい』とジュディスは言った。『なんなら処分して下さってもよろしいんです。お好きなようになさってくださいませ。もしお読みになりたければ、読まれても結構ですし、お気が向かなければ、お読みにならなくたってよろしいんですの。だって、人は生きた印《しるし》を残すことなどほとんどできないのですもの。誰しも生まれてくると、何かやってみようとしますけれど、なぜやるのかもわからずにただやり続けるだけですし、それに自分と同時にたくさんの人たちが生まれ、みんなごっちゃになって、自分たちの腕や脚を動かそうと、動かさなければならないと思うのですが、その腕や脚を動かす紐《ひも》は、ほかの人の腕や脚に繋がれているのと同じ紐で、ほかのみんなも何かやろうとしますが、彼らにもなぜそのようにしているのかわからず、ただその紐がみんな思い思いの動き方をしているのがわかるだけで、それはちょうど五、六人の人たちが一つの織機で毛氈《ラグ》を織ろうとし、一人一人が、せめて自分の望む模様をその中に織り込みたいと思っているようなものです、でも、そんなものは取るに足りないことで、奥様だってそれはご存知でしょう、そうでなければ、織機を据えられた神様がもう少し上手に案配して下さったでしょうからね、それでも、それはやはり大事なことに違いありません、だって、人はやり続けるか、続けなければならないうちに、突然すべてが終わり、結局その人があとに残すのは、その上に文字が刻まれた一塊の石ころだけになるでしょうからね、それにその石ころだって、そこに文字を刻んで建てるのを忘れないか、それだけの暇のある人がいればの話で、石を建ててもらっても、その石の上に雨が降ったり、太陽が照らしたりしているうちに、しばらく経てば、誰も彫られた名前も思い出さなければ、ひっかき傷の意味も忘れてしまい、そんなものは取るに足りないものになります。ですから、もし誰かのところへ行き、それも他人の方が好都合なのですけれど、その人に何かを——一枚の紙きれでも——何でもいいから何かを手渡すことができれば、たとえそのもの自体は何の意味もなく、それを預かった人が読みもしなければ、しまってもおかず、わざわざ捨てたり破ったりさえしなくても、手渡すという行為があったというだけで、少なくともそれには何かの意味があるのです、と申しますのは、一つの手から別の手へ、一つの心から別の心へと渡されるだけでも、それは一つの出来事として記憶されるでしょうし、それは少なくとも一つのひっかき傷に、何がしかのものに、それがいつかは死ぬことができるという理由から、**かつてあった**　という印《しるし》をどこかに刻みつけるかもしれない、何がしかのものになるでしょう、それに比べますと、一塊の石ころは死んだり消えたりできませんから、**かつてあった**　ことにはなれません、ですから　**今ある**　こともできないのです……」、するとおまえのお祖母さんは、彼女の、計り知れない、落ち着き払った、完全に平静な顔を見つめながら叫んだ——

「「いけません！　いけません！　そんなことをしてはいけません！　考えてもごらんなさい、あなたの……」、そうすると、お祖母さんを見つめていたその顔が、この言葉の意味を理解したようで、それでも落ち着いたまま、辛そうな様子も見せずに言った――

「「まあ、わたしがですか？　いいえ、そんなことじゃありません。だって、誰かがクライティの面倒をみなければなりませんし、それにもうじき父の面倒だってみなければなりませんもの、だって味方どうしが殺しあいを始めている以上、この戦争もそう長くは続かないでしょうから、父も帰ってきて、何か食べるものを欲しがるでしょうし。いいえ、そんなことはいたしません。女は愛のためにそんなことはいたしませんの。男の方だってそんなことはなさらないと思いますわ。それに今のご時勢ではなおさらです。なぜって、そんなことをした人たちの行くところがあるとしても、それがどこであっても、もう入《はい》れる余地などないでしょうからね。そこはもう満員になっているでしょう。あふれ出ているかもしれません。そういう人たちの望みが、何もかも忘れ、気晴らしして、楽しみたいというのでしたら、ちょうど劇場やオペラ・ハウスみたいに満員でしょうし、その人たちの望みが、ただ静かに横たわって眠りに就き、いつまでもいつまでも眠り続けたいというのであっても、人のこぼれ出ているベッドみたいになっていることでしょう」――」。ミスター・コンプソンは体を動かした。クエンティンは、半分体を起こして、その手紙を受け取り、薄暗い、虫の糞で汚れた電球の下でそれを開いたが、まるで便箋が、すっかり干からびた四角い紙切れが、もう紙ではなく、元の形と内容をとどめたまま灰にでもなっているかのように、慎重な手つきで開き、そのあいだもミスター・コンプソンの声が話し続け、クエンティンは聞くともなしに聞いていた――「これでおまえにも、私がなぜボンが彼女を愛していたと言ったか、わかるだろう。なぜなら、ほかにも手紙が、たくさんの手紙があるが、それらはあの最初のクリスマスのあと、オクスフォードとジェファソンのあいだの四十マイルを何度となく越えて手でもって運ばれてきた、雄々しく華麗で、物憂げで不真面目なもので――都会のしゃれ男が田舎娘を嬉しがらせるような、物憂げで巧妙な(そして彼にとっては全く無意味な)身振りに過ぎず――その田舎娘の方は、女性特有の、奥深く何とも説明できない落ち着いた忍耐強い千里眼を持っていて、彼女の眼から見れば、都会のしゃれ男の気取った身構えも、幼い少年のこましゃくれたおどけ芝居にしか映らない、だから手紙を受け取りはしても、それを理解もしなければ、優雅で雄々しい、散々苦労して考え出した文体や比喩が並べられているにもかかわらず、次の手紙が来るまで取っておきさえしなかった。しかしこれは四年の空白を経て、晴天の霹靂《へきれき》のように突如として彼女に届けられたに違いなく、この一通だけは取っておき、見知らぬ人に手渡して、その人が取っておこうとおくまいと、読もうと読むまいと、好きなようにしていいが、これでもって彼女が話していたあのひっかき傷を、あの消えることのない印を、われわれみんなが宿命づけられているあの忘却というのっぺりとした顔に刻みつけてもらえると考えたのだろう――」、クエンティンは聞くともなしに聞きながら、かつて生きていた人の手によって紙の上に記されたものというよりも、見ようとする直前に紙の上でばらばらに崩れ、読んでいるうち、いつ薄れて消えていくかもしれない、紙に映った影みたいな、ぼんやりかすんだ、蜘蛛の糸のように細い文字を読んでいたが、あの日から四年後に語りかけるその死者の声は、それから五十年近く経った今も、優しく冷笑的で気まぐれで、救いがたいほど悲観的なものので、それには日付も出だしの挨拶も署名もなかった――

この手紙が死者からの声だと言っても、敗者からの声だと言っても、別に僕たち二人のどちらも侮辱することにはならないということは、あなたもおわかりでしょう。事実、もし僕が哲学者だったら、あなたが今手にしているこの手紙から、この時代に対する奇妙ながら適切な論評を引き出して、未来を占うことができるでしょう――だって、これは、見ておわかりのように、七十年前の日付のついた最上のフランス製の透かし模様のある便箋で、略奪された没落貴族の豪邸から救い出した(それとも、もしそうおっしゃりたければ、盗み出した)ものですし、しかもこの便箋に書かれた字は、ニューイングランドのある工場で製造されてからまだ一年も経っていない最上のストーヴの磨き粉を使って書いたものです。そうです。ストーヴの磨き粉なのです。僕たちはそれを分捕ったのですが、それを話せば、なかなか面白い話になるでしょう。僕たちのこと、想像してみてください、僕たちは似たり寄ったりの案山子《かかし》の寄せ集めみたいなものですが、西暦一八六五年にメイソン゠ディクソン線(40)の南にいる女の人に向かって、それが淑女だろうと、ただの女だろうと、とにかく女の人に向かって、腹がすいていたとは言いますまい、だって、そんなことは呼吸しているというのと同じように、まったくわかりきった、余計なことでしょうからね。また、ぼろを着ているとも、靴がないとも言いますまい、だって、僕たちはもうずっと前からそうで、それに慣れっこになっているのですから、だけど有難いことに(僕はこのお蔭で、人間性に対してではないにしても、少なくとも人間そのものに対する信頼を回復したからですが)、人間というものは実際には苦難にも窮乏にも慣れることがないのです、苦難に慣れるのは精神だけで、つまり卑しいがつがつした腐肉を詰め込んだ魂だけであって、体そのものは、有難いことに、石鹼とか清潔な下着とか、人間の足と獣の足を区別するための、足の裏と土とのあいだにある履物の、あの懐かしい柔らかい感じを決して忘れることができないのです。でも、僕たちに必要だったのは弾薬だけだったと言っておきましょう。僕たちの姿を想像してみてください、ただ働かなければならないだけでなく、いやでも働かされるように仕組まれた哀れな案山子《かかし》そっくりなのです、というのも、人間として生き残るか、それとも天国に召されるかを選ぶ選択の余地もまったくないし、落伍しても、立ち止まって息をついたり、死んで埋めてもらうための僅かな場所さえ、地上にも地下にもないのですからね、そこで、僕たち(案山子たち)は大騒ぎして、とは言わないまでも、大いに威勢よくやってのけました、そうです、荷物を満載した無防備な従軍商人の馬車を十台、略奪したのです、案山子どもが美しい箱を次々に転がして出しますと、箱には、あのUとSの二文字[41]が型板で刷り込まれていました、かつては光り輝く神の額《ひたい》であり、荊《いばら》の王冠[42]の後ろから射す神々しい後光であったその二文字が、もう四年も前から、僕たちには、負けた者が当然貰うべき分捕り品の象徴に、つまりパン[43]と魚に見えていました、そして、案山子たちは石や銃剣やさらには素手でもってその箱に襲いかかり、やっと箱の蓋を開けて中を見ると——何だと思いますか? ストーヴの磨き粉でした。何ガロンもの最上の磨き粉で、どの箱も製造されてまだ一年と経っておらず、相手方はきっと、家に火をつける前にストーヴを磨けという、すでに手遅れだったのに修正された野戦命令を携えて、シャーマン将軍（ウィリアム・テカムサー・シャーマン　アメリカ南北戦争時の北軍の将軍、一八二〇—九一）に追いつこうとしていたところだったに違いありません。僕たちはまったく大笑いしました。そうです、僕たちは笑いころげました、それというのも、僕はこの四年間に、少なくとも、笑うためには胃袋が空っぽでなければならないことを、人は空腹であるか、怯えている時初めて、ちょうど空っぽの胃袋がアルコールから本当のエキスを抽《ぬ》き出すように、笑いからも本当のエキスを抽き出すものだということを学んだからです。でも、僕たちは少なくともストーヴの磨き粉だけは手に入れました。それもどっさり手に入れたのです。どっさりすぎるほどです、だって、あなたにもおわかりのように、僕の言いたいことを全部書こうとしても、それほどたくさんは要りませんからね。そんなわけで、僕は哲学者ではありませんが、次のような結論と占いめいた判断を引き出しました。

　僕たちはもう待ちくたびれました。おわかりでしょう、待ちくたびれたのは僕の方だと言っても、あなたを侮辱することにはならないでしょう。それゆえ、僕だけが待ったと言ってもあなたを侮辱することにはならないのですから、僕の帰りを待っていてくださいなんて付け加えたりしません。と言いますのは、あなたのもとにいつ帰るかも言えないからです。なぜなら、《かつてあったこと》は一つの存在ですが、それはすでに一八六一年に死んでしまったので、今は存在しておらず、それゆえ《今ある》ことは――(ほら。また砲撃が始まりました。こんなことも――こんなことを書くのも――呼吸しているとか、弾薬が必要だとか書くのと同じように、わかりきった余計なことですね。というのも、僕は時々、砲撃は一度もやんだことがないような気がするのですから。もちろん、それはやんだことはないのですが、僕の言うのはそういうことではないのです。僕の言うのは、つまり、あの最初の時から新たな砲撃は一度もなかったのだということで、四年前に一度だけあの一斉射撃があり、それは一度だけ鳴り響き、それきり自分自身の音にびっくり仰天して凍りついたようになって、そこで停止し、持ち上げた銃口を一つ一つ催眠術にかけて動けなくし、それ以後二度と繰り返されず、それは今では、あの一斉射撃が最初に鳴り響いた土地の上にあり、この地上のほかの場所はそれを受け容れてくれないので、そのままそこに留まっているあの空気の中から、疲れきった歩哨の落とすマスケット銃や、疲れきった体そのものが倒れることで呼び覚まされる、気味の悪い大きな谺に過ぎなくなっているということです。ですから、あの銃声は再び夜が明けたことを意味するので、僕はそろそろやめなければなりません。何をおやめになるの？　ってあなたはおっしゃるでしょう。そうです、考えることを、思い出すことをやめるのです――でも、いいですか、希望することをやめるとは言いませんよ――つまり、もう一度、現在とか過去とかいう区分のない時間の中で、もうしばらく、何も考えず、理屈も忘れて、体の無二の相棒になりたいと思うからです、だって体だけは、四年経ってもなお、僕には信じられないほど素晴らしいものに思える、陰気だが崩れることのない忠誠心を持って、僕自身その匂いや音の名前もすでに忘れている、昔の平和と満足を思い出し、その中に未だに我を忘れてうっとりと浸っているのですし、それはまた、不滅に対する絶対的な約束と確信を密かに与えられでもしたかのように、ちぎれた腕や脚を見ても、その危険にさらされても平気でいられるのですからね。――でも、もうやめましょう。）僕は、いつあなたのところに帰れるかわかりません。なぜなら、《今ある》ということは、過去には生きてさえいなかったわけで、再びそれとは別のものになっているからです。それに、あなたが今手にしているこの紙切れの中には、すでに死んだ古き南部の最良のものが収められていますし、あなたが読んでいる言葉は、征服者となったために、それが好むと好まざるとにかかわらず、生き延びていかなくてはならない新しい北部の最上のもの（どの箱にも、最上の品質と書いてありました）で書かれたということになるのですから、あなたと僕は、まったく不思議な話ですが、生きることを運命づけられた人たちの仲間入りをしたのだと、今の僕には信じられるからです。

「それで終りさ」とミスター・コンプソンは言った。「ジュディスはその手紙を受け取り、クライティと一緒に屑布を使ってウェディング・ドレスとヴェールを作った――その屑布は恐らく本来ならばとっくに包帯用の布として無くなっていたはずなのに、そうはならずに残っていたものだった。彼女には彼がいつ帰ってくるかわからなかったが、彼自身にもわからなかったわけだから、それも当然だった、もしかしたらボンはこの手紙のことをヘンリーに話し、それを出す前にヘンリーに見せたかもしれないし、あるいは見せなかったかもしれない、もしかしたら、二人は依然として監視する者と待っている者との関係を保っていたのかもしれず、待っている方はヘンリーに　僕はもう待ちくたびれた　と言うと、ヘンリーは相手に　じゃあ、あなたはあちらを断念しますか？　断念しますか？　と言い、すると相手は　僕は断念なんかしないさ。四年間も断念する機会が与えられるように運を天にまかせてきたのだが、どうやら僕は生きるように、彼女と僕の二人とも生きるように運命づけられているようだと言った――この時野営の火のそばで交わされた挑戦の言葉と最後通牒《つうちょう》は、その二人がほとんど並ぶようにして乗りつけたに違いない、あの門の前で申し渡された最後通牒の場合とそっくりで、二人のうちの一人は落ち着いて少しも迷わず、恐らく抵抗すらしない徹底的な宿命論者であり、もう一人は、なだめようもなければ変えようもない悲しみと絶望のために非情になっていた――」。(クエンティンにはその時の二人が門のところで向かいあっている様子が実際に眼に見えるような気がしていた。かつては大庭園だった門の内側も、今では手入れもされず、草ぼうぼうの荒れ放題で、まるで麻酔から覚めたばかりの鬚ぼうぼうの男の顔みたいに、夢見るように、ぼんやりと呆気にとられているように見え、その奥の大きな屋敷では、盗んだも同然の屑布で作ったウェディング・ドレスを身につけた若い娘が待っていたが、その家にもまた、壁の崩れかけた荒廃の様子が漂い、それも外から侵入されて荒らされたためではなく、破滅に向かう逆流の中に取り残されて忘れられた廃屋のようで――死にかけながらも、ここ数ヵ月、捧げられた犠牲も苦しみも無駄だったことを知っている、引き裂かれて苦しんでいる男たちの死を助けるために、中の家具や絨毯や、リネン類や銀器などを少しずつゆっくりと吐き出して、家は骸骨みたいになっていた。二人は二頭の痩せ細った馬に跨って向かいあい、二人とも若く、まだ世の経験も浅く、とても年をとっているとは言えなかったが、眼だけは年老いており、ぼうぼうの髪の毛と痩せこけて日に焼けた顔をし、まるで、材料を使い惜しみする彫刻家が節約の限りに鋳造したブロンズ像みたいで、今では枯れ葉色に焼けた、つぎはぎだらけの灰色の軍服を着ていたが、一人は変色した士官の金モールをつけ、もう一人は袖口に何の飾りもつけておらず、ピストルを馬の鞍のあたりに置いたまま狙いも定めず、二人とも落ち着いた顔をし、声も張り上げずに　この柱の影を、この木の枝の影を越えるんじゃないぞ、チャールズ　と一人が言うと、もう一人が　僕は越えるよ、ヘンリー　と言う）「――それからあの鞍なしの騾馬に跨ってミス・ローザの家の門前に乗りつけたウォッシュ・ジョーンズが、陽が射している、平和に静まりかえった路上で大声をあげ、「おたくがローズィ・コールドフィールドさんかい？　そんならあっちの家へ行ってみるがええだ。ヘンリーがあのフランス人野郎を撃ち殺しちまったんだ。まるで牛を殺すみてえに殺しちまったんで」と言ったのさ」。

V

そんなわけで、あなたもすでにお聞きおよびでしょうが、わたしはあのジョーンズに、自分のものでもないのに乗ってきた騾馬《らば》を裏の小屋にまわして、うちの二輪馬車に繋ぐように言いつけ、そのあいだにわたしは帽子をかぶってショールを羽織り、家の戸締りをしました。それだけのことをすれば良かったのです、だって、これもきっとお聞きおよびでしょうが、わたしにはトランクも旅行鞄も必要なかったからで、当時わたしが持っていた衣類と言いますと、叔母が親切心からか慌てていたためか、たぶんうっかり置いていったのかわかりませんが、とにかく幸いにも叔母が残していってくれて、わたしが着ていた服はとっくの昔に擦り切れてしまい、エレンが時々思い出してはくれていたものしかありませんでした、そのエレンが死んで二年も経っていました、ですから、わたしは家の戸締りをするだけでよく、それから馬車に乗ると、エレンが生きていた頃には玄関から家に近づくことさえ許されていなかった、あの獣みたいな男の横に座って、エレンが死んでから一度も行ったことのなかった屋敷への十二マイルの道を駆けていきました――それは獣という獣の元祖同然の男で、その孫娘は、のちにわたしの後釜に入り、姉の家の中ででは、少なくともわたしが強く望んでいた(と町の人たちは噂しているでしょうが)姉のベッドの中ででではなかったものの、わたしの権利を横取りしたのです――あの獣は(あの正義という名の獣のような手先で、まず個々の人に狙いを定めると、爪を隠してビロードの滑らかさで、人生の出来事を統括するのですが、相手が男でも女でもひとたび侮辱されると、真っ赤な鉄のような激しさで猛進し、正しい弱者も不正な強者も、征服者も罪のない犠牲者も容赦なく踏みつぶしながら、定められた公正と真実に向かっていくのですが)、さまざまに姿を変えた形や化身となって現われることになったトマス・サトペンという悪魔の運命を統括するだけではなく、彼の名前と血筋が葬り去られることになる女の肉体までも提供することになったのです――あの獣は、わたしの家の前の通りで、血だのピストルだのと大声でわめき散らすと、それで自分の役目を果たしたと思い込み、それ以上のことは、内容も乏しく、面白くもなく、さほど重要でもないので、わざわざ嚙み煙草を吐き出してわたしに話すほどのことはないと判断したようで、彼は道中の十二マイルを行くあいだずっと、何が起こったのかさえわたしには話してくれませんでした。

　こうして、わたしはあの同じ十二マイルの道をもう一度出かけていったのですが、それはエレンが死んでから二年後のことで(ヘンリーが姿を消してから四年後で、わたしがこの世の光を眼にして呼吸し始めてから十九年後ということになるかしら?)、とにかくわたしには何もわからず、わかったのはこれだけでした、二人の女が、二人の若い女が二人だけで、もう二年も男の足音を聞いたことのない腐りかけた家にいると、一発の銃声が、遠くの方から微かに、どの方角から、どこで発射されたのかもはっきりせずに聞こえてきて――一発の銃声がして、それを聞いた二人が一瞬、縫っていた布と針の手を止め、ひどく驚いて、何事だろうとあっけに取られていると、足音が、急いで走ってくる男の足音が、まず玄関の入口の方で、ついで階段で聞こえ、ジュディスが縫いかけのドレスを手につかみあげ、その蔭に身を隠すか隠さないうちに、ドアがバッと開いて兄が、凶暴な人殺しの兄が現われたのですが、彼女はもう四年もその兄に会っておらず、(もし兄がいるとすれば、まだ生きて呼吸しているとすれば)千マイルも遠いところにいるものと信じていました、それからその二人は、その瞬間に悪魔の遺産の最初の一撃を身にくらったばかりの二人の呪われた子供たちは、持ち上げた未完成のウェディング・ドレスを挟んで互いの顔を見つめあっていたのです。

わたしはその場所に向かって十二マイルの道を馬車で行ったのですが、隣にいたあの獣は、わたしの家の前の静かな通りに立って、大勢の人たちが静まりかえって耳を澄ましているなかで、わたしの甥が妹のフィアンセを殺したって、落ち着き払って怒鳴ったくせに、「こいつはわしのものでも旦那さんのものでもねえですが、二月にとうもろこしがなくなってからは、ろくにものを食っちゃいねえんだ」と言って、馬車を引いている騾馬を並足以上に急がせようとせず、やっと門の中へ入ると、騾馬を止めて、鞭《むち》でそっちを指しながら、まず噛み煙草を吐き出して、「あそこでやったんでさあ」と言いました――「何があそこであったって言うんです？　じれったいねえ」とわたしが叫んでも、彼は「あそこだ」と言うだけなので、わたしはもう我慢できなくなって、鞭をひったくり騾馬を鞭打って進ませました。

でも、わたしが車道を走り、荒れ果て、雑草が生い茂ったエレンの花壇の脇を通って、空っぽの殻だけとなった家に、いわば青春と悲しみの繭《まゆ》の棺のような婚礼の床(そんなふうにわたしには思えたのです)に辿り着いて、自分では来るのが遅すぎたと思っていたのに、それどころか早すぎたってわかったという話は、誰からも聞いていらっしゃらないはずです。柱廊《ポルチコ》は朽ち果て、壁は剝《は》がれ落ちていましたが、家はまだそこに確かにありました、兵士が鉄の軍靴で踏み込んで荒らした様子もなく、外から侵入された様子も、弾丸を撃ち込まれた跡もありませんでしたが、それよりもっとひどい何かのために、崩壊というよりもっと奥深い荒廃のために取っておかれたようで、まるで家が鉄の焔にも、大破壊《ホロコースト》にも、鉄のように対抗して持ちこたえたかのようで、言ってみれば、その大破壊がまだ激しさも執念も足りないと気づき、焔が最後の決定的瞬間にどうにも襲いきれず、何ものも通さなかったその骨組を投げ倒すどころか、逆にそこから退散させられたような感じでした、それから家に入る上がり段を駆け上がっていきますと、その板の一枚まで腐っていて、足をのせると今にも外れるか曲がるかしそうでした（わたしが軽く素早く足を動かさなかったなら外れていたかもしれません）、玄関にあった絨毯もとっくの昔に、シーツやテーブルクロスと一緒に包帯や看護用の布としてなくなっていたために、むき出しになっている玄関ホールに入っていくと、サトペンそっくりの顔が眼にとまりました、それからわたしは、「ヘンリー！　ヘンリー！　いったい何をしたっていうの？　あの馬鹿がわたしに知らせに来たのはいったい何のことなのよ？」と叫びましたが、わたしはそう叫びながらも、来るのが遅すぎたと思っていたのに、それどころか早く来すぎたっていうことを知らしめられました。なぜって、それはヘンリーの顔ではありませんでしたから。それは確かにサトペンの顔でしたが、ヘンリーのではなく、サトペンそっくりのコーヒー色をした顔が、そこの薄暗がりの中で階段を遮っていました、わたしは明るい午後の陽射しの中から、暗く沈んだ家の雷鳴のような静寂の中に駆け込んできたので、最初は何も見えませんでした。するとその顔が、サトペンそっくりの顔が、次第にはっきりと見えてきましたが、それは近づいてくるのでもなければ、暗闇から浮き上がってくるのでもなく、すでにそこで、岩のようにびくとも動かず、時間も家も宿命も何もかも押しのけて、じっと待ち構えていたようでした（ええ、そうですとも。あの男は実にうまく選んだものです、彼はよりによって、自分の地獄の番犬、冷酷なケルベロス（ギリシャ神話に登場する地獄の番犬）を自分の姿そっくりに創ったのですから）――その顔は一度もそんなものを持ったことがなかったので、性別も年齢もなく、それが生まれた時に持っていたままの、そしてあの晩ジュディスと並んで厩舎《きゅうしゃ》の二階の干し草置き場から見下ろしていた時の、また七十四歳になった今も依然として変わっていない、あのスフィンクス（ギリシャ神話に登場する、女の頭とライオンの胴に翼をもった怪物）のような顔をして、いささかも変わらず、わたしを見下ろしており、まるで、それはわたしが入ってくる時を一秒の狂いもなく知っており、わたしがのろのろ歩く騾馬の後ろに座ってあの十二マイルの道のりをやって来るあいだずっとそこで待ち構え、次第に少しずつ近づいて、ついに入口から入るのをじっと見張っていたみたいでした、それというのも彼女にはわたしが入ってくることがわかっていたからなのです（そうです、恐らくそのように定められていたのです、だってこの世には、モレク（聖書において、セム族の神で、子供を人身御供にして祭った）(44)のような口と腹を持っていて、軟骨だろうと柔らかい肉だろうと、何でも見境《みさかい》なしに食べまくるという、あの正義というものがあるからでしょう）――その顔を見てわたしは立ち止まりました、（体が止まったのではありません、それはなおも前に進み、走り続けました、止まったのはわたし自身、つまり人間が体の奥深くに秘めているあの本当の自己で、それに比べれば手足の動きなんて、ちょうどたくさんの不必要な楽器が下手くそに素人っぽく、調子はずれの演奏をするみたいに、ぎこちなく、もたもたしてついてくるだけのことです）、ところでわたしが立ち止まったのは、あの殺風景な玄関ホールで、そこには薄暗い二階の上がり場に通じる、（そこの絨毯もなくなっていたので）むき出しになった階段がありましたが、その二階の廊下で何かの谺《こだま》が聞こえました、それはわたしの足音の谺ではなく、雨露をしのぐためでも暖をとるためでもなく、誇りや希望や野望に（そうです、それに愛に）眼がくらんで繰り広げられた暗い変転の数々を覗こうとする物見高い世間の眼から隠れるために、人間の手で建てられたすべての家に、すべての壁の内側に取り憑いている、あの失われ、回復不能の《あったかもしれない》夢の谺だったのです。「ジュディス！」とわたしは言いました。「ジュディス！」。

返事はありませんでした。それは初めからわかっていました。その時も、わたしはジュディスが返事してくれるなんて思っていませんでしたが、ちょうど子供が、恐怖をまだよく意識しないうちに、実際には声が届くところにはいないとわかっているのに(恐怖は感じても、まだ判断力はしっかりしているので)親を呼ぶようなものです。わたしは誰かに向かって、何かに向かって叫んでいたのではなく、わたしを立ち止らせた何かを、あの力を、あの狂暴な岩みたいに絶対に動かない敵意を突き破ろうとして叫びました(叫ぼうとしました)——そこにあるのは、あの見慣れたコーヒー色の顔で、せいぜいわたしぐらいの背丈しかないその体は(コーヒー色の裸の足はむき出しの床の上で微動だにせず、彼女のすぐ後ろに曲線を描いて上に続く階段が見えましたが)少しも動かず、眼に見える変化は何一つ見せずに(彼女はわたしを見ていたのではなく、わたしを突き抜けて別のものを見つめ、わたしが押し入って開けっ放しにしたドアのところに見える、長四角の静かな空間をじっと見つめているようでいて、わたしから視線をそらしさえせず)、次第に長く伸びていって何かを上の方に投げ出すように見えましたが——それは魂でも霊でもなく、わたし自身には聞こえもしなければ、聞かせてももらえない何かの物音を、非常に注意深く、狂気じみた表情で聞いているみたいで——わたしたちよりももっと古くて純粋な種族から受け継いできた、説明もできなければ眼にも見えないものを、じっと考えて意識したうえで受け容れているようで、それがわたしと彼女のあいだの虚ろな空間に、わたしが見つけたいと思ってやって来たものを（いいえ、わたしはそれをどうしても見つけなければならなかったのです、そうでなければ、そこに呼吸して立っていても、自分がこの世に生きていることを否定しなければならなかったでしょうから）創り出し、想像させ、形作ったのです――つまりそれは、あの長らく閉ざされていた黴《かび》くさい寝室と、つぎはぎだらけの色褪せた灰色の軍服を着た、蒼白な血だらけの死体が、むき出しのマットレスを真っ赤に染めている、シーツもないあのベッド（愛と悲しみの婚礼の床《とこ》）と、その傍らに跪《ひざまず》き、悲しみに打ちひしがれた、妻にならないうちに寡婦《かふ》になった娘の姿でした――そしてわたしは（わたしの体は）まだ前に進むのをやめず、（そうです、それを止めるには、手がわたしに触れる必要がありました）――わたし、自己催眠にかかっていた哀れなわたしは、そこになければならないものはきっとそこにある、ないわけにはいかないのだ、そうでなければ、わたしは生きていることも正気であることも否定しなければならないと、なおも思い込んでいた愚か者のわたしは、あの計り知れないコーヒー色の顔にぶつかっていこうとしました、それはあの男が創り出し、自分の留守のあいだ自分のかわりを務めるように命じた、冷酷で、執念深く、無心なあの男の複製《レプリカ》で（いえ、無心ではありません。無心どころではありません。なぜならそれは、彼自身の千里眼的な意志が、嬉々として身を委ねる黒い血と混ざり合うことによっていくらか和らげられて、道徳を超越した悪が、迷うことのない絶対に達した姿みたいでしたから）、わたしはそれにぶつかっていこうとしたわけで、それはちょうど、夜の暗闇に捕まって、狂わんばかりに取り乱した一羽の野鳥が、死を覚悟で真鍮のランプに飛び込んでいくようなものでした。「お待ち」と彼女は言いました。「そこへ上がって行っちゃあだめだよ」。それでも、わたしは立ち止まりませんでした。手をかけられなければとても止まりそうもなく、わたしはなおも走り続け、彼女とのあいだの、あと数フィートの間隙をなくそうとしましたが、わたしたちはその間隙を挟んで、二つの顔どうしではなく、わたしたちが実際にもそうであった二つの矛盾する抽象的な対立物として、互いに睨みあっていたみたいで、どちらも声を張りあげず、まるで話したり聞いたりする時の制限や制約からまったく解き放たれて、話しあっているようでした。「何ですって？」とわたしは言いました。

「ローザ、そこへ上がっていっちゃあだめだよ」。彼女はそう言いました。その言い方はあまりにも穏やかで静かだったので、しゃべったのは彼女ではなく、家そのものだったように思われました――あの男が建てた家が、（眼には見えないにしても）繭のように張りついた殻が、彼の体から追加して生み出されたように、彼の膿が体のまわりに創り出した家で、エレンはそこで死ぬまで他所者《よそ》として暮らし、ヘンリーとジュディスはそこで犠牲者として囚《とら》われの身になるか、さもなければ死ななければならなかった、その家が、ものを言ったみたいでした。なぜなら、問題だったのは、名前を呼んだこととか、口にした言葉とか、彼女がわたしをローザと呼んだ事実なんかではありませんでした。彼女はあの二人をヘンリーとかジュディスとか呼んだように、子供の頃からわたしのことをローザと呼んでいましたし、今でも彼女がジュディスをその洗礼名で呼ぶのを（またヘンリーのことを話す時もただヘンリーと呼んでいるのを）知っていましたから。ですから、彼女がわたしを今でもローザと呼ぶことは少しも不思議なことではありませんでした、だって、わたしの知りあいの誰だって、わたしをまだ子供だと思っていましたからね。ですから、それが問題だったわけではないのです。彼女が放った言葉ではなかったのです、事実、わたしたちが顔と顔を見あわせて立っていたその瞬間（わたしの、なおも前に進もうとする体が彼女の脇をかすめて階段にまで辿り着くかと思われたその瞬間）、彼女はわたしの知っている誰よりも、わたしに礼儀を尽くし敬意を払ってくれました、わたしはあのドアの中に足を踏み入れた瞬間から、わたしを知っている人たちの中で、彼女だけは自分をもう子供とは思っていないということに気づいていました。それでいてわたしは、「ローザですって?」と叫びました。「わたしに向かって? わたしに面と向かってそう呼ぶの?」するとその時、彼女はわたしの体に手を触れました、わたしはぴたりと止まりました。恐らく、その時も、わたしの体は止まってはいなかったのかもしれません。なぜって、わたしは自分の体が、わたしを階段に上がらせまいと阻止するあの意志の(彼女はその持ち主ではなく、その手先に過ぎなかった、と言えるあの意志の)、手ごたえはあるもののまるで重みのない抵抗に向かってむやみに突き進んでいくのを意識していたようですから。それとも、それが(わたしの体が)立ち止まりさえしないうちに、別の声が、わたしたちの頭上の階段の上から聞こえてきたあのひと言が、すでにわたしたち二人を引き離していたのかもしれません。わたしにはよくわかりません。わかっているのは、わたしの全存在がじっと動かない怪物のようなものに向かってむやみなほどの全速力で走っていくと、あの黒い図々しい手がわたしの、白人の女の肉体を引きとめようとし、その衝撃が、あまりに素早く一瞬のことだったので驚きも憤《いきどお》りも感じられなかったということです。なぜなら、肉と肉との接触は、端正な秩序の曲がりくねった複雑な道筋を無視し、それを飛び越えてまっすぐ鋭く進んでいくもので、愛しあう者ばかりか憎みあう者も、そのような体どうしの接触によって、恋人にも敵にもなれることをよく知っているからで――それは、これが自分だという、自分だけの《中心的自我》の秘められた砦どうしの接触であり、精神ではなく、魂の問題なのです、だって、縛りを解かれた貪欲な心は、この世の仮住まいの暗い廊下のようなところに連れ込まれて、相手の好きなようにされるものなのです。ですが、ひとたび肉と肉が触れあえば、その瞬間、身分の違いとか肌の色の違いとかいう、卵の殻のような脆い掟はすべて崩れ落ちていきます。そうです、わたしはぴたりと足を止めましたが――わたしを止めたのは、女の手でもなければ、黒人の手でもなく、怒り狂った不屈の意志を抑制し、おとなしくさせようとする止《とど》めの轡《くつわ》で――わたしは彼女に向かってではなく、それに向かって叫んでいました、その黒人女を突き抜けて、それに話しかけていたのです、そして、それがすぐに恐怖に変わるのがわかっていたので、まだ怒りを覚えるほどではなかったあの衝撃のためですが、わたしたちは二人とも、わたしが話しかけていたのが彼女ではないことに気づいていましたから、返事を期待していたわけでも、それを受け取りもせずに、「手を離してよ、この黒んぼ《ニガー》！」とわたしは言いました。

　返事はありませんでした。それでわたしたちはただそこにじっと立ち尽くしていました――わたしは走っている姿勢のまま動けず、彼女も、あのぞっとするような不動の姿勢で硬くこわばり、わたしたち二人は、まるで恐ろしく硬い臍《へそ》の緒で繫がれてでもいるかのように、二人を凍りつかせて押さえている手と腕によって繫がれており、まるで彼女を生み出したあの残忍な暗黒に繫がれた双子の姉妹のようでした。子供の頃、わたしは一度ならず、彼女とジュディスが、時にはヘンリーも一緒に、彼女たちが(よくは知りませんが、きっと子供たちはみんな)やっていた乱暴な遊びをして取っ組みあいをしているのを見かけましたし、(これは聞いた話ですが)彼女とジュディスは同じ部屋で一緒に寝ていたということです、表向きは、ジュディスがベッドに寝て、あの女は床に敷いた藁布団で寝ていたことになっていました。わたしが聞いたところでは、エレンは一度ならず、二人が藁布団で一緒に寝ているのを見たし、また一度は、二人が一緒にベッドで寝ているのを見つけたと言うのです。でもわたしはそんなことはしませんでした。子供の頃から、わたしは、彼女とジュディスが遊んだものと同じもので遊ぼうとさえせず、わたしが子供時代と呼んでいたあの歪んだ厳しい孤独が、理解できなくてもじっと耳を傾けるように、聞かないうちから理解することをわたしに教えた(それ以外はほとんど何も教えなかった)あの孤独が、黒人である彼女を本能的に恐れるように教えたばかりか、彼女が触った物に触らないように教えたのかもしれません。でも、わたしたちはそうやってそこにただ突っ立っていました。そして突然、わたしは本能的に叫び声をあげましたが、それはわたしが待っていた侮辱のためではなく、また恐怖のためでもなく、積もり積もった絶望そのものがあふれ出てきたためでした。忘れもしませんが、わたしたちがその意志のない手に（そうです、彼女やわたし同様に、知覚力を持つ犠牲者だったその手に）繋がれてそこに立っていた時、わたしは叫びました――恐らく大声ではなく、言葉を口にしたのでもなく（それに、ジュディスに向かって叫んだのでもなかったのです、恐らくわたしはその時すでに、この家の敷居を跨ぎ、サトペンに似ているようで似ていない、あの顔を見た瞬間に、すでに気づいていました、その時すでに、自分には信じることができないし、信じたくもないし、信じてはいけないことがわかっていたのです）――わたしが叫んだのは、「それじゃ、あなたもなの？　それじゃ、あなたも姉さんなの、姉さんなの？」という言葉でした。わたしはいったい何を期待していたのでしょうか？　自己催眠にかかった哀れなわたしは、十二マイルの道を駆けてきて――いったい何を？　恐らくヘンリーが、彼の手の感触を覚えているドアの取っ手を握り、彼の足の重さをよく知っている敷居の上に足をおいて、どこかのドアから現われるのを期待していたのかもしれません、そこでそのヘンリーが、男だって女だって二度振り返って見ることもないような、小柄で不器量で怯えている娘が入口に立っているところを見つけ、彼自身も四年も会っておらず、それ以前も滅多に会う機会はなかったのに、昔自分の母によく似合っていた、着古した茶色の絹の服を着ていたことと、またその娘がそこに立って彼のことを洗礼名で呼んだことからも、それが誰だかすぐにわかってくれると期待し、わたしを家の中に迎え入れてくれるとでも思っていたのでしょうか？　ヘンリーがそこに姿を現わして、「おや、ローザじゃないか。ローザ叔母さんじゃありませんか。眼を覚ましなさいよ、ローザ叔母さん、眼を覚ますんだ」と言ってくれるとでも思っていたのでしょうか？――だってわたしは、病を得た患者が、痛みが一時休止した時の気分をいっそう心地よく感じるために、微かながら耐えがたい、恍惚とした苦しみの最後の一瞬にしがみつくように、いつまでも夢にしがみついている夢見る乙女で、眼を覚ましたら、現実に、いや現実以上の世界に、少しも変わらない遠い昔の世界にではなく、生け贄として捧げられて神格化されたその夢にふさわしいように変容した世界に入っていきたいと思う夢想家でした、だから、「お母さんとジュディスは子供部屋で子供たちと遊んでいるよ、父さんとチャールズは庭を散歩しているし。眼を覚ましなさいよ、ローザ叔母さん、眼を覚ますんだ」と言って起こされるのを期待していたのかもしれません。それとも、恐らく何も期待せず、希望も抱かず、夢は二つずつ組になって来るものではないので夢さえ見ず、しかも生きた騾馬ではなくて、悪夢そのものから生まれたキマイラ（ギリシャ神話に登場する、頭はライオン、胴は山羊、尾は蛇で火を吐く怪獣）の子供みたいな怪物に引かれて、この十二マイルの道のりをやって来たのかもしれません。（さあ、目覚めよ、ローザ、目覚めよ――過去に存在したもの、いつも存在したものからではなく、過去に存在したことのない、一度も存在できなかったものから眼を覚ますのだ、目覚めよ、ローザ――あるべきものに、《あったかもしれない》過去の不可能性にではなく、あり得ない現実に、あってはならない現実に目覚めよ、ローザ、そのように希望することから目覚めよ、おまえは、たとえ悲しみは欠けていても、死別にふさわしい態度があると信じてやまないのだし、恐らく愛ではなく、幸福でも平安でもなく、夫に先立たれて残される苦しみを救ってやる必要があると信じていたが――ところが、来てみると救うものなど何一つないのがわかったのだ、おまえはエレンに約束したように彼女を救いたいと思っていたが（チャールズ・ボンでもなければヘンリーでもなく、その二人をあの男から、また互いどうしから救うのでもなかった）、今やもう手遅れで、もしもおまえが生まれてすぐに子宮からまっすぐここへ駆けつけていたとしても、それともまた、生まれる瞬間のあの力強い可能性に満ちていた最高潮の時にその場に居合わせたとしても、手遅れだっただろう、そのおまえが十二マイルの道のりを、十九年も経ったあとで、すでに救いなど必要としていなかったものを救うために駆けつけてきたのだが、逆に自分自身を失ってしまったのだ)わたしにはよくわかりませんが、ただわたしには救うものが見出せなかったということしかわからないのです。見出したのは、自分にはとても信じられない恐怖から、自分が少しも信じてもいない安全に向かって、体を動かさずに走っているあの夢の状態で、変わりやすい底なしの流砂のような悪夢によって押さえられていたのではなく、自らの魂の審問者の顔ともいえる一つの顔によって、あの苦難を執行する手先である一つの手によって、その夢の状態のまま押さえられていると、ついにあの声がわたしたちを引き離し、わたしを呪《まじな》いから解いてくれたのです。その声はさっきの声と同じように冷たく、同じように静かに、ただひと言、「クライティ」と言っただけでした、それはジュディスの声でしたが、ジュディスではなくて再び家そのものが話しているように思えました。そうです、わたしは悲しみにはふさわしい振る舞い方があると信じていましたので、その声がわたしにはよくわかりました。わたしには、彼女——クライティ——がわかっていたのと同じぐらいよくわかっていました。でもクライティは身動き一つせず、動いたのは手だけで、わたしを押さえていた手が放れたと気づく前に、彼女はわたしの体から手を放していました。彼女が手を放したのか、それともわたしがそれを振り払って逃れたのかわかりません。でも、とにかく手は放れていました、そして、この話もまた誰もあなたに話すことはできないでしょうが、わたしが逃げるようにして階段を駆け上っていくと、ジュディスが、夫に先立たれた花嫁らしい悲しみを少しも見せず、エレンが死んでからというもの、わたしが会うたびに着ていたギンガム・チェックのドレスを着て、あの部屋の閉ざされたドアの前に立っており、力なく垂らした片方の手に何かを持っていました、そして悲しみとか心の痛みとかがあったとしても、それもあの未完成のウェディング・ドレスと一緒にとっくにどこかに片づけてしまっていたのかもしれませんが、果たしてそれを完全に片づけてしまったのかどうか、わたしにはわかりません。「まあ、ローザじゃないの？」と彼女はまたさっきの口調で言い、わたしは再び走っているままの姿勢で立ち止まりましたが、わたしの体は、眼も見えなければ感覚もない手押し車のような戸惑った肉体は、なおも前に進み続けていました。ところでその時わたしは、ジュディスが力の抜けた手に無頓着に持っているものが写真であることに、彼女がボンに渡したメタルケースに入っていた彼女自身の写真であることに気づきましたが、彼女はそれを、まるで読みかけのつまらない本でも持っているように、さり気なく、持っていることも忘れているようにして、脇腹のところに置いていました。

わたしが見たのはそのような光景でした。恐らくそれはわたしが予期していたことで、(その時のわたしは十九歳でしたが、十九年のわたしなりの特別の経験がありましたので)そんなことだろうとわかっていました。恐らくわたしにはそれ以上のことを望むこともできなければ、それ以下のことを受け容れることもできなかったのでしょう、だってわたしはまだ十九歳だったのに、生きるということは、永久に不変の一瞬の連続で、そこでは、未来を覆い隠すアラス織り（美しい絵模様のあるつづれ織り）のヴェール(45)がおとなしく垂れており、もしわたしたちにそのヴェールを引き裂いて穴を開けるだけの勇気があれば(智慧はなくてもいいのです、こういう時に智慧は役に立ちませんから)、指先でちょっとだけ軽く突いたら、いつでも嬉々として穴を開けさせてくれるだろうと、わかっていたに違いありませんから。それとも、それは恐らく勇気がないことでも、臆病ということでもないのかもしれません、もし臆病なら、この世の仕組みの根底に潜むあの病弊に面と向かうことはないでしょうし、そのような病んだ根底から、囚われの魂だけが毒気の蒸留物のように立ち上って太陽の方へと身を焦がし、そのか細い、囚われの動脈や静脈を引っ張っていき、そのかわりにあの火花を、あの夢を、魂が解放される球体のように円い完全な瞬間が、空間と時間と巨大な大地のすべてを鏡に映して反復するように(反復するのかしら? いえ、創造するのです、そして脆くはかない虹色の球体に還元するのですが)、ちょうどそのように、有史以来このかた、死の恩恵などというものを悟ったことがなく、ただ再創造し、蘇生する方法しか知らない、煮えたぎる、名もない毒気の塊をあとに残すあの夢を、幽閉してしまうのです、ですから、ついには自ら死に、消えてなくなり、無に帰してしまうのです――でも、夢から覚めた人が、「わたしは夢を見ていただけなのだろうか？」と言うのではなくて、むしろ高き天にましますす神様に向かって、「一度眼を覚ましたら二度と眠れないのに、わたしはどうして眼を覚ましたのでしょう？」と激しく訴えるような、真実より本当の《あったかもしれないこと》があると理解できる力が、本当の智慧なのでしょうか？

昔――ところで、藤の香りが太陽の陽射しによってこの壁に押しつけられて蒸留され、（光に妨げられることなく）暗がりをこしらえている無数の埃《ほこり》の粒と粒が密《ひそ》かに摩擦しあいながら伝わってでもいくように、この部屋に浸み込んでくることに、お気づきでしょうか？　それが思い出というものの実体なのです――それは、感覚、視覚、嗅覚といった、わたしたちが見たり聞いたり感じたりする時に使う筋肉の働きで――心でも、思考でもありません、つまり記憶などというものはなく、脳はただ筋肉が探り当てるものを思い起こすだけで、それ以上でもそれ以下でもなく、そしてその結果得られるのはたいていい不正確で偽りのもので、せいぜい夢という名にしか値しません。

――まあ考えてもごらんなさい、眠っている時にふいに投げ出した手が、ベッドの脇の蠟燭《ろうそく》に触れると、痛さを思い出して慌てて引っ込めますが、そのあいだも、心と脳は眠ったままで、火に触れたことから現実逃避的なくだらない神話を作り出すだけでしょう、それともまた、その同じ眠っている手が、何か滑らかな表面に快く触れて結婚のように甘美に交わると、その手はその同じ眠っている脳と心によって、すべての経験を歪めて作られる同じような作りごとの素材に変えられてしまうのです。そうです、悲しみは去って消えていきますが、わたしたちはそれを知っています――でも、涙腺に泣き方を忘れてしまったかどうか訊いてごらんなさい。――昔、(これもまた誰もあなたに話したはずはありませんが)藤の花が咲き匂う夏がありました。(その時わたしは十四歳でした)藤はいたるところに咲き乱れ、これから訪れるすべての春がそのひと春に、そのひと夏に凝縮でもしたようでしたし、この世に生きているすべての女のものである春と夏が、すべての過去から持ち越されてきたすべての裏切られた春の反動で、再び花を咲かせたかのようでした。それは藤の当り年で、当り年というのは、根と花と強い衝動と時間と天候の甘美な結合なのです、でもわたしは(十四歳でしたが)――わたしが花を咲かせたと言うつもりはありません、だって男の人には誰からも二度と見てはもらえず――これからも見てもらえそうもなく――それも子供だからというのではなくて、子供よりつまらないものだったからで、一人前の女になっていなかったからというのではなくて、どんな女の肉体よりもつまらないものだったからなのです。またわたしは葉を繁らせたとも言いたくありません――歪んで干からびて蒼白く、萎縮して育ちが遅れ、びくびくしていたわたしが、青々とした葉だったなどとはとても言えません、もしそうだったなら、優しい蜻蛉《カゲロウ》のようなままごと遊びの恋人を、その葉蔭に招き寄せていたかもしれず、それとも、やがては情欲の虜になると思える、略奪好きの雄蜂たちの餌食になっていたかもしれません。でも、わたしにも、確かに根もあれば衝動もあったのは間違いありません、なぜって、わたしだって、実の姉妹ではなかったとはいえ、蛇に誘惑された時から女に目覚めてきたすべてのイヴたちの血を受け継いできたのではなかったでしょうか？　そうです、わたしにも衝動はあります、歪んだ蛹《さなぎ》とはいえ、先は見えないものの、わたしは完璧な種子を宿していました、なぜなら、どんなにいじけて忘れられた根であっても、円く完璧な濃厚肥料を与えられれば、より円く濃厚で完璧な花を咲かせるかもしれないでしょう？　だって、ほったらかしにされていた根は歪んで植えられても、死んでしまったわけではなく、ただ忘れられて眠っているだけなのですからね。

その夏は、不毛だったわたしの青春には似合わない夏でした、わたしは青春を（その短い期間を、短くあっという間《ま》の、その二度と巡ってこない女心の春のひとときを）一人の女としてでも、娘としてでもなく、初めからそうあるべきだったのですが、一人の男として過ごしていたのでした。その時わたしは十四歳でした、十四歳といっても、わたしが子供時代と呼んだ、あの人気《ひとけ》のない廊下で過ごした数年間を、この世の生活ではなくて光の射さない子宮の投影ともいうべき、その数年間を数に入れることができればの話ですけれど。わたしは懐胎したまま完全で年を取らず、わたしを自由にしてくれたはずの、帝王切開術を、また野蛮な時代にあった、冷たい鉗子で頭を引っ張り出す施術をしてもらえなかったため、誕生の時期が来ても生まれ出ず、そこでわたしは光ではなくて、わたしたちが女の勝利と呼ぶあの宿命を、つまり耐えに耐え、わけもわからずに、報酬の希望もなしに——ひたすら耐えるというあの宿命を待っていたのです、わたしは地下に棲むあの眼の見えない魚のようなもので、どこから生まれたのかもはや覚えていないが、薄暗くて眠っている魚の体内で、「これが光と呼ばれるものだった」とか、あの「匂い」とか、あの「感触」とかいう以外に言葉を持たずに、大昔からの、眠ることなくただ疼《うず》いてきた疼きとともに、蜂の羽音とか鳥とか花の香りとか光とか太陽とか愛とかに与える名前さえも伝えられない、ほかの何かとともに脈打ち続けている、あの隔絶された火花のようなものでした——そうです、光に愛され光を愛しながら、成長したり発達したりするのではなくて、何でも無分別にむさぼろうとする聴覚を、ほかのすべての感覚にとってかわらせる、あの狡猾で、あの潰瘍《かいよう》のように内に向かって広がっていく孤独だけを身につけていました、ですから、わたしは普通の子供のように、子供時代の順序だった、きちんとした成長過程を一歩一歩踏むかわりに、まるで子宮の湿ったビロードのような沈黙を足に履いてでもいるようにして、誰にも気づかれずに密かに歩き、息を殺し、気づかれるような音もたてずに、閉ざされ禁じられたドア蔭からドア蔭へと次々と潜んで、人びとが動いたり呼吸したりしている、あの光と空間についての知識のすべてを身につけたのですが、それはちょうどわたしが(あの同じ子供が)、一枚の曇りガラスを透かして太陽を見ることで、それが太陽というものだと理解したのと同じだったのです――わたしは十四歳で、ジュディスよりも四歳《よっつ》若く、そのジュディスは処女だけが知っているあの青春の一時期にあり、乙女心のすべてでもって、一つの漠然とした、クライマックスもない、両性具有の、それゆえ陵辱されることもない婚礼のことだけを夢見ていましたが、わたしはそのような青春の時期にも四年の遅れをとっていました――二十とか三十とか四十の女に当然訪れるようなこと、つまり、寡婦になったあとで、夜な夜な嘲笑《あざわら》う死者に逃れようもなく侵されることではなくて、自分が呼吸する光や空気と同じように生き生きした結婚に満ちあふれた世界を考えていたのです。だけどわたしの場合は、処女の焦燥が渦巻くような夏ではなく、もしもその夏に帝王切開が行なわれていたならば、わたしは死肉のままか、胎児のまま生まれ出てすぐに死んでしまっていたでしょう、さもなければ、男が畝《うね》をつけた肉の道を乱暴にこすりながら出てくることによって、自分までが、虚ろな女としてではなく、一人の男として武装し鎧甲で身を固めていたことでしょう。

それはヘンリーが初めてあの人を家に連れてきたクリスマスの翌年の夏のことで、あの人が、ミシシッピ川の蒸気船に乗って故郷の町に帰る前にサトペン百マイル領地で二日過ごした、あの六月に続く夏で、その夏叔母が家出したあと、父が商用で家を留守にしなければならなかったので、わたしはエレンのところに預けられ(たぶん父は、その時トマス・サトペンも家を留守にしていたので、エレンにわたしの面倒をみさせることにしたのでしょう)、姉の世話になりました、わたしは生まれるのが遅すぎ、そのため父の人生が奇妙に狂ってしまい、(叔母が家出した今では二度目の)やめ暮らしを強いられた父の手に託されていたからで、わたしは台所の棚に手が届くとか、スプーンを数えるとか、シーツの縁をかがるとか、ミルクを計って攪乳器に入れることはできても、ほかには何の役にも立たなかったのですが、それでも一人だけで残していくわけにはいかないと思ったのでしょう。わたしはその時まで一度もあの人を見たことはありませんでした（結局、一度も見なかったのです。死んだ顔さえ見ていません。わたしは、あの人の名前を聞き、その写真を見て、そしてお墓を掘るのを手伝っただけです）、もっとも、あの人は一度わたしの家に来たことがありました、それは最初のお正月の元日で、ヘンリーが大学に戻る途中、甥としての義務感からでしょうが、わたしに挨拶しようと、あの人を連れて家に立ち寄ってくれた時でした、でもその時わたしはあいにく家を留守にしていました。その時まで、わたしは彼の名前さえ聞いたことがなく、そんな人がいることも知りませんでした。ところがその夏、泊めてもらうためにあそこへ出かけたその日に、あの人がわたしの家にたまたま立ち寄ってくれたことで、この穴蔵のようなわたしの中に、何かの種子《たね》を、何か小さな黴菌のようなものを撒いていったような思いがあることに気づいたのです、それは恐らく、激しくたちまち芽生えて愛に変わるようなものでもなければ（わたしはあの人を愛してなどおりませんでした、どうしてそんなことができましょう？　わたしは彼の声すら聞いたことがなく、ただそういう人がいるということをエレンの口から聞いていただけなのですから）、また密かに探ってやろうという気持ちを起こさせるようなものでもありませんでした、もっとも、そのお正月から六月までの六ヵ月のあいだに、エレンの愚にもつかないおしゃべりのあいだに出てきた、名前を持ったあの影のような存在に、その時のわたしはまだ写真も見ていなかったので、まだ顔さえない姿に、密かな物思いに耽る若い娘の眼の中に映し出されたあの姿に実体を与えたことを、きっと密かに探っていたのだとあなたはおっしゃるかもしれませんけれど、だって、わたしは愛について何も知らず、親の愛さえも——愛するいとおしさから、つねに子供の秘密を侵害し、哺乳類特有の、自分の血を分けた子供を可愛がるあまり、子供の頑固な《私》が芽生えるのを絶えず押し殺す親の愛を知らなかったので、わたしは、決して彼の愛人になったわけでも、愛される者になったわけでもなく、愛のことなら何でも知っている、両性具有の愛の唱道者になっていました。

あの人はきっと、子供のたわいないお伽噺をあの家の庭で生きたものにするような、何かの種子を残していったに違いありません。だって、わたしは彼女(ジュディス)のあとをつけていた時だって、こっそり探っていたのではないのですから。あなたはそうおっしゃるでしょうが、わたしは密かに探る行為などしていませんでした。それに、たとえそれが密かに探る行為だったとしても、嫉妬心からそうしたのではありませんでした、なぜならわたしは彼を愛してはいなかったからです。(一度も会ったことがなかったのに、どうして愛することなどできましょう?)そしてまた、わたしが愛していたとしても、ジュディスが彼を愛したように、あるいは彼女が彼を愛していたとわたしたちが考えるように、つまり女として愛したのではありません。もし、それが愛だったとしても（そんなことはあり得ないと、わたしは今でも思いますが）、それは子供を罰する時、本気でその子を叩いているのではなく、その子を叩くことで、その子が殴ったか殴られたかした近所の子供を叩いているつもりになっている時の、母親のような愛し方でしたし、ご褒美の硬貨をもらった子供を抱きしめる時、その子ではなくて、実はその子が手にしっかり握っている小銭をくれた名も知らぬ男か女を抱きしめたい気持でいる時の、母親のような愛し方だったのです。だけど、女として愛したのではありません。なぜなら、わたしには彼に求めるものは一つもなかったのですから。そればかりか、わたしは彼に何一つ与えませんでした、もし愛していたのなら必ず与えているはずです。そうです、わたしは彼がいなくても寂しいとさえ思いませんでした。わたしは、あの写真以外に、あの影以外に、若い娘の寝室にあったあの写真以外に、彼の顔を見たことがまったくなかったことを、果たして意識したことがあったかどうかさえ、今もってわかりません、それは枠にはめて、とり散らかした鏡台の上にさりげなく置かれてありましたが、乙女心が胸に描く、だけど、眼には見えない、白い薔薇に囲まれて美しく飾られてありました（わたしにはそう思えたのです）、なぜなら、わたしはその写真を見ないうちから、その顔が誰だかわかっていましたし、それどころか、その顔立ちの説明までできたでしょうからね。でもその顔を実際に見たことは一度もありませんでした。それに、エレンが本当に見たとか、ジュディスがそれを愛したとか、ヘンリーがそれを殺したとかいう、わたし自身の知識でさえ、それが本当かどうか自信がないのです、ですから、もしわたしが、あの顔はわたしが想像によって作りあげたものよ、創造したものよ、と言ったって、誰もわたしに反論できないでしょう?——それに、わたしは、こんなことも思うのです、もしも自分が神様だったら、わたしたちが進歩と呼んでいる、この煮えくり返った混乱の中から、この世に生きているすべての不器量な娘の貧弱な鏡台を、このような——わたしたちは多くを望まないので、それはきわめてささやかな願いなのですが——このような写真に写った顔でもって飾ってくれるもの(恐らく何かの機械)を考え出していたでしょうって。その顔の後ろには頭蓋骨がある必要もなく、名前すらも必要なく、たとえそれが絵そらごとの影のような世界の中だけであっても、誰かに恋慕われている生身の人間をぼんやりと推測させるものであればいいのです。——それはこっそりと、ひと目見たくて、誰もいない真昼の部屋に忍び込んで見た写真でした(わたしは子供時代に、愛については何一つ教えてもらえず、そのかわり、こっそりと忍び入ることだけを身につけたのでしたが、それはとてもわたしの役に立ちました、実際、愛することを学んでいたとしても、愛はそれほど役に立たなかったでしょう)。わたしはもともと夢の中に棲んでいたのですから、夢を見ようと忍び入ったのではありません、そうではなくて、やる気満々ながら下手くそな素人役者が、本番の芝居の最中に、プロンプターの声を聞くためにそっと舞台の袖に近づいていくようにして、自分の役を思い出し、それを練習するために入っていったのです。それがもし嫉妬心からだったとしても、男の人が感じる嫉妬、つまり恋する男性の嫉妬とは違います、恋するがゆえに密かに探ったり、わたしたちが処女性と呼ぶあのヴェールの最初の疼きともいえる、乙女が孤独に夢想に耽っている姿を眺めようと、味わおうと、触れようとして密かに探ったりする、恋する男性の偽らぬ姿でさえなく、飛び出していって、愛の表明の一部であるあの恥じらいを無理矢理こじ開けようとするのでもなく、恥じらいそのものはまだ眠っていても、紅潮した眠りのためにすでに薔薇色に染まっている豊かな胸を一瞬見ようとほくそ笑む、恋する男性の本能からでもありませんでした。いいえ、そういうものとも違うのです、わたしは密かに探ったりせず、あの庭の、熊手で梳《す》きならされた砂の小道を歩いては、「この足跡は、熊手で消されていても、あの人の足跡だってわかっているわ、熊手で消されていてもそこに残っているし、彼女の足跡も隣にあるし、二人が素直な（というより、嬉々とした）足を気にかける必要もなしに、あのゆっくりとした、ひとりでに歩調のそろう歩き方で歩いたのがわかるわ」と考えたり、また、「この奥まったところで囁きあっている無数の蔓や灌木は、二人の寄り添う魂の漏らす、どんな溜息を聞いたことだろう？　この藤の薄紫の雨は、この薔薇の重い花びらは、どんな誓いの、どんな約束の、どんなうっとりと燃え続ける火の上に降り注いだことだろう？」と考えたりしました。でも、それより何より、そんなことよりも遥かに素晴らしいことに、現実に生きて夢見ている生《なま》の肉体を想像したのです。いいえ、わたしは密かに探ったりしてはおりませんでした、ただ人目につかない灌木や蔓草の、わたしだけの隠れ場所に潜んで夢見ていただけで、ジュディスだって、あの隅っこのベンチに座って同じような夢を見ていたと思います、だって、そのベンチには、彼の足跡を消す砂や、指のように敏感な無数の草木や棕櫚《しゅろ》の葉っぱも、彼を見下ろしていた太陽や月夜の星座や、あたりを取り巻いていた空気が、そのどこかに今でも彼の足跡や、彼の通り過ぎる姿や、彼の顔や、彼の話し声や、チャールズ・ボンとか、チャールズ・グッドとか、未来の夫チャールズとかいう彼の名前の名残をどこかにとどめていたのと同じように、そこにはいない彼の腿の、眼に見えない痕跡をとどめていたことでしょうから。いいえ、密かに探っていたのでも隠れていたのでもありません、わたしはまだ子供だったので隠れる必要はありませんでしたし、彼が彼女と一緒に座っていたところに、わたしがいても邪魔にはならなかったでしょう、それでも、彼女のところへ行って、若い娘たちが恋について話をする時の、あの乙女らしい、恥らいを忘れた打明け話の相手を（恐らく喜ばれ、感謝されながら）させてもらえるぐらいには、大人の女になっていました——そうです、彼女のところに行って、「一緒に寝させて」と言えるぐらい子供っぽくもあれば、「一緒にベッドに入って、恋ってどういうものか教えて欲しいの」と言えるぐらい大人の女にも背伸びしていました、だけどわたしはそんなことはしませんでした、なぜならわたしは、もしそんなことをしたら、「恋のお話なら結構よ、わたしの方からあなたに教えてあげるわ、恋のことなら、あなたがこれから知ることや知らされること以上のことを、わたしはとっくに知っているんですもの」と言いたくなったでしょうから。そのうち父が仕事から戻り、わたしを迎えにきて家に連れ帰ったので、わたしは再び子供にしては丈が長すぎる、大人の女にしては短すぎる、あの得体の知れぬものになり、叔母が残していった体に合わない服を着て、まだきちんとはできない家事をまかない、密かに探ったり隠れたりはせず、褒美も感謝もあてにせず、ただ待ち、様子を見ていただけです、希望のない愛なんてないのですから、わたしは普通の意味では彼を愛してはいませんでした、

（もしそれが愛だとすれば）世間の饒舌な本に書いてある内容とは違う形で愛していたわけなのです、それは、それまで持ったこともないものを諦める愛でしたし――本当に僅かな愛で、愛を与える側がすべてを与えても、愛される人の心には何一つ加えることのできないような、まったくささやかな愛でしたが――それでもわたしはそれを捧げたのです。でも、捧げたのは彼にではなく、彼女にで、それはちょうど、彼女に向かって、「さあ、これも受け取ってちょうだい。だって、あなたにはとても、あの人にふさわしいように、あの人を愛することができないわ、もともとあの人はこんな僅かな愛の重みなんか、あってもなくても感じないでしょうけれど、それでも、あなたの結婚生活のあいだには、いつかあの人が、見慣れた花壇の中に、ひねくれた小さな青い隠れた若葉を見つけるように、この小さな愛の粒子に気づいて足を止め、「こんなものがどこから来たんだろう？」と言うような時があるかもしれません、その時あなたは、「さあわからないわ」と答えればいいのよ」と言っているようなものでした。それからわたしは家に帰り、五年を過ごすと、銃声の谺が聞こえ、悪夢に襲われたようにして階段を駆け上がっていき、気がつくと――

なんと、ギンガム・チェックのドレスを着た女が、閉ざされたドアの前に静かに立っていて、わたしをそのドアの中に入れまいとしていました――それほどまでに悲しみの表情を見せないとは、当の悲しみが驚く以上にわたしの方が異様に感じて驚いたのですが――彼女は「まあ、ローザ、どうしたの？」と、走っているままの姿勢で立ち止まったわたしに、落ち着いた口調で言いました、ところで(今になってわかったのですが)わたしは五年前からずっと走り続けてきたのでした、というのも、あの人はわたしの家にも来ていながら、何の跡も残さなかったばかりか、エレンの家にも跡を残さなかったのですから、つまり、彼はエレンの家では、一つの形に、一つの影に過ぎず、一人の男でも、一つの存在でもなく、エレンが欲しがった秘密ありげな何かの家具みたいで――花瓶か椅子か机みたいで――まるで彼がコールドフィールド家やサトペン家の壁に刻印していった(あるいはしなかった)跡に、未来についての不吉な予言が潜んでいるかのようでした――そうです、あの最初の年から(つまりあの戦争の前の年から)わたしは走り続けていました、だって、その年のうちに、エレンは嫁入り道具の話を(しかもそれはわたしの嫁入り道具の話でした)、わたしが男に降伏する時に纏う、夢の限りを尽くした盛装の話をしたのです、だけど、わたしには降伏して捧げるものなどほとんどなく、わたしが持っていたのはそれだけでした、だって、わたしたちには、耐えがたい現実の大渦巻の中でしがみついている唯一の岩とも言うべき、あの《あったかもしれないもの》があるからなのです――その四年（一八六一―六五年の南北戦争の間期）のあいだ、わたしが待っていたのと同じように、彼女も待っていたとわたしは信じていました、そのあいだに、堅固なものと教えられてきたこの世界が、炎と煙の中で瓦解し、ついには平和も安全も消え失せ、誇りも希望もなくなり、あとに残ったのはただ負傷した名誉の復員軍人と愛だけでした。そうです、愛と信義だけは残ったに違いないし、それらはどうしてもなければなりません、この愛と信義は、軍旗をかざして、名誉の前衛として、あの誇りと平和の希望を掲げて出かけていった、わたしたちの父や夫や恋人や兄弟によって、わたしたちに残されたのです、ですから、愛と信義だけはなければなりません、でなかったら、男たちはいったい何のために戦争に出かけるのでしょうか？　それらのほかに、死ぬに値するどんなものがあるのでしょうか？　そうです、虚しい名誉のために死ぬのでも、誇りや平和のために死ぬのでもなく、とりもなおさず、彼らがあとに残していったあの愛と信義のために死ぬのです。なぜかと言いますと、あの人は死を運命づけられていたからです、誇りも平和も同じく死ぬ運命にあったのと同じように、彼も死ぬべき運命にあったことを、わたしには今もあの時もわかっていました、そうでなければ、どうやって愛の不滅を証明することができるでしょうか？　ですが、それは本当の愛でも、本当の信義でもありません。恐らく、希望のない愛であり、誇るべきものをほとんど持たない信義でした、でも少なくとも、殺戮や愚行を生き延びた愛と信義で、少なくとも卑しめられ告発された遺骸の中から、今は失われていても昔から人の心を魅了してきた何かを救い出そうとするものだったのです――そうです、気がついてみると、彼女が閉ざされたドアの前に立ち塞がり、わたしを中に入れまいとしていたのですが（彼女自身も、わたしが知る限りでは、ジョーンズともう一人の男が棺を二階へ運び上げてくるまで、二度と中へは入りませんでした）、その時の彼女はあの写真を脇に垂らし、まったく落ち着いた顔をして、一瞬わたしを見て、階下の玄関ホールに聞こえるぐらいの声で、「クライティ、ミス・ローザがお夕食をご一緒なさるわ、食事を余分にこしらえた方がいいわ」と言い、それから、「階下《した》へ降りましょうか？　ジョーンズさんに棺の板と釘のことでお話があるから」と言いました。

　それで全部でした。だけど、全部とか終りとかいうものはないのですから、全部ではないと言いましょう、でも、わたしたちが苦しむのは、打撃を受けることではなくて、それがだらだら反響して次第につまらなくなるアンチ・クライマックスに続くからですが、そんなものは絶望の敷居を塞いでいるがらくたみたいな余波なのです。よろしいですか、わたしはあの人に一度も会ってはいません。あの人が死んだ姿を見たわけでもありません。わたしはあの谺を聞きましたが、銃声は聞いていません、閉ざされたドアは見ましたが、中には入りませんでした、でもわたしは、その午後のことを、わたしたちが棺を家から運び出した時のことを、よく覚えています(ジョーンズと彼がどこかで見つけて連れてきたもう一人の白人の男が、馬車小屋から剝がしてきた板で棺を作ったのですが、わたしたちにはジュディスが――そうです、ジュディスがいつもの冷静で冷たく落ち着いた顔を料理コンロの上から覗かせて――作ってくれた料理を、彼の遺体が横たわっているその真下の部屋で食べているあいだも、二人の男が裏庭で釘を打ったり鋸で板を挽《ひ》いたりしている音が聞こえたのを、よく覚えていますし、またジュディスが一度、服とお揃いの色褪せたギンガムの日よけ帽をかぶり、その二人に棺のことで指図するのを見ましたし、そのだらだら続くよく晴れた午後のあいだ、二人が奥の居間の窓のすぐ下で、金槌や鋸を使っていた様子もよく覚えています――鋸をゆっくり挽く、気が変になりそうなギーギーギーという音と、慎重に打ち下ろす単調な金槌の音が、これで終りかと思うと、そうではなく、とてもそれ以上伸びないほど伸びきってしまった疲労困憊した神経が、一瞬音がやんでほっとした瞬間に、それが再び鳴り出すので神経は再び悲鳴をあげずにはいられませんでした、そこでとうとう、わたしは外に出ていき(ジュディスが納屋の脇の鶏小屋で、鶏たちの群れに入って、集めた卵をエプロンで抱えているのが見えましたが)、二人の男に向かって、どうしてなの？　どうしてそんなところで作っているの？　どうしてそこで作らなきゃいけないの？　と訊きますと、二人ともしばらくのあいだ作る手を止め、それからジョーンズが、おもむろに後ろを向いて再び唾を吐き、「だってよ、ここなら、この箱を運ぶのにそう遠くねえからな」と言いました。それから、わたしがまだ後ろを向かないうちに、彼が――もう一人の男が――ちょっとびっくりしたためか、間《ま》の抜けた推理をはたらかせて、「あの男をここに降ろしてきて、板で釘付けする方がもっと手っ取り早いんだが、もしかしたらジュディスお嬢様が嫌がると思うんでな」と付け加えたりもしました。）――それから、わたしたちは彼を階下に降ろして、待たせてあった馬車まで運んでいった時、わたしは、彼が本当に棺に入っているのかどうか確かめたくて、棺を一人で担いでみたいと思ったことも覚えています。でもわたしにははっきりとはわかりませんでした。わたしは棺を担いだ一人でしたが、そこに入っているに違いないとわかっているのに、それがあるとは信じられず、また信じたくもなかったのです。それというのも、わたしは彼を見たことがなかったからです。よろしいですか？　口が受け容れたものを消化しきれず、胃袋が時にそれを受けつけないことがあるように、知性と感覚がどうしても受けつけようとしないことが、わたしたちの身に起こることがあります――それらはあたかも、一連の事件が音のしない真空の中で、次々に起こっては薄れて消えていくのを一枚のガラスを通して眺めている時のように、何か実体のないものの介入によって、わたしたちを金縛りに固まらせてしまうように思われる出来事です、それらが過ぎ去ってもわたしたちは身動きできず、どうにもできず、どうしようもなく、ついに死ぬ時が来るまで凝り固まったままでいなければならないような出来事なのです。その時のわたしが感じたのは、まさにそういうことでした。確かに、わたしはその場にいたのですが、自分の中の一部が、ジョーンズとその相棒と、町で知らせを聞いて駆けつけたセオフィラス・マッキャスリン[46]、そしてクライティの四人が、調子をとって進む足取りについて歩いているみたいで、わたしたちは不格好で御しがたい棺の箱を担いで、階段の狭い角を降りて階下に運んでいき、ジュディスは後ろで棺を押さえながらあとに続き、そうやってわたしたちは階下に降り、外の馬車まで行きました、それからその自分の一部が、自分だけでは持ち上げられないが、それでもまだ信じることのできないまま、あの棺を待っている馬車に乗せるのを手伝い、その一部が、暗くて陰鬱な杉木立の墓地に掘られた深い穴の脇に立って、棺の上に土塊がかけられる、間の抜けた弔いの音を聞き、ジュディスが墓の盛り土の端に立って、「あの人はカトリックでしたわ。どなたかご存知かしら、カトリック式の――」と言った時、わたしは、いいえ、と答えますと、セオフィラス・マッキャスリンが、「カトリックだなんてどうでもいいじゃないか！　彼は立派な兵士だったんだ、南軍兵士のために祈りを捧げればいいんだ」と言い、「イヤーアイ、フォレスト将軍！　イヤーアイ、ジョン・サートリス！　イヤーアーアイ！」[47]と老人独特の、かすれた大きな耳障りな声で叫びました。それから、その自分の一部が、ジュディスとクライティと一緒に日没の畑を横切って家に戻り、トウモロコシの作付けの準備や冬場の薪の用意などについて話す、落ち着いて静かなジュディスの声に、わたしはどっちつかずの奇妙な平静さで応え、やがてランプの灯った台所で今度は一緒に料理を作り、それから天井の上にはもうあの人が横たわっていないあの部屋で、一緒にそれを食べ、それから床に就きましたが(そうです、そのしっかりとした、震えてもいない手から蠟燭を受け取りながら、「このひとは泣きもしなかった」と思いました、でもそのあとでランプにぽーっと照らし出された鏡に映る自分の顔を見て、「あんただって泣かなかったじゃない」とも思いました)、その家に彼は再びほんのしばらく(しかも今度は最後の)滞在をしたというのに、何一つ跡を残さず、涙さえ残しませんでした。そうです。ある日、彼はそこにいませんでした。それから、ある日そこにいました。それからまたいなくなりました。それはあまりにも短時間で、あまりにも速く、あまりにも急なことでした、夏の午後のたった六時間でそのすべてが起こりました——それはあまりにも短時間だったので、マットレスに体の跡を残すこともできませんでしたし、それに血だって誰のものかわかりません、どこでだって血は流されていましたから——もっともわたしは彼を見ていなかったので、もし血の跡があったとしたらの話です。わたしに知らされた限りでは、死体などありませんでした、人殺しさえいなかったのです（誰一人として、その日わたしたちはヘンリーのことを話題にはしませんでした、わたしは——叔母であり、独身女であるわたしは——もちろん口にしませんでした、「彼は元気そうでしたか？ 具合が悪そうでしたか？」なんて訊きませんでした、不屈の血を持った女たちは、血縁の者が勇気や臆病や、愚行や情欲や恐怖などをあらわにして、それによって仲間たちに賞賛されたり苦しめられたりする、あの男の世界を無視しながら、つまらないおしゃべりをさかんにするものですが、わたしはそうしたおしゃべりさえしませんでした）、ですが実際には人殺しがいて、ドアから乱入し、人を殺したと大声で叫んで姿を消し、彼はまだどこかで生きているのは確かでしたが、その人殺しは、わたしたちが棺に入れた、あの実体のないものよりよほど幻のような存在に過ぎませんでした——それというのも、一発の銃声はしたものの、その谺が聞こえただけですし、それから二日後に、四マイル先で、痩せこけた見慣れない野生の馬が、馬勒《ばろく》と鞍はつけていたが人は乗せずに、鞍袋にはピストルと着古した清潔なシャツと、鉄のように硬いパンの塊を入れたまま、どこかの厩舎の貯蔵所をこじ開けようとしていたところを、その家の人に捕まったという噂が聞こえてきただけですから。ええ、もっと大変なことになりました、というのは彼はずっと姿を消していましたが、ある時姿を現わしました、でも彼は家に戻ったかと思うと、またいなくなりました、そのあと三人の女が何かを土に埋め泥をかけると、彼は一度もいたことがなくなったからです。

さて、そろそろあなたは、わたしがなぜそこにとどまるようになったか、お訊きになりたいでしょう。わたしが、いい加減な、つまらない理由を嘘八百並べても、信じてもらえるかどうかわかりません——たとえば、食べ物のためにそこにとどまったと言いましょう、でも溝の土手や雑草の中をあさることもできれば、町の自分の家でもそこと同じような菜園を作ることもできましたし、おまけに施しを期待できる隣人や友達もいました、だって必要に迫られれば、誰しも名誉とか自尊心のために生じる細かい心遣いなど捨てて、何でもするでしょうからね、また、雨露を凌ぐためにそこにとどまったとも言えましょう、でも今では明らかに、父から相続した自分の家がありました、仲間が欲しかったからとも言えますが、家にいたって、近所の人たちと付きあうことができましたし、その人たちは少なくともわたしと同じ境遇の人たちで、生まれた時からわたしを知っていたというより、生まれる前からわたしを知っていたわけで、それというのも、その人たちがわたしと同じ考え方をしていただけでなく、わたしの祖先たちとも同じ考えを持っていたからです、ところが、あそこでのわたしの仲間は、一人は、肉親でありながら、わたしには理解できなかった女で、もし観察から得たわたしの確信が間違っていなければ、理解したいとさえ思わなかった女ですし、もう一人は、わたしともほかの誰ともまったく異質な存在でしたから、わたしたちは(事実そうでしたが)人種が違うとか、(実際にはそうではありませんでしたが)性を異にするとかいうだけでなく、種《しゅ》を異にしていたみたいで、互いに相手には通じない言葉を話し、毎日を何とか一緒に暮らしていくために用いるごく簡単な言葉だって、獣や鳥たちが互いに呼びあう声よりも、もっと考えや意図のわかりにくいものでした。でもわたしはこれらのいずれもそこに滞在した理由だとは申しません。わたしはそこにとどまって、トマス・サトペンが帰ってくるのを待っていたのです。そうです。あなたはきっと、わたしがその時から、あの男と婚約したいと思って待っていたのだとおっしゃるでしょうし(そう信じていらっしゃるかもしれません)、そして、もしわたしがそうではなかったと言えば、嘘をついているときっとお考えになるでしょう。でも、そうではなかった、とはっきり言いたいのです。わたしは、ジュディスやクライティが待っていたのとまったく同じ理由で、あの男を待っていました、なぜなら、その時のわたしたちには、彼一人しかおりませんでしたし、わたしたちが食事をしたり、眠ったり、再び眼を覚まして起き上がって生き続けたのも、ただあの男がいたからなんです、だってわたしたちには、彼がわたしたちの手を必要とすることがわかっていましたし、（あの男をよく知っていた）わたしたちには、彼が帰ってきたら、ただちにサトペン百マイル領地に残っているものをかき集め、それを元通りにしようとするのがわかっていたからです。わたしたちが彼を欲したのでも、必要としたのでもありません。（わたしは一瞬たりとも、あの男との結婚を考えたことはありませんでしたし、あの男がわたしに眼をくれたり見つめたりするだろうなんて、一瞬たりとも想像したこともありません、だって、それまで一度もそんなことはありませんでしたから。わたしのことを信じていただいて結構です、だって、わたしがいつ結婚のことを考えたか、話すべき時が来たらすぐに、少しも躊躇せずにあなたにお話しするつもりですから。）そうです。わたしたちには彼が必要でないばかりか、ウォッシュ・ジョーンズがそこにいて暮らしていてくれる限り、男手の必要はなかったということは、わたしたち三人が一緒に暮らすようになった最初の日からわかっていました——わたしは父の家の家事を、父が生きていた四年近くのあいだもしておりましたし、ジュディスもその家で同じことをしてきましたし、クライティはジョーンズよりも薪を割ったり畑仕事をするのが上手でしたから(少なくとも手早かったのです)。——ところが悲しいことに、何よりも悲しいことに、心と精神が、相手が自分を(精神と心を)必要としているのに、自分はもはや相手を必要としない時に感じる、あの物憂い、うんざりした気持ちになったのです。いいえ。わたしたちはあの男を、その身代りさえ、必要としておりませんでした、だってわたしたちには、屋敷をかつての形にまで復興したいという彼の猛烈な欲望には(それを持って家に帰り、馬から降りるか降りないかのうちから彼の眼の前に映し出されたような、あのほとんど狂気じみた計画には)とてもついていけませんでした、彼がそれを築くために、憐れみも優しさも愛も慈悲深い美徳も何もかも犠牲にしたのですよ——それも彼にそのような犠牲に供するだけの優しさがあったとしたらの話で、もしそれが自分になければ、ほかの人たちにそれを犠牲にすることを求めさえしました。それだけではありません。ジュディスもわたしも、屋敷を復興することなど望んではおりませんでした。恐らく、わたしたちにはそんなことができるとは信じられなかったからですが、そのためだけではなかったと思います、その頃のわたしたちはほとんど平和と呼んでもいいような無感動の中で生きており、それはちょうど眼も見えなければ感覚もない大地が、花が終わったあとの茎とか蕾の夢を見ることもなければ、自分が育てた葉っぱが芽吹いて孤独裡に快活な音楽を奏でるのを羨んだりもしない姿に似ていました。

そんなふうにしてわたしたちはあの男の帰りを待っていました。わたしたちは、不毛で貧困に打ちのめされた修道院の三人の尼僧のような、忙しいながら平穏な生活を送り、わたしたちを取り囲む壁が、たとえ、わたしたちに食べる物があろうとなかろうと知らん顔をしていたとしても、安全であり、何も寄せつけませんでした。それにわたしたちは互いに仲良く暮らしていました、それも、二人の白人女性と一人の黒人女としてではなく、また三人の黒人としてとか三人の白人としてとかでもなく、三人の女性としてでさえなく、いまだに食べる必要はあっても食べることに何の喜びも感じないし、眠る必要はあっても、疲れたり元気を回復したりしても、何の喜びも感じませんでした、それに、女性としての性《セックス》は、扁桃腺と呼んでいる発育不全の鰓《えら》とか、昔木登りをしていたために今でもほかの指と向きあってついている親指みたいに、すっかり忘れられ退化したものになってしまい、単なる三個の生き物として暮らしていたのです。わたしたちは家を、つまりわたしたちが住んでいて使っていたところだけをきちんと守り、トマス・サトペンが帰ってくるはずの部屋もきちんと整えてありました——彼は妻ある夫としてそこを出ていったのですが、今はもう息子もいなくなった男やもめとして、子孫を持つ望みを絶たれて、そこに帰ってこなければなりませんでした、彼が子孫を持ちたいと思っていたのは間違いありません、だって、苦労したり金をかけたりして子供をこしらえ、その子供たちをクリスタルのシャンデリアの下で、輸入した家具を備えて、住まわせていたのですから——また同じように、わたしたちはヘンリーの部屋も、まるで彼が、あの夏の午後階段を駆け上ってきて再び駆け下りたことなどなかったかのように、きちんとしてきましたが、それをしたのはジュディスとクライティでした、それからわたしたちは、自分たちの食べる物を自分たちの手で育てたり面倒みたり収穫したりし、あの菜園を一緒に作り、そこで採れたものを料理して食べていました、わたしたち三人のあいだには年齢や肌の色による分け隔てはいっさいなく、ここの火を起こせるとか、この鍋をかき混ぜるとか、この菜園の草むしりができるとか、トウモロコシをこのエプロンにいっぱい抱えて粉挽き場に持っていって粉にするとか、できる人がその都度やっていただけで、しかもなるべく手間を省き、みんなの都合のいいように、ほかの仕事の邪魔にならないようにしてやっていました。わたしたち三人はまるで、互いに取り替えても見分けがつかない一つの存在であり、あの菜園を作ったり、糸を紡いで自分の着る服の布地を織ったり、粗末な溝の脇の雑草をあさったり見つけたりして、そうやってわたしたちは病気をしないで生きていけるぎりぎりの、質素で最低の生活を何とか続け、またあのジョーンズをしつこくせっついたり、なだめすかしたりして、冬のあいだに食べるトウモロコシを作らせたり、冬場の燃料になる薪を割らせたりしました――わたしたち三人は、三人の女はこうして暮らしましたが、わたしは事情により、幼い時から一銭でもつましくする家庭で育てられましたので、灯台の岩にしがみついてでも生きていけたかもしれませんが、菜園はおろか、花壇の耕し方も教えてもらえず、また燃料は薪箱に、肉は食糧貯蔵庫の棚にひとりでに入っているものと思い込んでいましたし、ジュディスは、こちらも家庭の事情により（事情かしら？　恐らく血統のためでは、ましてコールドフィールド家の血統のためでさえなく、明らかに、トマス・サトペンが冷酷な意志によって繁栄を刻みつけたあの伝統によって百年ものあいだ注意深く育まれてきたもののためでしょう）、柔らかい綿にくるまった無傷の繭がいくつもの段階を通り抜けていくような、お蚕《かいこ》ぐるみの育ちで、蕾のような小娘から侍女にかしずかれる多産な女王になり、やがては、立派に生きたという老後の落ち着きと満足を持って、権威を備えた、柔らかな手をした女家長に辿り着くように造られていました――わたしの場合は、ほんの数年知らされるのが遅れただけなのに、ジュディスは、十世代にもわたる鉄の禁制によって阻まれていたので、節約や貯蓄のために切り詰めたり蓄えたりしなければならないという極貧の根本原理を学んでおらず、彼女は(クライティにそそのかされて)わたしたちに必要な量の二倍もの食べ物を料理しましたし、やりくりできる時は三倍もこしらえて、残ったものを誰にでもくれてやりました、その頃は家にやって来て物乞いをする敗残兵がこの辺りにもいっぱいいたのですが、そうした見知らぬ人に誰かれの区別なく、くれてやりました、それから(これがとても無視できない存在でしたが)クライティがいました。クライティは決して不器用ではなく、不器用どころか、片意地で不可解で矛盾《パラドックス》だらけで、自由の身なのに、自由になりきれず、自分のことを一度も奴隷と呼んだことがなく、怠惰で孤独な狼か熊のように誰にも忠誠を誓いませんでした(そうです、彼女は野生のままで、それというのも、飼いならされていない黒人の血とサトペンの血が半分ずつ混ざりあっていたからですが、もし「飼いならされていない」という語が「野生のまま」という語と同義なら、「サトペン」という語は、無言で絶えず眼を光らせている意地悪な調教師の鞭を意味しているでしょう)、恐怖を与える人には従順に振る舞っていますが、本当はそうではなく、もしそれが忠誠だと言えるなら、それは自分の野蛮性のゆるぎない根本原理に対する忠誠に過ぎません――クライティは、その肉体の色によって、ジュディスとわたしを惨めな暮らしに貶《おとし》め、また彼女(クライティ)を自由な身にしたあの瓦解そのものを象徴していました、その戦争の目的が彼女を解放することにあったのに、彼女は奴隷の身であることをずっと拒んできたのと同じように、今度は自由の身になることを拒み、あたかも新事態の上に超然と君臨しながら、わたしたちに対しては故意に旧事態の脅威的存在として、とどまっていたかのようでした。

わたしたちは三人とも他人どうしでした。わたしにはクライティが何を考えていたのかわかりませんし、わたしたちが一緒になって栽培したり料理したりした食べ物を食べ、一緒に糸を紡いで織った服を着て暮らしながら、クライティがどんな気持ちで暮らしていたのかもわかりません。でもそれは予測できたことで、というのも、彼女とわたしはおおっぴらの、光栄ある敵どうしだったからです。でもわたしには、ジュディスだって何を考え、何を感じていたのかまったく見当がつきませんでした。わたしたちは三人して同じ一つの部屋で寝ていました（これはわたしたちが自分たちで取ってこなければならなかった薪を節約するためだけではありませんでした。安全のためにそうしたのです。間もなく冬になり、兵士たちがそろそろ帰還し始めていました——何も敗残兵の全部が浮浪者や暴漢だったというわけではありませんが、命を賭けて戦ってすべてを失い、耐えがたい苦難をなめて荒廃した土地に帰ってきた人たちなので、出征した時とはすっかり変わっており——それに、これこそ、戦争が人間の精神に、その魂にもたらす最悪の、究極の堕落なのですが——自分の留守中にレイプされた妻や愛人を、絶望と同時に憐憫にかられて、口汚くののしるような人間になっていました。わたしたちは怖かったのです。わたしたちはその人たちに食べ物を与え、あるものなら何でも、持っていたすべてを与えましたし、できることなら傷の手当をし、元気な体に回復させてあげたいとも思っていました。それでも、わたしたちは男たちが怖かったのです)、わたしたちは朝起きて、かろうじて生き延びていくためにしなければならない、いつ果てるとも知れない退屈な仕事をこなしました、わたしたちは夕食後に、暖炉の前に座ると、三人ともが、体じゅう芯まで疲れきってどうにも体まらず、不屈の精神も弱り果て、絶望さえも着古した服みたいに簡単に忘れてしまうほどでしたが、それでもいろんなことを——毎日の生活のだらだらと繰り返されるつまらないことや、そのほかたくさんのことを話しあいました、でも一つだけ口にしないことがありました。わたしたちはあの男のこと、トマス・サトペンのことや(その頃では誰にもわかっていた)戦争の終結について話しあい、いつ彼が帰ってくるとか、帰ってきたら何をするかということを、つまり、彼が自らに課し、(そうです、これもまたわかっていたのですが)あの昔ながらの冷酷さで、わたしたちを否応なしに巻き込むに違いない、あのヘーラクレース(ギリシャ神話に登場する、ゼウスの子で不死の体を得るために十二の功業を遂行した大力無双の英雄)

のような大事業にどうやってとりかかるかということを話しあったのです、それからまた、ヘンリーについてもごく穏やかに、彼はどんなふうに暮らしているか、寒い思いをしていないか、お腹を空かしていないかというようなことを話しあいました――留守をしている男について女たちがする、ごく普通の無益でどうにもならない心配ごとでしたが――サトペンの話をするのと同じように話しあい、まるで彼らもわたしたちも、あの銃声と、あの狂ったように走ってくる足音が終止符を打って時間の流れを止め、そのあとであの日の午後など無かったかのように消してしまった、あの時のままの状態で今も暮らしているかのようでした。ですが、わたしたちはチャールズ・ボンのことは一度も口にしませんでした。秋の終りに二度ばかり、午後になってジュディスが家からいなくなり、夕食時に静かに落ち着き払って戻ってきたことがありました。わたしは何も訊きませんでしたし、跡をつけたわけでもありませんが、ジュディスがあのお墓に積もった枯れ葉や、杉の茶色に枯れた落葉を払い落としに出かけたことがわかりました、クライティもそのことがわかっていたに違いありません――あのお墓の盛り土は次第に地面の中に沈んで消えかけていましたが、もともとわたしたちはその下に何も埋めなかったのです。そうです、銃声などもなかったのです。あの音はわたしたちと過去にあったすべて、過去にあったかもしれなかったすべてとのあいだにあるドアが、鋭く決定的にぴしゃりと閉まった音に過ぎませんでした――それは、出来事の流れを押し戻して遮断する音でしたが、それは三人の、か弱いながら不屈の魂を持った女たちが成し遂げた、計り知れない時間の中に永遠に結晶した一瞬の音で、その瞬間は、わたしたちが否定し認めようとしなかった既成の事実に一歩先んじて、あの兄から餌食を奪い、弾丸とひきかえに人殺しから犠牲者を奪い取ったのでした。わたしたちはそんなふうにして、七ヵ月間暮らしました。そして一月のある午後、トマス・サトペンが帰ってきました、わたしたちが次の一年分の食糧をつくるために菜園の準備をしていたところ、わたしたちの一人が顔を上げると、あの男が馬車道を馬でやって来るのが見えました。それからある晩、わたしはあの男と婚約したのです。

たった三ヵ月でわたしは婚約に踏み切りました。(あの男は、と言わずに、わたしは、と申しあげたことにお気づきでしょうか?)そうなんです、わたしは、です、しかもたった三ヵ月で、ですよ、それにわたしは二十年間も(わたしが見た――見ずにはいられなかった――時)あの男のことを、お伽噺に出てきて子供たちを怖がらせる人食い鬼と、獣のようなものと、見なしていましたし、わたしの死んだ姉に生ませた彼の子供たちが、すでに互いを滅ぼし始めているのを見てきました、それにもかかわらず、わたしはあの最初の瞬間に、二十年もわたしを見てきたはずの彼が、初めて顔を上げて足を止め、じっとわたしを見たあの日の正午《ひる》に、口笛で呼ばれた犬みたいにあの男の方に行かずにはいられなかったのです。そうです、わたしは自分のことを弁解などいたしませんが、その気になれば（そうしたいと思えば、そうです、もうとっくにしていたに違いありませんが）、女にとって有利な、まことしやかな理由をいくつでも申し立てることができましょう、将来の富とか地位が欲しくなった（あるいは希望しさえした）とか、女は生まれつき矛盾した考え方をするものだからとか、（あなたもきっと聞いていらっしゃるに違いありませんが）オールド・ミスは絶えず、男を知らずに死ぬ恐怖を持っているからだとか、復讐したい気持ちがあったからだとか、などなど言うことができましょう。いいえ。わたしは自分の弁解はいたしません。その前に帰ろうと思えば町の家に帰れたのに、わたしは帰りませんでした。恐らく家に帰るべきだったのでしょう。でもわたしは帰りませんでした。ジュディスとクライティと一緒に、わたしは腐りかけた柱廊玄関の前に立って、あの男が、痩せて疲れきった馬に乗ってやって来るのを見ていたのです、あの男は馬に跨《また》がっているというよりも、激しい動きを内に秘めながらも、硬くこわばっているような焦りにかられて、蜃気楼みたいに全身を前方に投影しているように見え、痩せ細った馬も鞍も長靴も、感覚はあるが活気のない外殻を包んでいる、変色した飾り組紐《モール》を垂らした、朽ち葉色の擦り切れた上着も、彼の先に立って進んでくるみたいでした、やがて彼は馬から降り、その蜃気楼の中から、「やあ、娘よ」と言い、身を屈めて鬚づらでジュディスの額に触れました、ジュディスは先ほどから身動き一つせず、じっとこわばったように、顔の表情一つ動かさずに突っ立ったままでした、それから、そうしたままで二人は四つの言葉を、単純でぶっきらぼうな四つの言葉を交わしました、それを聞いていますと、わたしはあの日クライティが、階段に上がらせまいとしてわたしを押さえていた時感じた血と同じ、血の親密な関係を感じました——「ヘンリーはおらんのか——?」「ええ、ここにはおりません」、「——そうか、それで——?」「そうなの。ヘンリーがあの人を殺したんです」と言うと、わっと涙にくれました。そうです、わっと泣き出したのです、彼女はこれまで泣いたことはなく、あの午後に階段を降りてきてからずっと、あの時閉ざされたドアの前で、勇んで走ってきた姿勢のわたしを立ち止まらせた、あの冷たく落ち着いた顔を装い続けてきたのでした、そうです、その彼女が、わっと泣き出したのです、まるで、七ヵ月ものあいだに積もり積もってきたものが、信じられないような排出作用を起こして、毛穴という毛穴から一挙に噴き出したかのようでしたが(彼女は動かず、ぴくりとも動かず)、するとまるであの男の体から発散した、激しい乾ききった霊気が彼女を包み、涙が出てくるよりも早く乾かしてしまうかのように、それは一瞬のうちに跡形もなく消えてしまい、するとあの男はなおも両手で彼女の肩を抱いて立ったまま、クライティを見て、「やあ、クライティ」と言い、それからやっとわたしを見ました——それは、わたしがこの前見たのと同じ顔で、髪はいくらか白くなり、いくらか痩せただけで、同じように冷酷な眼をし、顔の表情からは、わたしが誰だかまったくわからない様子でした、それで、ジュディスが、「ローザよ。ローザ叔母さんよ。叔母さんもここで一緒に暮らしているの」と言ったのです。

それだけのことでした。彼は馬車道を駆けてきて再びわたしたちの生活の中へ入ってきたのですが、あの時の一瞬の信じられないような涙のほかには、波風一つ立てませんでした。なぜなら、彼の実体はその場にはおらず、わたしたちが毎日を送っていた家にはいなかったからです、つまり一度も家で立ち止まろうとはしませんでした。もぬけの殻になった彼だけがそこにいて、わたしたちが彼のためにきちんとしておいた部屋を使い、わたしたちが作って料理した食べ物を食べていましたが、まるでその抜け殻はベッドの柔らかさもわからなければ、食べ物の質や味の違いもまったくわからないみたいでした。そうです。あの男はそこにはいなかったのです。何かがわたしたちと一緒に食事をし、わたしたちがそれに話しかけると質問に答え、夜になると、わたしたちと一緒に暖炉の前に座り、すっかり元気をなくして何か深い物思いに耽っているかと思うと、不意に奮起して、わたしたちに向かってでは、聞くことのできる六つの耳と三つの心にではなくて、あたりの空気に、家そのものの持っている、待ち構えた、不気味な、腐りかけた霊に語りかけ、自分の棺の壁の中に、素晴らしく広大なキャメロット（伝説のアーサー王の宮廷のあったとされる町）やカルカソンヌ（フランス南部のアウド県の県都で、中世の城郭が残る）(48)を造ることを夢想している狂人の豪語みたいな、とてつもない話をするのでした。でもあの男はこの屋敷から、自分勝手にサトペン百マイル領地と名づけた、勝手に振る舞える大地の一画からいなくなっていたわけではありません、決してそうではありませんでした。彼はただ部屋から姿を消していただけで、それというのも彼はいたるところにいなければならず、彼の体の一部が、荒廃した畑や壊れた柵や奴隷小屋や綿小屋や家畜小屋の崩れかけた壁などを一つ一つ取り巻いており、彼の実体は時間が足りないという、急がなければならないという意識に、電撃的な激しさでせき立てられ、体が分解してあちこちに飛び散っており、まるで一息ついてあたりを見回した瞬間に、自分はもう年寄り（彼は五十九歳でした）だと気づき、老齢になったために自分がしようと意図していたことができなくなるかもしれないということではなく、死ぬまでにそれを成し遂げるだけの時間がないかもしれないということを心配していたのです（怖がっていたのではなく、心配していたのです)。あの男が何をしようとするかという点でのわたしたちの予想は正しいものでした、つまり、あの男は一息つく暇もなしに、自分の家と農園を昔の姿にできるだけ近いものに復興しに取りかかろうとしました。わたしたちは彼がどのようにそれに取りかかるかわかりませんでしたし、きっと自分でもわからなかったに違いありません。あの男は何も持たずに、何もないところに、四年のあいだに何もかもなくなってしまったところに帰ってきたのですから、わかるはずがなかったのです。でも、だからといって彼は立ち止まりも、ひるみもしませんでした。彼の様子は、いずれ負けるかもしれないが、自分が確かに持っている猛烈なやる気を一瞬でもゆるめれば、必ず負けることになるとわかっていて、運の風向きが再びこちらに向いてくるまで、カードやサイコロをひどく荒々しく操作することで、計画が宙ぶらりんのまま固まってしまわないようにしている賭博師みたいで、冷酷で用心深く必死でした。彼は一息つくことさえせず、せめて一日か二日休んで五十九歳の老体を回復させようともしませんでした――帰ってきて一日か二日ぐらいは、わたしたちのことやわたしたちがどのように暮らしてきたかということでなくても、自分のことについて、過ぎた四年間のことを話してくれてもよさそうでしたのに(彼の話を聞いた限りでは、戦争などどこにもなかったか、別の惑星の出来事みたいで、彼はそれに何も賭けず、彼の肉体はそのために少しも苦しまなかったかのようでした）――その当り前のような時間でもゆっくり休めば、体の一部を失くしたわけではなくても、苦しいことに変わりはない敗北感も自然に薄れて、平和と安らぎに似たものに変わっていったかもしれません、だって、勝利と災難とのあいだの、あの一寸ほどの帳尻の違いが、敗北というものを耐えがたくするのです、でもその一寸ほどの違いが、自分に背を向けながらも自分を殺そうとはしなかった、その結果命はあるものの、どうにもそれを背負って生きることには耐えられない気持ちになるわけです、でもその一寸ほどについて、苛立ちながらもあれこれ勘定し直して話せば、静かな落ち着きに変わっていくものです（それを話すだけで、人は生きることに耐えられるものですからね）。

　わたしたちはあの男の姿をほとんど見ることはありませんでした。彼は夜明けから日暮れまで出かけており、ジョーンズとほかに一人か二人の男が、その男たちを彼はどこかから連れてきて何かを支払ったのでしょうが、その支払ったものは、恐らく彼があのフランス人建築家に払った金《かね》と同じものだったのかも――つまり甘言と、空《から》約束と、脅しと、最後には暴力だったのかも――しれません。その冬は、わたしたちがカーペット・バガー（南北戦争後、南部に乗り込んだ渡り政治屋）がどういう人間たちなのかわかり始め、人びとは――女たちは――夜になるとドアや窓に鍵をかけて、黒人暴動の話をしては互いに脅しあい、男たちはポケットにピストルを潜ませて町の秘密の会合所に毎日集まっていたので、四年間もほったらかしにした、荒れ果てた休閑地はさらに駄目になっていました。しかしあの男はそのような男たちに加わりませんでした、わたしは覚えていますが、ある晩、男たちの代表団が、三月初めの泥んこ道を馬でやって来て、自分たちに賛成か反対か、味方か敵か、はっきりとイエスかノーを言え、と迫ったのですが、彼は返事を拒み、嫌がって、（痩せこけた冷酷な顔を少しも変えず、いつもの平坦な声で）もし喧嘩《けんか》したいというなら、いくらでも応じよう、南部の男たちが一人残らず、今の自分のように、自分の土地を回復しようと心がけるならば、みんなの土地も南部も救うことができるだろう、と言って、その男たちを部屋から、家から追い出そうとして出口へと連れていき、戸口のところにランプを高々と掲げながら平然と立っていました、すると、一行の代表が――「これじゃ本当に一戦を交えることになるかもしれないな、サトペン」と最後通牒《つうちょう》を突きつけると、それに対して彼は、「わしは戦争には慣れているさ」と答えました。ええ、そうです、わたしはあの男をじっと見つめていました、年老いた彼が憤怒にかられてただ一人で、以前のように、頑固だが徐々に手なずけられる大地と闘っているのではなく、まるで素手と屋根板一枚で川を堰《せ》き止めようとでもしているかのように、一変してしまった新時代そのものの、のしかかる重圧と闘っているのを見つめていました、そして今度もまた、かつて彼を失敗させた(失敗させたというより、むしろ裏切ったのです、そして今度は破滅させることになるのですが)のと同じように、あの見せかけだけの報酬に惑わされて、間違った妄想にかられていたのです、今のわたしにはそれを喩えにして言うことができます、つまり、彼の無慈悲なまでの自尊心と虚しい栄華への欲情が、次第に速度を増しながら致命的な円を描いて、いつ果てるともなくぐるぐる回っていたのだと、今やっとわかるのです、でもその頃のわたしにはわかりませんでした。それもそのはずでしょう? 確かに二十歳《はたち》になっていたとはいえ、わたしはまだほんの子供で、まだあの子宮のような回廊の中で暮らしており、そこでは、世の中の出来事が生きた谺となって響いてくるかわりに、死んだわけのわからぬ影としてやってきただけですし、わたしはそこで、子供によく見られるように驚きながらも落ち着いて慌てることなく、男や女の――父や姉や、トマス・サトペンや、ジュディスや、ヘンリーや、チャールズ・ボンなどの――名誉とか、主義とか、結婚とか、愛とか、死別とか、死とか呼ばれる蜃気楼のような道化芝居を見つめていたのです、でも子供とはいっても、あの男を見つめていたのは、ただの子供ではなくて、ジュディスとクライティとわたしの三人でこしらえていた、母親と女性の役を兼ねる三人一組になったものの一人で、わたしたち三人で、そのじっと動かない、もぬけの殻みたいな男に食べさせたり服を着せたり暖かくしてやったりして、彼の激しい虚栄に満ちた幻影に捌《は》け口を与えてやり、「これでやっとわたしの人生も少しは意味のあるものになったわ、もしそれが、頭のおかしな子供の滑稽な怒りをかばったり守ったりするだけだとしても」と口にして言ったりしたのです。それからやがて、ある日の午後（わたしは鍬を持って菜園にいたのですが、そこへは厩舎の敷地から小道が通じていました）、わたしがふと見上げると、あの男がわたしをじっと見つめていることに気づきました。あの男はもう二十年もわたしを見てきましたが、この時はじっと見つめていました、それも午後のさなかに、その小道に立って、わたしをじっと見つめていたのです。そうなんです、それは確かに午後のさなかに違いなかったのですが、いつもならその時間には、あの男は家の近くにいるはずがなく、数マイルも離れたところに、人びとがまだ彼から取り上げようとしていなかった百マイル領地のどこかに姿を消していたはずで、恐らくあそことかここかではなく、彼の体があちこちに散らばって仕事をしていたに違いありません（薄く希薄になっていたのではなく、むしろ大きくなり、拡大し、すべてを取り囲んでおり、あたかも、壮絶な努力の瞬間を引き延ばして持続し、大きな不幸の瀬戸際に立ちながらも、毅然として恐れることなく、最後の敗北となるだろうと自分でもわかっていたに違いないものと立ち向かいながら、あの十マイル平方の土地をそのままの形で抱きかかえようとしてでもいるかのようだったのですが)、ところがそうするかわりに、この時の彼はその小道に立って、奇妙で不思議な表情を顔に浮かべてわたしをじっと見つめていました、まるで厩舎の敷地とその小道が、わたしの姿が見えるところまで来た瞬間に、一つの沼地に変わったかのように、その中から彼が、何の予告も受けずに突然光あるところに飛び出て、そのまま歩いてきたような様子でした――でも、その顔もいつもの彼の顔で、そこに窺えたのは愛ではありませんでした、確かに愛ではなく、優しさでも憐れみでもなく、ただ突然強烈な光を、照明をどっと浴びた眩しそうな表情に過ぎなかったのです、だって、自分の息子が人殺しをして姿を消したと言われた時でさえ、「そうか。――やあ、クライティ」と言っただけの男ですからね。彼はそのまま家の方へ歩いていってしまいました。でも、あれは決して愛情などではありませんでした、わたしは愛情だなんて言うつもりはありませんし、自分を弁解するつもりもないし、言い訳なんかいたしません。彼はこれまでわたしを必要とし、わたしを利用してきたのだと言おうと思えば言えたでしょう、ですが、わたしを今まで以上に利用しようとしたところで、今さら抵抗することなんてないじゃありませんか？　でも、わたしはそうは言いませんでした、今なら言えるかもしれませんが、それもどうかわかりませんし、ただ本当のことを言いたいだけなんです。だって、わたしにはよくわからないのですから。あの男はそのまま行ってしまいましたが、わたしにはそれさえわかりませんでした、だって、内臓と同じように精神にも新陳代謝があるもので、長年にわたって蓄積されたものが、飢えた肉の処女膜みたいなものを燃やしたり、発生させたり、造り出したり、突き破ったりするのですからね、そうです、それも一瞬のことで――そうです、一瞬かーっとなって何もかも吹き飛んで忘れてしまい、できませんとか、いやですとか、どうしてもいやです、とかいう決まり文句を言うことができなくなったのでした。それが、わたしにとって決定的な瞬間となりました、その時逃げようと思えば逃げ出せたのに逃げ出さず、あの男がいなくなったのに気づいても、いつ立ち去ったのか覚えておらず、オクラ畑の仕事を終えてもいつ終えたのか思い出せず、その晩わたしたちはもう慣れっこになっていた、あのいつもの、夢のようにぼんやりとした抜け殻と一緒に夕食のテーブルにつきました(彼は食事のあいだにもう一度わたしの方を見ることもしませんでした、その時わたしには、自分の手に負えない肉欲というものが、どの程度までわたしたちを欺いて惑わし、下水の水みたいに汚らわしい夢見心地に眈らせるものかということを、言うことができたかもしれないのに、言いませんでした)、それからいつものように、わたしたちがジュディスの寝室で暖炉の前に座っていると、あの男がドアから入ってきて、わたしたちを見て、「ジュディス、おまえとクライティはちょっと——」と言いかけてやめ、そのままこちらへつかつかと歩いてきて——「いや、かまわん。おまえたち二人が聞いていたって、ローザも気にしないだろう、何せ、このところわしたちには時間がないし、いろいろやることがあって忙しいんだ」と言い、わたしに近づくと立ち止まり、その手をわたしの頭に置き（わたしには話をしている時の彼がどこを見ていたのかわかりませんが、その声の響きからして、わたしたちを見ていたのでも、部屋の中のほかのものを見ていたのでもないようでした）、「おまえは、姉さんのエレンにとって、わしはあまり良い夫ではなかったと思っているだろう。きっとそう思っているに違いない。だが、わしが今ではあの時よりずっと年寄りだという事実を割引いてくれなくても、おまえにとって少なくともあれ以上悪い夫にならないことを約束できると思うが」と言ったのです。

それがわたしへの求婚でした。菜園で一瞬交わした視線と、彼の娘の寝室でわたしの頭にのせた手がすべてでした、それは勅令とか法令のような宣言で、口にして聞いてもらう言葉ではなくて、忘れられた名もない彫像の台座の目立たない石に刻まれた碑文のように、落ち着き払った、派手やかで尊大な言葉でした（そうです、それを言い渡した時の態度もいつものとおりでした)。わたしは言い訳はしません。弁解もしなければ、同情してもらおうとも思いません、わたしが「承知しました」とも答えなかったのは、聞かれなかったからではなくて、返事をする余地も、小さな隙間も、時間もなかったからです。なぜって、返事をしようと思えばできたかもしれないのです。もしそうしたいと思えば、自分を無理にもその小さな隙間に押し込めることもできたでしょう――小さな隙間といっても、それはおとしなしく「はい」と言うのにふさわしいところではなくて、追いつめられて絶望的になっている女の武器を用いて、激しい一撃を加えることができるようなところでした、事実、それによって大きく開けられた傷口はすでに、「いやー！　いやー！」、「ああもうだめだ！」、「助けて下さい！」と叫んでいたのですから。そうです、わたしは弁解もしませんし同情も求めません、だってわたしは動きさえもせず、あの恐ろしくて何もかも忘れさせる子供時代の人食い鬼の手を頭にのせられて座っていると、彼が今度はジュディスに話しかけるのが、ついでジュディスの足音が聞こえ、するとジュディスではなくて彼女の手だけが見えました――その手のひらに、印刷された年代記から読み取るようにして、孤児になったこと、苦労したこと、愛する人と死別したことなどを、手をざらざらにする織機や斧や鍬やそのほか何でも、もともとは男だけが使うものとされてきた道具のすべてを使ってきた四年間の、辛くて不毛な歳月を、わたしは読み取りました、するとその手のひらに、ほぼ三十年前に、彼が教会でエレンに贈ったあの指輪がのっていました。ええ、それは昔と同じ手口に、逆説《パラドックス》めいた手口に、狂気の沙汰にも思えました。わたしはそこに座って、あの男がその指輪を今度はわたしの指に滑り込ませるのを、見てはいませんでしたが、感じました(その時の彼は、わたしたちがクライティの椅子と呼んでいた椅子に座っており、クライティは煙突の脇の、暖炉の明かりが届くところから一歩下がって立っていました)、そしてわたしは、ちょうど三十年前にエレンが、その四月のような青春の心をときめかせながら聞いたに違いない彼の声に耳を傾けていました、彼はわたしのことや愛や結婚について話していたのではなく、自分のことを話していたのでさえなく、また正気の人間に向かって話しているようでも、さらには正気で話しているようでもなく、彼があの途方もない夢想から敢然と呼び起こした運命の不吉な力に向かって話しかけていましたが、その夢想の中では、エレンが初めてその言葉を聞いた時と同じように、今も実在していない(どこにも二度と実在することはない)サトペン百マイル領地が完璧な姿で存在していたのであり、まるでその同じ指輪を、別の生きた指にもう一度はめなおすことによって、時間を二十年昔に押し戻して、そこで停止させ、そこで凍結させたみたいでした。そうです。わたしはそこに座ってじっとあの男の声に耳を傾けながら、心の中で、「ああ、この人は気が狂っている。この人は今夜この結婚を宣言して、自分一人で花婿と牧師の二役を務めて、自分で結婚式を挙げるつもりなのだ、自分勝手に途方もない祝福の祈りをあげて、手にはわたしをベッドに導くためのあの蠟燭を持っていることだろう、でもわたしだって気が狂っている、だって、わたしはおとなしくこの男についていき、言いなりになり、それどころか、彼をそそのかして飛び込んでいきそうなのだから」と言いました。いいえ、わたしは弁解もしませんし、同情してもらおうとも思いません。もしその晩、わたしが救われたとしても（事実、救われました、わたしの払った犠牲はそのあとで、もっと冷たい形で現われ、それはわたしたちが――わたしが――びっくりしたり、しつこくせがんだり、裏切ったりする肉体のすべての弁解から解放されるようになった時でしたが）、それは何か手違いがあったためでもないし、わたし自身が何か間違いをしたためでもなく、あの男がもう一度指輪をわたしの指にはめると、あの午後までの二十年間わたしを見ていたようにしかわたしを見なくなってしまいました、まるであの男は、正気の人が正気であることを意識するためにたまに狂気に陥るように、狂気の人がたまに取り戻す正気の状態に、その時しばし立ち返ったみたいでした。それだけではありません。それまでの三ヵ月間、あの男はわたしをじっと見ることはなくても、毎日見てきたのです、わたしはあの三人組の一人に過ぎませんでしたが、わたしたちには、恐らく彼を慰めたとはいえなくとも、少なくとも、彼が取り憑かれていた狂った夢に対してわたしたちが与えたささやかな慰めに報いる、彼独特の無愛想で無言の感謝の仕草を見せてくれていました。ところが、それからの二ヵ月のあいだ、あの男はわたしに目もくれなかったのです。恐らく、その理由は明らかで、彼は忙しすぎたためでしょうし、(彼が望んだものがそれだったとすれば)婚約さえ済ませてしまえば、もうわたしを見る必要もなくなったからでしょう。確かに、わたしを見てはくれませんでした、結婚式の日取りさえいっさい決まっていませんでした。まるであの日の午後のことなどなかったみたいで、あの午後のことはいっさい起こらなかったかのようでした。わたしはあの家にいなかったも同然でした。それどころか、もしわたしが自分の家に帰ったとしても、あの男はわたしがいなくなったことに気づきもしなかったでしょう。わたしなんか(彼がわたしに求めたものが何であったにせよ——それはわたしという人間でも、わたしという存在でもなく、ただ、わたしという生き物がどこかにいるだけで良かったのでしょう、彼が望んでいたものが何であれ、それさえ叶えてくれそうであれば、ローザ・コールドフィールドでも、自分と血が繋がっていない若い女であれば誰だって良かったのでしょう——というのは、わたしは彼の名誉のためにもこれだけは言っておきたいと思いますが、わたしにそれを求める瞬間までは、彼はわたしに求めたものについて一度も考えたことがなかったと思うのです、だって、もし考えていれば、彼がわたしを求めるのに、二ヵ月どころか二日だって待つような男ではないのですから）──わたしの存在なんて、あの男にとっては、手引きしてくれるものも無理矢理押し出してくれるものも何もなしに──希望も光もなく、ただ不屈の根性だけでもって──沼地の中から悪戦苦闘して抜け出そうとして躓《つまず》いたと思ったら、不意に、乾いた堅い地面と太陽と大気の中に躍り出ることのできた男にとっては、黒い沼地や絡んだ蔓草のない世界に過ぎませんでした──もっともそれは、かりそめにもあの男にも、太陽のようなものが、あの男の白熱の眩しい狂気の光に太刀打ちできるものが、人間にしろ物にしろ、あったとしたら、の話ですが。そうです、あの男は狂っていましたが、それほどひどく狂っていたわけではありません。なぜなら、悪徳行為だってそれなりの実際性をわきまえていて、泥棒でも嘘つきでも人殺しでさえも、美徳に劣らず堅い掟を守っているものですから、狂気にだってそういうものがあっても不思議ではないでしょう？　もし、あの男が狂っていたとしても、狂っていたのは彼を駆り立てる夢だけで、彼のやり方ではありませんでした、そうでなければ、ジョーンズのような男たちに掛けあったりおだてたりして、辛い力仕事をさせることは、狂気の男にはできなかったでしょうし、かつて友だちではないまでも知人だったことは間違いない男たちが、敗北という潰瘍の膿《うみ》を絞り出そうとして、白い布で覆面して夜陰に紛れて馬を飛ばしてきたのに(49)、それを寄せつけもしなかったということだって、狂気の人間にはできなかったでしょうし、彼が娶《めと》ることのできるたった一人の女を最低の代償で手に入れ、しかもただ一つの策略で目的を達成するなんていうことは、狂人のなせる計画とも戦術とも思えません――そうです、とても狂気の男のすることではありませんでした、なぜなら、狂気の中にも、悪魔のような狂気の中にも、大悪魔《サタン》が自分の仕業に度肝を抜かして逃げ出し、神様が憐れみの眼でご覧になるような特別な何かがあるのは確かですから――あの関節で繋がっている肉体を、あの言葉と視覚と聴覚と味覚を、そしてわたしたちが人間と呼ぶ生き物を発酵させて救い出すことのできる何かの火花が、何か小さな粒があるのですから。でも、そんなことはもうどうでもいいのです。あの男がわたしにしたままのことをお話しましょう、そしてあなたに判断していただきたいのです。（というより、とにかく、お話するよう努力しますが、うまく伝えられるかどうかわかりません、なぜって、物事には三語で話しても言いすぎるということもありますし、三千語を尽くして話してもまだ言い足りないこともあり、この話はそれに類する話なのです。それをお話できるとは思います、わたしはあの男がわたしに言ったとおりの文句を使って、彼が口にしたとおりの大胆で空虚であけすけで法外な言葉を繰り返すことはできますが、それでもあなたにはただ、わたしが、あの男の言葉の意味をのみ込んだ時感じた、あの耳を疑うような驚きと怒りしか伝えることができないでしょうし、あるいは三千語を使い尽くして話しても、わたしがほとんど五十年近くも自分に尋ねてきた、あの、なぜ？　なぜ？　なぜなの？　という疑問をあなたに言い残すだけのことかもしれません。)それでも、わたしはあなたに判断してもらい、わたしが正しかったかどうか、おっしゃっていただきたいのです。

よろしいですか、わたしはあの太陽でした、あるいはそうだと思っていました、だって、わたしは狂気の中にも、狂気そのものは恐怖とか憐れみという言葉を知らないとしても、あの神々しい火花とか、あの小さな粒があると信じていましたから。わたしの子供時代には、あの男は人食い鬼に見え、わたしが生まれる前に、たった一人の姉を、その薄気味悪い悪鬼の領地へと連れ去って、あの幻のような二人の子供を生ませ、わたしはその子供たちと遊ぶように勧められもしなければ、自分でも遊びたいとは思わず、まるで遅れてこの世に生まれた孤独のために、あの運命の絡み合いを予感し、人殺しという言葉も知らないうちから、そのもつれた運命の破局を予知していたかのようでした――それでも、わたしはその人食い鬼を許しました、だって、軍旗を掲げて出征していき、(悪魔であろうとなかろうと)勇敢に戦って苦しんだ人という印象を持ちましたから――それから、わたしはただ許すだけでは済まされなくなり、その人食い鬼を殺しました、なぜって、人食い鬼が棲《す》まっていたあの体と血と記憶が五年後に生きて帰ってきて、手を差し延べて、まるで犬でも呼ぶようにして、「おいで」と言うと、わたしはついていったのですから。そうです、その体とその顔は昔どおりの名前と記憶を持っており(わたしだけは別でしたが、それがかえって彼の記憶の正確さの証拠だったのではないでしょうか?)、自分があとに残していき、今そこに戻ってきた場所と人たちを正しく記憶してさえいたのです、でも、それはもう人食い鬼には見えませんでした、確かに悪党には違いありませんが、恐怖よりも憐れみを誘うような、人間らしい弱さを持った悪党になっていて、もう人食い鬼ではなかったのです、確かに気は狂っていました、でもわたしは密かに、狂気だって、それ自体の犠牲者ではないかしら? と考えたり、あれは狂気でさえなくて、孤独で破滅を運命づけられた鉄のような不屈の魂との壮絶な戦いに挑む、孤独な絶望かもしれないわ、と考えたりしました、でも、とにかく人食い鬼ではありませんでした、だって、人食い鬼はすでに死んで消え失せていました、わたしの子供時代の孤独な記憶の――あるいは忘却の――中にある、恐らく寂しい、岩のごつごつした山頂のどこかで、炎と硫黄の煙に巻かれて焼き尽くされて姿を消してしまったのですから、ええ、わたしは、あの太陽でした、だってわたしは、（ジュディスの部屋でのあの晩の出来事以来）あの男はわたしのことを忘れていたのではなく、ちょうど沼地からやっと抜け出してきた巡礼者が、再び大地を感じ、太陽と光を全身に浴びながら、そのいずれも意識せず、ただ暗闇と沼地がなくなったことだけを感じとるのと同じように、無意識のうちにわたしを受け容れていると信じていましたから――そして、わたしは、血の繋がらない者どうしには、愛という冴えない名前で呼んでいるあの魔力が潜んでおり、それによって（たとえわたしが一番若くて一番弱くても）あの男の太陽となるだろうし、きっとなるだろう、そしてその太陽のもとではジュディスもクライティも影一つ落とすことがないだろうと信じてやみませんでした、そうです、わたしはそこで一番若く、年齢《とし》の数に関係なしに、力だけは秘めていました、なぜなら、三人の中でわたしだけが、「ああ、怒り狂ったおじいさん、わたしはあなたの夢を叶えてあげるようなものは何一つ持っていないけれど、あなたの譫言《うわごと》が思いきり羽ばたけるようにしてあげることはできるのよ」と言うことができたのですから。それからある日の午後――ああ、午後には宿命的なものがありました、だっていつも決まって午後なのですから、午後、午後、そしてまた午後に起こるのです、だってそうでしょう? 愛と希望が死んだのも、自尊心と主義が死んだのも午後のことでしたし、それからの四十三年間続いてきた、あの時の耳を疑うような驚きと怒りのほかのすべてが死んだのも午後でした――あの男が家に帰ってきて、わたしが出ていくまで裏のヴェランダから大声でわたしを呼びました、そうそう、わたしはさっきあなたに、あの男はその瞬間まで、つまり、どこだかわかりませんが彼がそれを思いついた時立っていた場所から、家に来るまでのかなり長びいた瞬間まで、そんなことを考えてもいなかったと言いましたよね、それから、これもまた偶然の一致と言えるのですが、その日は、彼があの百平方マイルの領地のうち、死ぬ時までにどれだけ復興し保持し、自分のものと呼べるかが、はっきりとそしてついに正確にわかり、これから自分の身にどんなことが起ころうと、たとえそれがサトペン一マイル領地と名前を変えた方がよい事態になったとしても、少なくともサトペン百マイル領地の形だけはとどめることができるかもしれないと、確実に知ったまさにその日でした――そして彼は、わたしがそばに行くまで大声で呼びました。あの男は馬を繫ぐだけの間《ま》さえ待たず、手綱を腕の上にかけて立ったまま(この時はわたしの頭に手をのせず)、まるで、雌犬や雌牛や雌馬の話を、ジョーンズか誰かほかの男と相談しているような口調で、あの露骨で無礼な言葉を言ったのです。

わたしが町の家に帰った時の話は、あなたもお聞きになっていることでしょう。ええ、そうですとも、わたしだって知っています、「ローズィ・コールドフィールドよ、彼を失って、泣くがいい、せっかく一人の男をつかまえたのに、その男を引きとめておけなかったんだから(50)」と噂していたのは知っています――ええ、そうですとも、わたしだって知っています（それに皆さん親切ですから、親切のつもりで言っているんでしょう）、ローザ・コールドフィールドは、ローザ・コールドフィールドっていう、偏屈で可哀想な孤児の田舎娘は、やっとのことでうまく婚約して、町から、この郡から出ていったんだ、と言っていたのは知っています、それから、みんなはこんな話もしたでしょう、わたしが余生を送るつもりであそこへ行ったのも、自分の甥の犯した人殺しを、神様のはからいだと、表向きは姉の遺言に、姉が身ごもるように運命づけられた二人の子供たちのうちの、少なくとも一人は救って欲しいという遺言に従うように見せかけながら、実は、悪魔なので銃弾や砲弾には当たる心配はなく、きっと無事に帰ってくるに違いないあの男が帰還した時、屋敷にいるように神様がとりはからって下さったのだと考えたのだって、わたしはあの男を待っていたのだって、なぜって、わたしはまだ若くて（進軍ラッパが響き軍旗がはためく戦争があっても希望を失わず）、若い男のほとんどが死んでしまい、生き残った男といえば、老人か既婚者か、それとも疲れきって愛することもできなくなった者しかいない時代と土地で婚期を迎えていたのだからって、だからあの男がわたしに与えられた最上で唯一のチャンスだったのだって、だってわたしの場合は、どう見ても、もし戦争が起こらなくても、結婚のチャンスは微々たるものだったでしょう、わたしは南部の淑女であるばかりか、家柄とか事情をそのまま認めてもらわなければならない、ささやかそのものの娘だったからで、それというのも、もしわたしが金持ちの農園主の娘だったなら、誰とでも結婚できるだろうが、小さな店主の娘に過ぎず、そのため誰からも花束を贈られる望みはなく、結局は、たまたま父親の店で働く見習い店員ごときと結婚しなければならない運命にあるからだって、話したことでしょう——そうです、みんなはこんなことも話したでしょう、わたしはまだ若くて、結婚の希望を捨てていたのは、四年間続くことになったあの暗い夜のあいだだけで、そのあいだ、わたしは鎧戸《よろいど》を下ろし、一晩中灯し続けた蠟燭の傍で、古い会計簿の裏ページに、戦争とそれが残していった苦しみと不正義と悲しみの遺産を書きとどめ、それを書きとどめることで、自分の吸っている空気から欲情や憎悪や殺戮の密かな毒気を消し去ろうとしていたのだ、って話したことでしょう——みんなはこうも話したことでしょう、兵役忌避者の娘だったあの女は、悪魔に、悪党に頼らなければならなかったのだって、だからあの女が父親を憎んだのも当然なのだって、なぜなら、もし父親があの屋根裏部屋で死ななかったら、食べ物と保護と住む場所を求めてあそこへ行く必要はなかっただろうし、もしもあの女が（たとえ、それを作ったり織ったりするのを手伝ったとしても）食べ物や衣服はあの男の世話になって何とか生き延び、やがて純粋な正義感から、彼がその見返りとしてどんなものを求めてもそれに立派に応えなければならないと思うようなことにならなければ、あの女は彼と婚約しなくても良かっただろうからって、そしてもし彼と婚約していなければ、四十三年ものあいだ、夜床に就いてから、なぜ、なぜ、なぜなの、と心に尋ねるような必要はなかっただろうって、あの女のその様子は、まるで子供の時から父親を憎んだのは本能的に正しかったと思い込んでいるみたいだって、だから、どうしようもなく耐えがたい憤怒に明け暮れたこの四十三年の歳月は、自分に命を授けてくれた父親を憎み続けたために、如才なく皮肉で不毛な自然があの女に下した復讐なのだって、話していたことでしょう。——そうです、ローザ・コールドフィールドは、もし姉が雨露を凌ぐ場所と親戚を遺していってくれなかったなら、町のお荷物になっていたかもしれなかったのだが、やっとのことで婚約したのだって、ローズィ・コールドフィールドよ、彼を失って、泣くがいい、だってせっかく男を見つけたのに、引きとめておくことができなかったのだからって、それからまた、ローザ・コールドフィールドは正しかったかもしれないが、女は正しいだけでは充分ではなく、間違っていた男に間違いを認めさせようとする女なら、むしろ女の方で間違っている方がよほどましなのだからって、話していたことでしょう。それからまた、彼女が彼を許すことができないのはそのためなのだって、侮辱を受けたからでも、気を持たせたからでもなく、死なれたためなのだって、言っていたことでしょう。ええそうですとも、わたしだって知っています、二ヵ月後に彼女が荷物をまとめ（つまり、ショールと帽子をもう一度身につけて）、町に帰ってきて、両親が死んでいなくなった家で一人ぼっちで暮らすようになり、ジュディスが時々訪ねてきて、サトペン百マイル領地でできた僅かな食べ物のうちのいくらかを持ってきてくれたが、それは、彼女（ミス・コールドフィールド）といえども、よほどの窮乏に、どうしても生きようとする動物的な、説明しようのない肉体の、生きる意志にせがまれなければ、受け取ることができないほど惨めなしろものだったって、知れわたっていたのはわかっています。それはまったく実に惨めなものだったと、なぜなら、今では町の人たちは――通りかかった百姓や、白人の家の台所に働きに行く黒人の召使たちは――彼女が日の出前に他所の家の菜園の柵のところで、柵のあいだから野菜を引き抜いてかき集めているのをよく見かけたのだからって、それというのも、彼女には自分の菜園もないし、そこに蒔く種も、それを耕す道具もなかったので、もし畑の作り方をよく知っていたとしても耕せなかっただろうし、実際には畑作りの初歩的知識しか持っていなかったし、もし知識があっても、それを活かそうとするような女ではないからだって、だって一度も降参したことのない女だったからって、そこで彼女は、菜園の柵のあいだから手を伸ばして、野菜をかき集めたのだが、町には喜んで菜園の中に入れて野菜を採らせてくれた人もいただろうし、野菜をかき集めて彼女のところに届けてくれる人さえいただろう、というのも、町にはベンボウ判事のほかにも、夜に食糧の入った籠を彼女の玄関口に置いていってくれる人がいただろうからって、それなのにあの女はその人たちにそういうことをして貰いたがらず、また、棒を使って柵のあいだに突っ込んで野菜を自分のつかめるところまで引き寄せることさえせず、素手で届く範囲が略奪の限度で、それを越えようとはしなかったのだって、それに、あの女が、町の人たちが眼を覚ます前に野菜採りに出かけたのは、盗んでいるところを見られたくなかったからではないのだ、だって、彼女の家に黒人召使がいれば、白昼堂々とその黒人に略奪に行かせただろうし、それぐらいのことは、彼女が詩に書いた騎兵隊の英雄たちが部下を略奪に行かせたのとそっくりに、少しも気にしないでやっただろうってね。――そうです、ローズィ・コールドフィールドよ、彼を失って、泣くがいい、だっていい男をつかまえたのに、引きとめておくことができなかったのだからって、(ええ、そうですとも、みんなはきっとあなたに言うことでしょうが)いい男を見つけたが侮辱され、何かを言われて許すことができず、それを言われたことよりも、自分がそんなふうに思われていたことを許すことができず、だから彼女は、それを聞いた時、あの男はそのことを一日じゅう、一週間のあいだ、ひょっとしたら一ヵ月ものあいだ、ずっと考えており、そんなことを考えながら毎日自分を見ていたのに、自分の方ではそれに気づきさえしなかったということを、まるで青天の霹靂《へきれき》のように理解したのだと言うことでしょう。でもわたしはあの男を許しました。みんなは、そんなことはない、と言うでしょうが、わたしは許したのです。だって、当然でしょう? もともとわたしには許さなければならないことなんか何もなかったのですし、わたしはあの男を一度も所有しなかったわけですから、失ったことにもなりません、腐った泥の一片がわたしの人生にずかずか入り込んできて、それまで聞いたことがなく、これからも二度と聞くことがないほどひどい、あのことをわたしに言って、出ていっただけで、それだけのことだったのですから。わたしはあの男を一度も所有しませんでした、所有という言葉であなたがたが意味する、そしてたぶん(それは間違っていますが)わたしも意味しているとあなたがたが考えている、あの下水のように汚らわしい意味では、決して所有したことなんかなかったのです。でも、そんなことは問題ではありませんでした。そんなことは、侮辱でも何でもなかったのです。わたしが言いたいのは、あの男はこの世の誰にも、どんな物にも所有されたことがなく、過去にもおいても、未来においてもそうであり、エレンにさえも、ジョーンズの孫娘によってすらも所有されてはいなかったということです。なぜかと言えば、彼はこの世では現実に生きた形では存在していなかったからです。あの男はいわば歩く影[51]でした。彼は、強烈な悪魔の提灯によって、大地の硬い表面の下から照らし出された自分自身の苦悩の、光に眼がくらんだコウモリみたいな映像《イメージ》でした、ですから、後退し、逆方向に向かっていたわけで、混沌とした奈落の暗闇から永遠の奈落の底へと下降し（この段階的下降にお気づきでしょうか？）、自分自身をこの世から省略《エリプシス》する過程を完成しつつあり、その途中で、自分を捕まえ、救い、引きとめておいてくれるかもしれないと思うものに——まずはエレン（そのような女たちにお気づきでしょうか）、次いでわたし自身、そして最後に、噂に聞くところでは、メンフィスの淫売宿で死んだというウォッシュ・ジョーンズの一人娘の、そのまた父親不明の娘に——実体のない手で虚しくしがみついたり、しがみつこうとしたりしながら、あの男はついには、錆びた草刈鎌の一撃で（それが安らかな眠りではないにせよ）絶命したのです。わたしはそのことも人から知らされ、教えられもしたのですが、その時それを知らせてくれたのは、もちろんジョーンズではなく、親切にもわざわざ立ち寄ってくれた人がいて、彼が死んだことを教えてくれました。「死んだって?」とわたしは叫びました。「死んだって? あなたが? 嘘でしょう。あなたは死ぬわけがありません、あなたみたいな人は、天国に行けるわけがないし、地獄だって断るに決まっているわ!」。しかしクエンティンは聞いてはいなかった、なぜなら、彼にもまた通り抜けられないものがあったからだ——あのドア、その向こうで微かな銃声がまだ響いているような階段を駆け上がる足音、二人の女の姿、黒人女と(小麦粉があるうちは小麦粉袋で作られ、それがなくなってからは窓のカーテンを切って作った)下着姿の白人の娘は手を止めて、ドアの方を見つめる、ベッドの上に丁寧に広げられた、古い手の込んだサテンとレースでできた黄ばんだクリーム色の衣裳、白人の娘はそれを素早くつかみあげて、自分の前を隠す、ドアがバッと開くと兄が立っていた、兄は帽子もかぶらず、銃剣で切ったぼさぼさの髪をして、痩せて疲れ果てた鬚づらで、その灰色の軍服はつぎはぎだらけで色褪せ、ピストルをまだ脇腹のところにぶら下げたままだった、この二人は、この兄と妹は不思議なほど似ており、男女の違いがかえって血の繋がりをはっきりさせて、恐ろしいほど、ほとんど見るに耐えないほどよく似ていたが、その二人が、まるで胸と胸を突き合わせるようにして立ったまま、相手の攻撃を防ごうともせずに交互に殴りあってでもいるみたいにして、平手打ちのような短い途切れ途切れの言葉でやりとりする――

――これでおまえは彼とは結婚できないよ。

――どうして結婚できないの？

――だって死んだからさ。

――死んだ、ですって？

――そうだ。僕が殺したんだ。

彼（クエンティン）はそのドアの場面を通り抜けることができなかった。彼は、彼女の話を聞いてさえいなかった、彼は言った、「え？　何ですって？　今、何ておっしゃいました？」

「あの家に何かがいるんです」

「あの家にですって？　それはクライティですよ。あの女は――」

「いいえ。何かがあそこに住んでいるんです。あそこに隠れているんです。もう四年も、あの家に隠れて住んでいるんです」

訳　注

I

（1）アメリカのジョージア、アラバマ、ミシシッピ、ルイジアナ、サウス・キャロライナの諸州で、時にノース・キャロライナ州も含む。十九世紀、奴隷制堅持のため南北戦争を戦った。

（2）「二十歳」とあるが、実際には「十八歳」。このような年齢や年数、細部の描写の齟齬はほかにもあるが、作者の誤りというより、語り手の誤認によるか、あるいは「……歳ほど」「……年ほど」と言うべきところを断定的に言っているものと思われる。以下、いちいちは指摘しない。

（3）「病気」とは、奴隷制度に基づく旧南部のことで、続く「熱」は南北戦争を指す。「不能という名の自由」とは、戦後の南部が経済的・社会的基盤を失い、父権的な支配権をなくしたということ（Noel Polk and Joseph R. Urgo, *Reading Faulkner:* Absalom, Absalom! [Jackson: UP of Mississippi, 2010] 一〇頁による）。

（4）メソディスト派は旧南部では、自作農階級に広く信仰された宗派で、保守的な信条を掲げていた（David Paul Ragan, *Annotations to William Faulkner's* Absalom, Absalom! [New York: Garland, 1991] 一四頁による）。

（5）　十九世紀前半の女性用の裾飾りのついたゆるく長いパンツ。

Ⅱ

（6）　ストロペは古代ギリシャ劇のコロスの左方転回、アンティストロペは右方転回。
（7）　チカソー族は、白人が入植した時代にミシシッピ州北部に住んでいたインディアンの部族。管理官とは、部族の管理にあたる政府官吏。
（8）　当時のミシシッピ州北部では、「スペイン金貨」はきわめて珍しい通貨だった。サトペンが西インド諸島で働いていたか、いかがわしい金儲けをしていたことを窺わせる証拠となる（Ragan［注（4）参照］三一頁による）。
（9）　フォークナーが描いたヨクナパトーファ郡の地図（一二一―一二三頁の地図参照）によれば、タラハッチー川に沿った肥沃な平地。
（10）　十九世紀に多く着用された。膝丈で前がダブル合わせの燕尾服。
（11）　これは、クレオール語だと思われるが、ミスター・コンプソンは『尼僧への鎮魂歌』において、彼らの言語を「カリブ－スペイン－フランス語」と定義している。
（12）　不法な手段で黒人や奴隷制度廃止論者を圧迫した南部の市民組織。
（13）　ベンボウ家は、『サートリス』、『サンクチュアリ』などのフォークナー作品に登場するジェファソンの名門。
（14）　生きた人が扮装し静止した姿勢で舞台上などで名画や歴史的場面を再現すること。

(15)　ミスター・コールドフィールドとコンプソン将軍の二人。

(16)　ミシシッピ州北部への植民者は、初めはイギリス系およびスコットランド系が中心だったが、ミスター・コンプソンはやや皮肉ってこのような表現をしている。

(17)　他人の苦しみによって得られる娯楽(古代ローマで剣士たちに刺しあいをさせて観客が喜んだ故事による)。

Ⅲ

(18)　「男性原理」とは、南部男性が、女性の心を思いやることなく、自由勝手に女性と関係を持つことを許す力の原理をいう(Polk and Urgo［注(3)参照］二八頁による)。

(19)　フランスの伝説で無情残忍で次々に六人の妻を殺したという男ラウル(Raoul)のあだ名。

(20)　紀元前四世紀小アジアのハリカルナッソスに造られた王マウソロスの霊廟から、広大壮麗な墓を収めた堂を意味する。

(21)　ローザがカッサンドラに喩えられるのは、これで二回目。一回目の本文注を参照(上巻四四頁)。また、Ⅲ章において、ミスター・コンプソンは、サトペンがクライティを「カッサンドラ」と名づけるところを、「クライテムネストラ」と名づけたと語っている(一一六頁)。

(22)　「長老派教会的な臭気」とは、長老派の運命予定説的雰囲気が否応なしに漂っていることをいう(Polk and Urgo［注(3)参照］二九頁による)。

(23)　チャールズ・ボンのこと。

(24) 紛争の種。ギリシャ神話において、フェニキアの王子カドモスが退治した竜の歯を地に撒くと、大勢の兵士が現われ、それらが互いに争ったという故事から。カドモスはそのうち生き残った五人とともにテーベの町を創設した。本書Ⅵ章では「竜の種」(下巻三五頁)として、またⅦ章では、「竜の歯」(下巻一八〇頁)として再度言及される。

(25) 一三五頁において、ミスター・コンプソンは、ローザは「裁縫の仕方を教わったことがなく、家事のやり方も自分一人で覚え……」と述べていたが、ここでは、叔母さんが「家事や洋服の直し方を教えてくれた」と言いかえている。

(26) 一八六〇—六一年に南部十一州の分離が企てられ、これが南北戦争の引き金になった。

(27) フォークナー小説に登場するサートリス家のジェファソンにおける初代のジョン・サートリスのことで、『サートリス』/『埃にまみれた旗』や『征服されざる人びと』に登場する。

(28) ウィンフィールド・スコット(一七八六—一八六六)、アメリカの軍人。将軍でのちに大統領選に出馬して敗れる。

(29) 事はすでに決した、という意味。ローマの将軍ジュリアス・シーザー(前一〇〇—前四四)がルビコン川を渡った時の言葉。

(30) この難解な数行は、初版本から削除され、本改訂版で復活された。研究者によって解釈が異なるが、訳者は、デボラ・クラークのフェミニズム的解釈に説得される。クラークは、この一節における「祖先たちの血」、「泉の源泉」などの言葉は、父から息子へと「男子が生み出す家系」を表わし、男性の経験を喚起するものであると論じ、ミスター・コンプソンの「南部淑女」の解釈は、父権制を堅持してきた南部の男性中心主義を表わしているとみている(Deborah Clarke, *Robbing the Mother* [Jackson: UP of Mississippi, 1994] 一一九頁参照)。

(31) ここは本章冒頭におけるミスター・コンプソンの説明と矛盾するが、語る経緯において自説を修正したと考えられる。

Ⅳ

(32) かつて英米の上流階級の子弟が教育の仕上げとしてヨーロッパ大陸の芸術の中心であるフランス、イタリアなどの大都市を巡遊した。

(33) 英米法では、犯罪となる殺人(homicide)を、murder(謀殺)とmanslaughter(故殺)に区別する。

(34) クックは、本書Ⅷ章(下巻二四六頁)にも登場する。

(35) イギリスの劇作家ニコラス・ロウ(一六七四—一七一八)の作品『美しき悔悟者』に登場する典型的な放蕩者で女たらし。

(36) 奴隷女たちの典型的な名前。ギリシャ・ローマ神話などに登場する女神や王妃などの名前に由来する(Ragan[注(4)参照]四八頁による)。

(37) 「雀」は聖書において一般的に、小さな取るに足らない鳥のような存在を言う。たとえば「マタイ伝」十章二十九節参照(Polk and Urgo[注(3)参照]四七頁による)。

(38) 南北戦争において、ブル・ランで一八六一年と六二年の二度、戦いが行なわれたが、ここでは、六一年の一回目を指す。

(39) テネシー州南西部の小村で、ここで一八六二年四月六―七日、南軍と北軍が交戦した、別名「シャイローの戦い」としても知られる。ピッツバーグ・ランディングは、Ⅶ章(下巻一八七、一八八頁)、Ⅷ章(下巻三一一、三二一頁)、シャイローは、Ⅷ章(下巻三二〇、三二一、三三八頁)に登場する。

(40) メリーランド州とペンシルヴェニア州の境界線。一七六三―六七年、部分的にチャールズ・メイソンとジェレマイア・ディクソンが踏査した線を指し、のちに南部と北部を分かつ象徴的な境界線となった。

(41) 「UとSの二文字」は"United States of America"のUとSで、南北戦争では「北軍」を指す。

(42) 「額」はイエス・キリストの額。「荊の王冠」は、新約聖書「マタイ伝」二十七章二十九節参照。

(43) 「パンと魚」は、新約聖書「マタイ伝」十五章三十二―三十九節、および「マルコ伝」六章三十―四十四節参照。

V

(44) 旧約聖書「レビ記」十八章二十一節、「列王記」二十三章十節参照。

(45) 「アラス織りのヴェール」は、シェイクスピアの『ハムレット』(三幕四場)において、ハムレットが「アラス織りの壁掛け」の後ろに隠れているポローニアスを刺し殺す場面を連想させる。

(46)『行け、モーセ』など、フォークナー後期の作品に登場するアイザック・マッキャスリンの父親。

(47)「イヤーアイ!」は、南軍の鬨《とき》の声。ボンの埋葬は南部の敗北の直後であるが、マッキャスリンの叫びは南部のために戦死した兵士たちのヒロイズムを称えていると考えられる(Ragan[注(4)参照]六三頁による)。

(48)カルカソンヌは、フォークナーの想像力のなかで、詩人の限りなく広がる美の領域を象徴し、「カルカソンヌ」という短編も書いている。

(49)南北戦争後に南部諸州で結成された、白人至上主義を唱え黒人や北部人を威圧した秘密結社KKK(クー・クラックス・クラン)の活動のこと。

(50)伝承歌の歌詞「ピーター、ピーター、……妻がいたのに、引きとめておけなかった」のもじりか(Ragan[注(4)参照]六七頁による)。三二一頁、三二三頁の同様の表現も同じ。

(51)「歩く影」は、シェイクスピアの『マクベス』(五幕五場)におけるマクベスの台詞に出てくる。なお、『響きと怒り』の題も、この同じ場面の台詞に由来する。

解説『アブサロム、アブサロム！』への招待

『アブサロム、アブサロム！』（一九三六年、以下『アブサロム』と略す）の出版時、ウィリアム・フォークナー（一八九七―一九六二）はまだ三十九歳だったが、すでに八冊の長編小説と数多くの短編を発表しており、作家としては最盛期にあった。フォークナーは、ヨクナパトーファ郡ジェファソンを舞台にした最初の小説『サートリス』（一九二九年）について、「小さな郵便切手ほどの私の生まれ故郷が書くに値するもの」だと思い、「現実《アクチュアル》の事柄を聖書外典《アポクリファル》のような神話に昇華することによって……私だけの小宇宙を創造したのです」（一九五五年のインタヴュー）と語ったが、『アブサロム』は、この小宇宙である物語群「ヨクナパトーファ・サーガ」の核心に位置している。

　フォークナーは、『アブサロム』の原稿を完成した時、それは「アメリカ人によってそれまでに書かれた中で最高の小説だと思う」（Joseph L. Blotner, *Faulkner: A Biography* [New York: Random House, 1974]）と自負したという。この大法螺ともいえる作家の言葉は、限定的であるにせよ、少しずつ賛同を得てきたようである。かつて、フォークナー研究の碩学クリアンス・ブルックスは、その歴史意識と悲劇性に注目し、『アブサ

ロム』を、フォークナー作品の中で「最も優れている」(Cleanth Brooks, *William Faulkner: The Yoknapatawpha Country* [New Haven: Yale UP, 1963])と称賛した。フレッド・ホブソンは、「アメリカ文学キャノンにおけるフォークナーと『アブサロム』の卓越性について異論を挟む余地はほとんどないだろう」(Fred Hobson, ed. *William Faulkner's* Absalom, Absalom!: *A Casebook* [New York: Oxford UP, 2003])と高い評価を惜しまない。

ここでは、『アブサロム』を初めて読んでみようという読者に、作品へのいくつかの鍵を紹介したいと思う。フォークナーは、一九三四年八月、編集者への手紙において、構想中の小説の題は「アブサロム、アブサロム!」とし、「誇りのために息子を持つことを望み、余分に持ちすぎて息子たちが父を滅ぼす物語になる」と書いている。アブサロムは、イスラエルの王ダヴィデの三男で父親に最も愛されたが、妹タマルを凌辱し捨てた異母兄弟のアムノンを殺害し、逃亡する。やがて父の許しを得たものの、政争に巻き込まれ、非業の最期《さいご》を遂げる。「わが子アブサロムよ、わが子アブサロムよ!」とは父ダヴィデ王が息子アブサロムの死を嘆く叫びである(旧約聖書「サムエル後書」十三―十九章、日本語訳は『旧新約聖書』文語訳版〔日本聖書協会、二〇一〇年〕による)。

『アブサロム』は、最愛の息子を失った父ダヴィデの悲嘆の言葉をタイトルに冠し、十九世紀半ば、南部への一入植者サトペンとその一族の物語として、南北戦争を挟んで、北ミシシッピの小さな田舎町を舞台に繰り広げられる。父と息子の確執、異母兄弟の出現、妹をめぐる三角関係、近親相姦、はては兄弟殺しなど、下手をすれば、ありふれたメロドラマに終始しそうな筋書きを、フォークナーは、実験的とも言える複雑な語りの手法を用いて「最高の小説」に仕立て上げた。

◇語りの構造

全編九章から成るこの小説は、幾層にもわたる語り手の声によって構成されている。本書では、上下巻それぞれの巻頭で各章の語りについて紹介しているが、ここでは、『アブサロム』全体に仕組まれた大きな枠組み、三つの物語、そして語りの舞台について整理しておく。

《『アブサロム』全体の枠組み》

一九〇九年九月、ミシシッピ州ジェファソンの町に一人で暮らす初老の婦人ローザ・コールドフィールドが町の青年クエンティン・コンプソンに、サトペン屋敷への同行を依頼し、クエンティンがそれに応じて、同日夜半、馬車で屋敷へ向かうという筋立て。（Ⅰ、Ⅴ、Ⅵ、Ⅸ章）

《サトペン一家の興亡にまつわる三つの物語》

① ローザの子供時代に遡るサトペン一家との物語(ⅠおよびⅤ章)

② クエンティンがローザおよび父ミスター・コンプソンから聞いたサトペンの物語(Ⅱ—Ⅳ章)

③ クエンティンとシュリーヴが再構築するサトペン一家の物語(Ⅵ—Ⅸ章)

《三つの語りの舞台》

① 一九〇九年九月のある日の午後、ミシシッピ州ジェファソンのローザ・コールドフィールドの家(ⅠおよびⅤ章)

② 一九〇九年九月のある日の夕刻、ミシシッピ州ジェファソンのクエンティン・コンプソンの家(Ⅱ—Ⅳ章)

③ 一九一〇年一月中旬、マサチュセッツ州ケンブリッジ、ハーヴァード大学の寮の一室(Ⅵ—Ⅸ章)

以上のような『アブサロム』の見取り図を念頭に描いておくなら、しばしば「読みにくい」と言われるこの小説にも、あるいは一歩ずつ入っていけるのではないかと思う。その一歩を踏み出すための手がかりとして、小説の初めの部分を紹介しよう。まず、読者は「長く静かで暑く物憂く死んだような九月の午後」の、薄暗くて風通しの悪い部屋に案内される。そこに、黒い服を纏ったローザとクエンティンが対座している。ローザはすでに話し続けている模様だが、読者はローザの声を聞く前に、眼の前に美しい光景が現前するのに気づく。雷鳴の中からトマス・サトペンが姿を現わすのである。私たちはまるで舞台を見ている錯覚に陥る。平和で格調高いミシシッピの水彩画のような風景の中に、サトペンが野生の黒人の一団とフランス人建築家を伴って舞台に登場してくる。この瞬間、私たちは一気にサトペン物語に引きずり込まれる。

途絶えるかと思うと蘇るローザの声と、クエンティンの内的思考、クエンティンに寄り添う全知の語り手の能弁な言葉を通して、サトペン一家に起こる様々な事件のほぼすべてがI章において語られてしまうのだが、不思議なことに、数多くの修飾語も長々しい話も、どれ一つ無駄で虚しい言葉には聞こえない。私たちはただ、とめどなく語り続ける語り手たちの内的衝動に圧倒されてしまうだけである。

I章を何とか読み通した読者は、すでに『アブサロム』の流れの中にかなり深く入り込み、いくつかの「なぜ？」を手にしているはずである。たとえば、なぜ兄が妹の婚約者を殺したのだろう、なぜローザはこんなに激しい怒りに燃えているのだろう、などの疑問である。続くⅡ章から、これらの疑問や謎が語り手たちによって少しずつ紐解かれるや、人物像も膨らみ、事件の輪郭も少しずつくっきりと描かれ始めるだろう。物語は、謎の数々を宙吊り状態に保ちながら、幾度も新しく様相を変えて続いていくのだが、ついに、再び雷鳴のとどろくようなクライマックスに導かれる。

◇「歴史小説を超えたもの」――クエンティンの役割

フォークナーは、一九三四年二月に編集者に書き送った手紙において、サトペン物語が「完全な神話物語《アポクリファ》」に終わらないようにするために『響きと怒り』(一九二九年)のクエンティンを語り手として登場させるつもりだが、それは「彼が妹ゆえに自殺を図るすぐ前に」語らなければならないからであり、「彼が南部に向けてきた苦々しい想いを、南部と南部の人びとへの憎悪の形で描くことで、この物語を歴史小説を超えたものにするためだ」と述べている。これらのいずれの言葉も、クエンティンに課せられた重責を物語っている。クエンティンは、南部の歴史を読む人であると同時に、一人の青年として妹のことで深く悩む人でなければならない。

サトペン物語と関わる役割をクエンティンに諭すのは、父ミスター・コンプソンである。ミスター・コンプソンは、クエンティンが話の聞き手としてローザに選ばれ、サトペン屋敷への同行を依頼されたのは、祖父コンプソン将軍がサトペンの友人だったためで、ローザが蒙った苦難に対する責任の一端が、その孫にも引き継がれていると思われたからだろう、と説明する（Ⅰ章）。父はまた、クエンティンの祖母がジュディスから預かったチャールズ・ボンの手紙（Ⅳ章）を家の奥から取り出してきて読ませたりもし、過去からの遺産の継承者としての役割を息子に認識させている。

ミシシッピからニューイングランドに送られてきた、一九一〇年一月十日消印のミスター・コンプソンの手紙は、「パンドラの箱」となって「暖房の切れた小部屋いっぱいに、恐ろしい得体の知れない霊鬼や悪魔」（Ⅵ章）を呼び起こす。今度はハーヴァード大学の寮の一室が劇場の舞台となる。

一九五六年、コーネル大学に提出した修士論文のテーマにフォークナーを選んだトニ・モリスンは、一九八五年夏、ミシシッピのフォークナー会議に招かれ、フォークナーから受けた「巨大な影響」の中身について詳しく語った。モリスンの話の中で特筆すべきは、フォークナー小説が、歴史に記録されなかったアメリカの過去を、芸術として的確に表現していることだ、と述べたことである――「時に歴史が拒否するようなことを、芸術と小説にはやってのけることができるのです」。

モリスンは、その頃『ビラヴィド』(一九八七年)の執筆中だった。やがて彼女は、一人の奴隷女の心の苦悩に焦点を絞り、子殺しの罪を背負う母と殺した娘の幽霊を再会させることによって、アメリカの奴隷制度の悲惨を、忘れがたく美しい物語として世に問うた。この小説は黒人の口承文化の伝統を枠組みに、「申し分なく政治的で……同時に確実に美しい」(Toni Morrison, "Rootedness: The Ancestor as Foundation." Ed. Mari Evans. *Black Women Writers (1950–1980): A Critical Evaluation* [New York: Anchor Books, 1984], 339–45.)もの、つまり歴史小説を超えたものになり、音と声と歌を絆として遠い奴隷の記憶を蘇らせ、母が罪の償いを達成する物語となった。『ビラヴィド』が一九九三年度のノーベル文学賞につながったことは言うまでもない。

「歴史小説を超えたもの」としての『アブサロム』は、クエンティンとシュリーヴの語りの時間を経て一気に完成に向かっていく。二人が語る場面においては、全知の語り手によって、語ることそのものについて解釈や分析がなされている。二人は、サトペン一家の物語を再現するうち、ハーヴァード大学の寮にいながら、ミシシッピのサトペン家の書斎にもいる。五十年前のあのクリスマスの明け方、二人はヘンリーとボンに合体し、四人が二頭の馬に乗り、鉄の暗闇の中を駆けていく。ここまで来ると、クエンティンもシュリーヴも舞台の主役として面目躍如たる物語の創り手となる。やがて「二人は一人になって考えており、……昔話の取るに足りない屑の切れっぱしから、たぶんどこにも決して存在しなかった、影に過ぎない人たちを……創り出していた」(Ⅷ章)。また、ボンとジュディスの愛について話が及ぶところでは、クエンティン／シュリーヴの語る行為は「幸福な結婚」(Ⅷ章)として表わされる。絶好調の語り手たちの「幸福な結婚」によってこそ、後述する悲劇の創造が可能になるのである。

クエンティンは、昔話が色を変え姿を変えて繰り返し語られつつ、元の話としっかり結ばれたまま生き続けることを、「さざ波」「小石」「水溜り」「臍の緒」の比喩を用いて見事に言い当てている――

もしかしたら一度起こったことでそれで完結するものなんて何もないんだ。もしかしたら起こるのは一度だけではなく、もしかしたら小石が沈んだあとの水面にできるさざ波のように動き続けて広がっていき、その水溜りは次の水溜りに臍の緒みたいな細い水路で繋がっていて……大昔から変わらぬ根強いリズムに合わせて広がっていくんだから……(Ⅶ章)。

クエンティンの想像力は、語りの連鎖というパフォーマンスを逞しくも鮮やかに描写している。この幾重にも連なる語りの波紋こそ、語りの芸術とも呼びうる『アブサロム』の離れ技なのである。

◇悲劇の創造

ミスター・コンプソンによるサトペン物語(Ⅱ―Ⅳ章)は、農園主として成功を収めたサトペン一家に、一八六〇年のクリスマス・イヴに「何かが起こ」り(Ⅲ章)、ヘンリーが生得権を棄てて、学友で妹ジュディスの婚約者チャールズ・ボンとともに家を出るエピソードへと向かっていく。この「何か」をめぐる謎は、ハーヴァード大学の寮へと持ち越され、語り手たちの最大の関心事となる。屋敷で起こったらしい「何か」については、サトペンがジュディスとボンの結婚を禁止したことまでは、黒人たちの噂で流れてくる。だが、なぜ禁止したのか、その理由が皆目わからない。時は奇しくも、南北戦争に突入したため、サトペンは出征し、ヘンリーはボンとジュディスの結婚を「保護観察期間」と名づけて宙吊りにしたまま、ボンとともに学徒隊の歩兵として戦地に向かう。ところが四年後、戦争終結の直後に、ヘンリーはサトペン百マイル領地の門前でボンを射殺する。父による妹の結婚禁止に抵抗し、生得権まで棄てたヘンリーが、四年後になぜその婚約者を射殺しなければならなかったのか? つまり、サトペン一家の破滅の真相は何だったのか? この問いを解く作業は、クエンティンとシュリーヴの推理と想像力に委ねられている。

ミスター・コンプソンは、結婚禁止の理由として、ボンの八分の一黒人混血女性《オクトルーン》とその息子の存在をあげ、ジュディスとの結婚は重婚の罪を犯すことになるからだと推理する。だが、彼自身、この説は説得力に欠けると自覚し、謎が解けないもどかしさも吐露する(Ⅳ章)。クエンティンとシュリーヴは、クリスマス・イヴにサトペンがヘンリーに告げたのは、ボンがジュディスとヘンリーの異母兄弟だという事実ではないのか、と論を進める(Ⅶ章)。となれば、ジュディスとボンが結婚すれば近親相姦になる。クエンティン／シュリーヴが、近親相姦までは譲歩していたヘンリーがボンを射殺するに至るのは、人種混淆を許すことができなかったからだという結論を導き出すのは、物語の大詰めにおいてである(Ⅷ章)。

ボンの黒人の血をヘンリーに告げるサトペンの言葉も、ボンが自分を規定する「ニガー」という言葉も、「人種混淆」という言葉も、クエンティンとシュリーヴがイタリック体によって数頁にわたって創り出す、物語のクライマックスの場面に初めて登場する(Ⅷ章)。ヘンリーがボンを射殺した理由を、ボンの黒い血に帰結するクエンティン／シュリーヴの推論は、二人が生きた二十世紀初頭にあっては、サトペンの破滅を説明する最も説得力のある仮説であろう。しかも、それはサトペンの、ひいては南部の悲劇性を明確に前景化する意味深い創作となる。

一般的な定義によれば、悲劇とは、英雄的人物が、抗しきれない運命に抵抗して苦悩し、悲惨な破滅を迎える劇のことである。サトペン一族の興亡には、南部の遺産である歴史的ディレンマが厳然と存在しているが、語り手クエンティンがその意味を理解して衝撃を受けた時初めて、『アブサロム』の悲劇性が達成される。つまり、クエンティンは、一滴の黒い血に怯えていた人権隔離政策時代のミシシッピにあって、その時代の偏狭な人種主義の視点から、ボンを黒い血ゆえの犠牲に捧げなければならない。サトペンもヘンリーもボンも、二十世紀初頭の南部の人種意識を通して創り直すことによって、ついにクエンティンとシュリーヴは悲劇的ヴィジョンを舞台上に映し出すことができる。

だが、ローザが小説の初めにおいて語ったサトペン像によるなら、一家の破滅は、彼が「紳士ではなかった」ためだという、サトペン個人の人格の問題に起因していることになる。ローザの語りが、クエンティンの語りに劣らず重要な位置を占めるのは、サトペン悲劇を、すべて彼個人の人格や振る舞い方に負わせたことによっている。ローザは、ボンの黒い血などは知る由もなかったし、ヘンリーがボンを射殺した理由などに興味をそそられてもいない。愛も優しさのかけらも持ちあわせず、多くの人の心を踏みにじり、ひたすらに富と繁栄を目指した冷酷で非人間的なサトペンが破滅を迎えるのは、ローザにとって自明の理だからである。かくして、『アブサロム』の主要な語り手たちは、南部の過去の物語を、人格の問題による悲劇、あるいは社会の通念がもたらした悲劇へと結実させる役割を見事に演じきるのである。

◇贖罪の物語

『アブサロム』を「歴史小説を超えたもの」にしたいというフォークナーの願望は、しかし歴史への真摯な眼差しから生まれたことも事実である。ヨクナパトーファ・サーガは、モリスンの言う、「眼をそむけることを拒絶する」作家の「凝視《ゲイズ》」(Toni Morrison, "Faulkner and Women." Ed. Doreen Fowler and Ann J. Abadie. *Faulkner and Women* [Jackson: UP of Mississippi, 1986], 295-302.)によって、しだいに南部の歴史と人間の罪深さを辿る物語を生み出すことになった。『八月の光』(一九三二年)では、一滴の黒い血の可能性に怯えるジョー・クリスマスを白人至上主義者パーシィ・グリムが去勢し射殺する。しかしクリスマスの最期の光景は、人種主義に呪縛された町の人びとを横軸とし、噴射して立ち上るロケットに乗り天に向かって勇ましく旅立つクリスマスを縦軸とする十字架のイメージによって、あたかもキリストの贖罪の儀式であるかのように描かれている(『八月の光』十九章)。

『アブサロム』においても、フォークナーは、十字架のイメージを繰り返し用いて、贖罪の物語を書き継いでいるように思われる。小説の冒頭から、「十字架刑の子供」として登場するローザをはじめ、サトペンと奴隷女の娘であるクライティはもちろん、ヘンリーもジュディスもボンも贖罪の子羊のように読むことができる。自らの王朝を実現するためにもうけた子供たちは、みな父の罪を背負わされるが、なかでも、サトペンの孫にあたるボンの混血の息子、チャールズ・エティエンヌ・セント＝ヴァレリー・ボンは、「ゲッセマネ」と「十字架」の比喩で表わされており（Ⅵ章）、エティエンヌがアメリカ南部の黒い血への制裁に自らを処する姿を浮彫にする。

贖罪の物語に関して、クエンティンの祖父によって語られたハイチの描写にも触れておきたい。サトペンと友人だった祖父コンプソン将軍は、ハイチを、「信じられないほど青い海に作られた小さな島」だが、「人間の貪欲と残酷のあらゆる悪魔的な情欲の劇場としてとっておかれた一片の土地」（Ⅶ章）と描き、《中間航路《ミドル・パッセジ》》の犠牲となったアフリカの母と子供たちのことまで語っている——「宿命づけられた船が……青い海に沈み、女や子供の最期の虚しい叫びが海の上にかき消されていった」（Ⅶ章）。南部の奴隷制を死守するために、南北戦争に出征し右腕を失うほどの犠牲を払ったコンプソン将軍が、いったいどのような思考経路を経てハイチの島を想像し、奴隷貿易の犠牲となったアフリカ人の心情への思いやりを抱くことになったのだろうか？

ハイチをめぐるコンプソン将軍の慨嘆の言葉は、フォークナーが、『アブサロム』の執筆と並行して、ハリウッドで映画『奴隷船』（一九三七年公開）の脚本書きに参加していた（Blotner 前掲書による）こととも関連しているかもしれない。だが、もう一つ、その根拠となりうる情報にも言及しておきたい。二〇一〇年早春、『ニューヨーク・タイムズ』「ブック・レヴュー」（二〇一〇年二月十一日号）は、サリー・ウルフの新著（Sally Wolff, *Ledgers of History* [Baton Rouge: Louisiana State UP, 2010]）を紹介する記事を載せた。ウルフは、ミシシッピの奴隷農園所有者の子孫から、フォークナーが、その子孫の家で、農園台帳（「リーク日誌」）の詳細な記録を、丹念に、しかも時に憤《いきどお》りをあらわにして読んでいたとの証言を得て、そのインタヴューを著書に組み入れた。

「リーク日誌」に眼を通したウルフの記述のうち、最も興味深いのは、リーク農園に実在した奴隷たちの名前が、白人、黒人を問わず、『響きと怒り』や『アブサロム』の人物に使用されているという指摘である。フォークナーは農園台帳から奴隷たちの名前を借用することによって、かれらが小説の中で生き続けることを可能にしたのではないだろうか？　また、「リーク日誌」に書かれた奴隷売買や農園の必需品の購買記録の詳細は、もう一つの贖罪物語、『行け、モーセ』（一九四二年）の成立に欠かせなかっただろう。なにしろ、登場する奴隷の名前から日誌の書き方まで、アイザック・マッキャスリンが読む農園台帳の記録と類似しているという話である。

もちろん、「農園台帳を読んでいた」という証言は、フォークナーが歴史を凝視していたことの傍証に留まるだろうが、それがクエンティンを『アブサロム』の語り手に選んだ当初の動機――「歴史物語を超えたもの」、だが「完全な神話にも終わらせない」物語――への出発点だった可能性も否めない。サトペン物語を壮大な悲劇的ヴィジョンの中に顕現させたあとで、シュリーヴは「なぜ君は南部を憎んでいるの？」と現実に立ち返って、クエンティンに究極の質問を投げかける。『アブサロム』は、「憎んでなんかいるものか！」（IX章）というクエンティンの喘ぐような叫びで幕が降りるのだが、これはフォークナー自身の南部への両面価値的な思いを代弁している。フォークナーは、自伝的エッセイ「ミシシッピ」（一九五四年）を、クエンティンの声の谺《こだま》に促されるようにして次のように閉じている――「そのいくらかは憎んでいるものの、そのすべてを愛している、というのは、人は、〈だから〉というより、〈にもかかわらず〉愛するものであり、その美点のためにではなく、欠点にもかかわらず愛するのだ、ということを作家は知っているからである」。これは、フォークナーが作家として、南部の歴史をすでに引き受けている喜びにも満ちた言葉に聞こえる。

歴史への凝視と至高の芸術性を追求するフォークナーの作家としての姿勢は、モリスンに限らず、世界の多くの後輩作家たちに影響を与え続けている。南米コロンビアの作家ガブリエル・ガルシア゠マルケスが、ノーベル賞受賞演説(一九八二年)において、フォークナーを「私の師匠」と呼び、崇敬の念を表わしたのはあまりにも有名である。マルティニクの作家エデュアール・グリッサンは、フォークナーの描く土地に魅せられて、『ミシシッピ州、フォークナー』(フランス語版一九九六年)を書いた。チプワ・インディアンの作家ルイーズ・アードリックは、「物語の素晴らしい語り手」として、また「実に〈アメリカ的な〉作家」として、フォークナーを「肌で吸収してしまう」(一九九五年のインタヴュー)とまで告白している。

◇翻訳について

本書の底本には、一九三六年に出版されたウィリアム・フォークナーの『アブサロム、アブサロム！』の改訂版テクスト(William Faulkner. *Absalom, Absalom!* The Corrected Text [New York: Random House. 1986])を使用した。改訂版においては、初版で削除された節や文章、句読点や改行などの微細な変更などにいたるまで、タイプ原稿(ヴァージニア大学所蔵)に忠実に復元され、スペルミスなどの誤りは、手書き原稿と校正刷なども参照のうえ修正された。現在入手しうる版(Vintage International, 1990)は改訂版を底本としている。

『アブサロム』初版本(一九三六年)の日本語訳は次の三つである。

大橋吉之輔訳、『現代アメリカ文学全集』第八巻、荒地出版社、一九六五年。のちに改訂して、「フォークナー全集」第十二巻、冨山房、一九六八年。

篠田一士訳、二十世紀の文学『世界文学全集』第四巻「フォークナー」に収録、一九六六年、のちに、『世界文学全集』、集英社、一九七四年。池澤夏樹＝個人編集『世界文学全集』第一集九巻、河出書房新社、二〇〇八年。

高橋正雄訳、『カラー版世界文学全集』第五十巻、河出書房新社、一九七〇年。のちに、講談社文芸文庫、講談社、一九九八年。

訳出作業の過程で、これらの既訳および以下に掲げる注釈書から、多くのことを学んだ。いずれにも至高の敬意を表したい。

Brown, Calvin S. *A Glossary of Faulkner's South*. New Haven: Yale UP, 1976.

Polk, Noel, and Joseph R. Urgo. *Reading Faulkner:* Absalom, Absalom! Jackson: UP of Mississippi, 2010.
Ragan, David Paul. *Annotations to William Faulkner's* Absalom, Absalom! New York: Garland, 1991.

初版本出版時に巻末に付された、フォークナーが書いた人物系譜と年表は、一九八六年に改訂版編集の過程で、内容との整合性から修正が施されている。今回の翻訳では、それらの内容を尊重したうえで、いくらか説明を加えて、上巻および下巻の登場人物を登場順に並べ替え、それぞれの巻頭に載せた。また、サトペン家系図を作成して上下巻ともに付した。年表は、本文からの説明も加えて、南部歴史年表と合わせて下巻巻末に付した。ヨクナパトーファの地図については、一九三六年フォークナーの手描きの版を日本語に直し、上下巻の巻頭に載せた。

訳出作業の過程で、不明な点や曖昧な点について、親身に相談に乗ってくれた友人たちの名を記しておく。まず、先に挙げた「リーディング・フォークナー」シリーズ『アブサロム』版の出版準備中だった友人のノエル・ポークは、その電子ファイルを送ってくれた。ノース・キャロライナ大学チャペル・ヒル校元准教授のマーガレット・オコナーと、ペンシルヴェニア大学教授のサディアス・M・デイヴィスには、たびたびの電話相談にも、直接アメリカに相談に出かけた時にも、多くの時間を割いてつきあってもらった。中央大学の同僚のオニキ・ユウジさんには、英文の複雑なニュアンスなどの相談に細かく乗っていただいた。これらの友人たちの寛大さにはいくら感謝してもしきれない。

『アブサロム』翻訳の実現は、私が学生時代に最初に原書を読んで以来の長年の悲願だった。本訳書の刊行にあたって、多くの幸運に恵まれたことにも言及しておきたい。なかでも、畏友富山太佳夫さんは、『アブサロム』を翻訳したいという私の大それた願いを岩波書店に取り次いでくださった。ご好意は誠にありがたく、ここに記して深甚の謝意を表したい。文庫編集部の清水愛理さんには、訳者の至らなさの数々を、辛抱強く、着実に支えていただいた。貴重なご教示のすべてに心からお礼申しあげる。

二〇一一年九月十一日

藤平育子

〔付記〕

一、本書の原文中にイタリックで表記されている箇所は、本訳中では太字で表記した。

一、本書の原文中には、現在の観点からは不適切あるいは好ましくない表現もあるが、作品の歴史的背景に鑑みて、原語の意味あいを尊重する訳語を用いた。

アブサロム、アブサロム！（上）〔全2冊〕
フォークナー作

2011年10月14日　第1刷発行
2024年 7 月16日　第6刷発行

訳　者　藤平《ふじひら》育《いく》子《こ》

発行者　坂本政謙

発行所　株式会社 岩波書店
〒101-8002 東京都千代田区一ツ橋 2-5-5

案内 03-5210-4000　営業部 03-5210-4111
文庫編集部 03-5210-4051
https://www.iwanami.co.jp/

印刷・三秀舎　カバー・精興社　製本・中永製本

ISBN 978-4-00-323236-1　　Printed in Japan

読書子に寄す

——岩波文庫発刊に際して——

岩波茂雄

真理は万人によって求められることを自ら欲し、芸術は万人によって愛されることを自ら望む。かつては民を愚昧ならしめるために学芸が最も狭き堂宇に閉鎖されたことがあった。今や知識と美とを特権階級の独占より奪い返すことはつねに進取的なる民衆の切実なる要求である。岩波文庫はこの要求に応じそれに励まされて生まれた。それは生命ある不朽の書を少数者の書斎と研究室とより解放して街頭にくまなく立たしめ民衆に伍せしめるであろう。近時大量生産予約出版の流行を見る。その広告宣伝の狂態はしばらくおくも、後代にのこすと誇称する全集がその編集に万全の用意をなしたるか。千古の典籍の翻訳企図に敬虔の態度を欠かざりしか。さらに分売を許さず読者を繋縛して数十冊を強うるがごとき、はたしてその揚言する学芸解放のゆえんなりや。吾人は天下の名士の声に和してこれを推挙するに躊躇するものである。このときにあたって、岩波書店は自己の責務のいよいよ重大なるを思い、従来の方針の徹底を期するため、すでに十数年以前より志して来た計画を慎重審議この際断然実行することにした。吾人は範をかのレクラム文庫にとり、古今東西にわたって文芸・哲学・社会科学・自然科学等種類のいかんを問わず、いやしくも万人の必読すべき真に古典的価値ある書をきわめて簡易なる形式において逐次刊行し、あらゆる人間に須要なる生活向上の資料、生活批判の原理を提供せんと欲する。この文庫は予約出版の方法を排したるがゆえに、読者は自己の欲する時に自己の欲する書物を各個に自由に選択することができる。携帯に便にして価格の低きを最主とするがゆえに、外観を顧みざるも内容に至っては厳選最も力を尽くし、従来の岩波出版物の特色をますます発揮せしめようとする。この計画たるや世間の一時の投機的なるものと異なり、永遠の事業として吾人は微力を傾倒し、あらゆる犠牲を忍んで今後永久に継続発展せしめ、もって文庫の使命を遺憾なく果たさしめることを期する。芸術を愛し知識を求むる士の自ら進んでこの挙に参加し、希望と忠言とを寄せられることは吾人の熱望するところである。その性質上経済的には最も困難多きこの事業にあえて当たらんとする吾人の志を諒として、その達成のため世の読書子とのうるわしき共同を期待する。

昭和二年七月

《イギリス文学》〔赤〕

ユートピア　トマス・モア　平井正穂訳
完訳カンタベリー物語　全三冊　チョーサー　桝井迪夫訳
ヴェニスの商人　シェイクスピア　中野好夫訳
十二夜　シェイクスピア　小津次郎訳
ハムレット　シェイクスピア　野島秀勝訳
オセロウ　シェイクスピア　菅泰男訳
リア王　シェイクスピア　野島秀勝訳
マクベス　シェイクスピア　木下順二訳
ソネット集　シェイクスピア　高松雄一訳
ロミオとジューリエット　シェイクスピア　平井正穂訳
リチャード三世　シェイクスピア　木下順二訳
対訳シェイクスピア詩集　―イギリス詩人選(1)　柴田稔彦編
から騒ぎ　シェイクスピア　喜志哲雄訳
冬物語　シェイクスピア　桒山智成訳
言論・出版の自由　他一篇　―アレオパジティカ　ミルトン　原田純訳
失楽園　全二冊　ミルトン　平井正穂訳

ロビンソン・クルーソー　全二冊　デフォー　平井正穂訳
奴婢訓　他一篇　スウィフト　深町弘三訳
ガリヴァー旅行記　スウィフト　平井正穂訳
トリストラム・シャンディ　全三冊　ロレンス・スターン　朱牟田夏雄訳
ウェイクフィールドの牧師　―むだばなし　ゴールドスミス　小野寺健訳
幸福の探求　―アビシニアの王子ラセラスの物語　サミュエル・ジョンソン　朱牟田夏雄訳
対訳ブレイク詩集　―イギリス詩人選(4)　松島正一編
対訳ワーズワス詩集　―イギリス詩人選(3)　山内久明編
湖の麗人　スコット　入江直祐訳
キプリング短篇集　橋本槙矩編訳
対訳コウルリッジ詩集　イギリス詩人選(7)　上島建吉編
高慢と偏見　全二冊　ジェーン・オースティン　富田彬訳
ジェイン・オースティンの手紙　新井潤美編訳
マンスフィールド・パーク　全二冊　ジェイン・オースティン　新井潤美・宮丸裕二訳
シェイクスピア物語　全二冊　チャールズ・ラム　メアリー・ラム　安藤貞雄訳
エリア随筆抄　チャールズ・ラム　南條竹則編訳
デイヴィッド・コパフィールド　全五冊　ディケンズ　石塚裕子訳

炉辺のこほろぎ　ディケンズ　本多顕彰訳
ボズのスケッチ　短篇小説篇　全二冊　ディケンズ　藤岡啓介訳
アメリカ紀行　全二冊　ディケンズ　伊藤弘之・下笠徳次・隈元貞広訳
イタリアのおもかげ　ディケンズ　伊藤弘之・下笠徳次・隈元貞広訳
大いなる遺産　全二冊　ディケンズ　石塚裕子訳
荒涼館　全四冊　ディケンズ　佐々木徹訳
鎖を解かれたプロメテウス　シェリー　石川重俊訳
アイルランド　歴史と風土　オフェイロン　橋本槙矩訳
ジェイン・エア　全二冊　シャーロット・ブロンテ　河島弘美訳
嵐が丘　全二冊　エミリー・ブロンテ　河島弘美訳
サイラス・マーナー　ジョージ・エリオット　土井治訳
アルプス登攀記　全二冊　ウィンパー　浦松佐美太郎訳
アンデス登攀記　全二冊　ウィンパー　大貫良夫訳
ジーキル博士とハイド氏　スティーヴンスン　海保眞夫訳
南海千一夜物語　スティーヴンスン　中村徳三郎訳
若い人々のために　他十一篇　スティーヴンスン　岩田良吉訳
怪談　―不思議なことの物語と研究　ラフカディオ・ハーン　平井呈一訳

ドリアン・グレイの肖像　オスカー・ワイルド　富士川義之訳
サロメ　ワイルド　福田恆存訳
嘘から出た誠　ワイルド　岸本一郎訳
童話集 幸福な王子 他八篇　オスカー・ワイルド　富士川義之訳
分らぬもんですよ　バァナード・ショウ　市川又彦訳
ヘンリ・ライクロフトの私記　ギッシング　平井正穂訳
南イタリア周遊記　ギッシング　小池滋訳
闇の奥　コンラッド　中野好夫訳
密偵　コンラッド　土岐恒二訳
対訳 イエイツ詩集　高松雄一編
月と六ペンス　モーム　行方昭夫訳
読書案内 ―世界文学　W・S・モーム　西川正身訳
人間の絆 全三冊　モーム　行方昭夫訳
サミング・アップ　モーム　行方昭夫訳
モーム短篇選 全二冊　行方昭夫編訳
アシェンデン ―英国情報部員のファイル　モーム　中島賢二　岡田久雄訳
お菓子とビール　モーム　行方昭夫訳

ダブリンの市民　ジョイス　結城英雄訳
荒地　T・S・エリオット　岩崎宗治訳
オーウェル評論集　小野寺健編訳
パリ・ロンドン放浪記　ジョージ・オーウェル　小野寺健訳
カタロニア讃歌　ジョージ・オーウェル　都築忠七訳
動物農場 ―おとぎばなし　ジョージ・オーウェル　川端康雄訳
対訳 キーツ詩集 ―イギリス詩人選(10)　宮崎雄行編
キーツ詩集　中村健二訳
オルノーコ 美しい浮気女　アフラ・ベイン　土井治訳
解放された世界　H・G・ウェルズ　浜野輝訳
大転落　イヴリン・ウォー　富山太佳夫訳
回想のブライズヘッド 全二冊　イーヴリン・ウォー　小野寺健訳
愛されたもの　イーヴリン・ウォー　中村健二　出淵博訳
対訳 ジョン・ダン詩集 ―イギリス詩人選(2)　湯浅信之編
フォースター評論集　小野寺健編訳
白衣の女 全三冊　ウィルキー・コリンズ　中島賢二訳
アイルランド短篇選　橋本槇矩編訳

灯台へ　ヴァージニア・ウルフ　御輿哲也訳
狐になった奥様　ガーネット　安藤貞雄訳
フランク・オコナー短篇集　阿部公彦訳
たいした問題じゃないが ―イギリス・コラム傑作選　行方昭夫編訳
真昼の暗黒　アーサー・ケストラー　中島賢二訳
文学とは何か ―現代批評理論への招待 全二冊　テリー・イーグルトン　大橋洋一訳
D・G・ロセッティ作品集　南條竹則　松村伸一編訳
真夜中の子供たち 全二冊　サルマン・ラシュディ　寺門泰彦訳
英国古典推理小説集　佐々木徹編訳

《アメリカ文学》〔赤〕

ギリシア・ローマ神話 付インド・北欧神話	ブルフィンチ 野上弥生子訳
中世騎士物語	ブルフィンチ 野上弥生子訳
フランクリン自伝	松本慎一・西川正身訳
スケッチ・ブック 全二冊	アーヴィング 齊藤昇訳
アルハンブラ物語 全二冊	アーヴィング 平沼孝之訳
ウォルター・スコット邸訪問記	アーヴィング 齊藤昇訳
ブレイスブリッジ邸	アーヴィング 齊藤昇訳
エマソン論文集 全二冊	エマソン 酒本雅之訳
完訳 緋文字	ホーソーン 八木敏雄訳
黒猫・モルグ街の殺人事件 他五篇	ポオ 中野好夫訳
対訳 ポー詩集 —アメリカ詩人選(1)	加島祥造編
黄金虫・アッシャー家の崩壊 他九篇	ポオ 八木敏雄訳
ポオ評論集	八木敏雄編訳
森の生活 (ウォールデン) 全二冊	ソロー 飯田実訳
市民の反抗 他五篇	H・D・ソロー 飯田実訳
白鯨 全三冊	メルヴィル 八木敏雄訳
ビリー・バッド	メルヴィル 坂下昇訳
ホイットマン自選日記 全二冊	杉木喬訳
対訳 ホイットマン詩集 —アメリカ詩人選(2)	木島始編
対訳 ディキンソン詩集 —アメリカ詩人選(3)	亀井俊介編
不思議な少年	マーク・トウェイン 中野好夫訳
王子と乞食	マーク・トウェーン 村岡花子訳
人間とは何か	マーク・トウェイン 中野好夫訳
ハックルベリー・フィンの冒険 全二冊	マーク・トウェイン 西田実訳
いのちの半ばに	ビアス 西川正身訳
新編 悪魔の辞典	ビアス 西川正身編訳
ビアス短篇集	大津栄一郎編訳
ねじの回転 デイジー・ミラー	ヘンリー・ジェイムズ 行方昭夫訳
ワシントン・スクエア	ヘンリー・ジェイムズ 河島弘美訳
ノリス 死の谷 マクティーグ 全二冊	石田英二・井上宗次訳
シスター・キャリー 全三冊	ドライサー 村山淳彦訳
響きと怒り 全二冊	フォークナー 平石貴樹・新納卓也訳
アブサロム、アブサロム! 全二冊	フォークナー 藤平育子訳
八月の光 全二冊	フォークナー 諏訪部浩一訳
武器よさらば 全二冊	ヘミングウェイ 谷口陸男訳
オー・ヘンリー傑作選	大津栄一郎訳
アメリカ名詩選	亀井俊介・川本皓嗣編
魔法の樽 他十二篇	マラマッド 阿部公彦訳
青白い炎	ナボコフ 富士川義之訳
風と共に去りぬ 全六冊	マーガレット・ミッチェル 荒このみ訳
対訳 フロスト詩集 —アメリカ詩人選(4)	川本皓嗣編
とんがりモミの木の郷 他五篇	セアラ・オーン・ジュエット 河島弘美訳
無垢の時代	イーディス・ウォートン 河島弘美訳
暗闇に戯れて —白さと文学的想像力	トニ・モリスン 都甲幸治訳

《ドイツ文学》〔赤〕

ニーベルンゲンの歌 全二冊　相良守峯訳
若きウェルテルの悩み　ゲーテ　竹山道雄訳
ヴィルヘルム・マイスターの修業時代 全三冊　ゲーテ　山崎章甫訳
イタリア紀行 全三冊　ゲーテ　相良守峯訳
ファウスト 全二冊　ゲーテ　相良守峯訳
ゲーテとの対話 全三冊　エッカーマン　山下肇訳
スペインの太子 ドン・カルロス　シルレル　佐藤通次訳
ヒュペーリオン —希臘の世捨人　ヘルダーリーン　渡辺格司訳
青い花　ノヴァーリス　青山隆夫訳
夜の讃歌・サイスの弟子たち 他一篇　ノヴァーリス　今泉文子訳
完訳 グリム童話集 全五冊　金田鬼一訳
黄金の壺　ホフマン　神品芳夫訳
ホフマン短篇集　池内紀編訳
ミヒャエル・コールハース チリの地震 他一篇　クライスト　山口裕之訳
影をなくした男　シャミッソー　池内紀訳
流刑の神々・精霊物語　ハイネ　小沢俊夫訳

ブリギッタ・森の泉 他一篇　シュティフター　宇多五郎 高安国世訳
みずうみ 他四篇　シュトルム　関泰祐訳
沈鐘　ハウプトマン　阿部六郎訳
地霊・パンドラの箱 ルル二部作　F・ヴェデキント　岩淵達治訳
春のめざめ　F・ヴェデキント　酒寄進一訳
花・死人に口なし 他七篇　シュニッツラー　番匠谷英一 山本有三訳
ゲオルゲ詩集　手塚富雄訳
リルケ詩集　高安国世訳
ドゥイノの悲歌　リルケ　手塚富雄訳
ブッデンブローク家の人びと 全三冊　トーマス・マン　望月市恵訳
魔の山 全二冊　トーマス・マン　関泰祐 望月市恵訳
トニオ・クレエゲル　トオマス・マン　実吉捷郎訳
ヴェニスに死す　トオマス・マン　実吉捷郎訳
講演集 ドイツとドイツ人 他五篇　トーマス・マン　青木順三訳
講演集 リヒァルト・ヴァーグナーの苦悩と偉大 他一篇　トーマス・マン　青木順三訳
車輪の下　ヘルマン・ヘッセ　実吉捷郎訳
デミアン　ヘルマン・ヘッセ　実吉捷郎訳

シッダルタ　ヘッセ　手塚富雄訳
幼年時代　カロッサ　斎藤栄治訳
ジョゼフ・フーシェ —ある政治的人間の肖像　シュテファン・ツワイク　高橋禎二 秋山英夫訳
変身・断食芸人　カフカ　山下肇 山下萬里訳
審判　カフカ　辻瑆訳
カフカ短篇集　池内紀編訳
カフカ寓話集　池内紀編訳
ドイツ炉辺ばなし集 —カレンダーゲシヒテン　ヘーベル　木下康光編訳
ウィーン世紀末文学選　池内紀編訳
ティル・オイレンシュピーゲルの愉快ないたずら　阿部謹也訳
チャンドス卿の手紙 他十篇　ホフマンスタール　檜山哲彦訳
ホフマンスタール詩集　川村二郎訳
インド紀行 全二冊　ボンゼルス　実吉捷郎訳
ドイツ名詩選　生野幸吉 檜山哲彦編
聖なる酔っぱらいの伝説 他四篇　ヨーゼフ・ロート　池内紀訳
ラデツキー行進曲 全二冊　ヨーゼフ・ロート　平田達治訳
ボードレール 他五篇 —ベンヤミンの仕事2　ベンヤミン　野村修編訳

パサージュ論 全五冊　ヴァルター・ベンヤミン　今村仁司・三島憲一　大貫敦子・高橋順一　塚原史・細見和之　村岡晋一・山本尤　横張誠・與謝野文子　吉村和明 訳
ジャクリーヌと日本人　ヤーコプ　相良守峯訳
ヴォイツェク ダントンの死 レンツ　ビューヒナー　岩淵達治訳
人生処方詩集　エーリヒ・ケストナー　小松太郎訳
終戦日記一九四五　エーリヒ・ケストナー　酒寄進一訳
独裁者の学校　エーリヒ・ケストナー　酒寄進一訳
第七の十字架 全二冊　アンナ・ゼーガース　山下肇・新村浩訳

《フランス文学》〔赤〕

ラブレー第一之書 ガルガンチュワ物語　渡辺一夫訳
ラブレー第二之書 パンタグリュエル物語　渡辺一夫訳
ラブレー第三之書 パンタグリュエル物語　渡辺一夫訳
ラブレー第四之書 パンタグリュエル物語　渡辺一夫訳
ラブレー第五之書 パンタグリュエル物語　渡辺一夫訳
エセー 全六冊　モンテーニュ　原二郎訳
ラ・ロシュフコー箴言集　二宮フサ訳
ブリタニキュス ベレニス　ラシーヌ　渡辺守章訳
いやいやながら医者にされ　モリエール　鈴木力衛訳
守銭奴　モリエール　鈴木力衛訳
完訳 ペロー童話集　新倉朗子訳
ラ・フォンテーヌ 寓話 全二冊　ラ・フォンテーヌ　今野一雄訳
カンディード 他五篇　ヴォルテール　植田祐次訳
哲学書簡　ヴォルテール　林達夫訳
ルイ十四世の世紀 全四冊　ヴォルテール　丸山熊雄訳
美味礼讃 全二冊　ブリア＝サヴァラン　関根秀雄・戸部松実訳
恋愛論 全二冊　スタンダール　杉本圭子訳
赤と黒 全二冊　スタンダール　桑原武夫・生島遼一訳
艶笑滑稽譚 全三冊　バルザック　石井晴一訳
レ・ミゼラブル 全四冊　ユーゴー　豊島与志雄訳
ライン河幻想紀行　ユーゴー　榊原晃三編訳
ノートル＝ダム・ド・パリ 全二冊　ユーゴー　辻昶・松下和則訳
モンテ・クリスト伯 全七冊　アレクサンドル・デュマ　山内義雄訳
三銃士 全二冊　デュマ　生島遼一訳
カルメン　メリメ　杉捷夫訳
愛の妖精（プチット・ファデット）　ジョルジュ・サンド　宮崎嶺雄訳
ボオドレール 悪の華　鈴木信太郎訳
ボヴァリー夫人 全二冊　フローベール　伊吹武彦訳
感情教育 全二冊　フローベール　生島遼一訳
紋切型辞典　フローベール　小倉孝誠訳
サラムボー 全二冊　フローベール　中條屋進訳
未来のイヴ 全二冊　ヴィリエ・ド・リラダン　渡辺一夫訳
近代人の自由と古代人の自由・征服の精神と簒奪 他一篇　コンスタン　堤林剣・堤林恵訳

風車小屋だより　ドーデー　桜田佐訳
サフォ　パリ風俗　ドーデ　朝倉季雄訳
プチ・ショーズ　―ある少年の物語　ドーデ　原千代海訳
テレーズ・ラカン　全二冊　エミール・ゾラ　小林正訳
ジェルミナール　全三冊　エミール・ゾラ　安士正夫訳
獣人　全二冊　エミール・ゾラ　川口篤訳
氷島の漁夫　ピエール・ロチ　吉氷清訳
マラルメ詩集　渡辺守章訳
脂肪のかたまり　モーパッサン　高山鉄男訳
メゾンテリエ　他三篇　モーパッサン　河盛好蔵訳
モーパッサン短篇選　高山鉄男編訳
わたしたちの心　モーパッサン　笠間直穂子訳
地獄の季節　ランボオ　小林秀雄訳
対訳ランボー詩集　―フランス詩人選(1)　中地義和編
にんじん　ルナアル　岸田国士訳
ジャン・クリストフ　全四冊　ロマン・ローラン　豊島与志雄訳
ベートーヴェンの生涯　ロマン・ロラン　片山敏彦訳

ミレー　ロマン・ロラン　蛯原徳夫訳
狭き門　アンドレ・ジイド　川口篤訳
法王庁の抜け穴　アンドレ・ジイド　石川淳訳
モンテーニュ論　アンドレ・ジイド　渡辺一夫訳
ヴァレリー詩集　ポール・ヴァレリー　鈴木信太郎訳
ムッシュー・テスト　ポール・ヴァレリー　清水徹訳
エウパリノス　魂と舞踏　樹についての対話　ポール・ヴァレリー　清水徹訳
精神の危機　他十五篇　ポール・ヴァレリー　恒川邦夫訳
ドガ　ダンス　デッサン　ポール・ヴァレリー　塚本昌則訳
シラノ・ド・ベルジュラック　ロスタン　辰野隆・鈴木信太郎訳
海の沈黙・星への歩み　ヴェルコール　河野與一・加藤周一訳
地底旅行　ジュール・ヴェルヌ　朝比奈弘治訳
八十日間世界一周　ジュール・ヴェルヌ　鈴木啓二訳
海底二万里　全二冊　ジュール・ヴェルヌ　朝比奈美知子訳
火の娘たち　ネルヴァル　野崎歓訳
パリの夜　―革命下の民衆　レチフ・ド・ラ・ブルトンヌ　植田祐次編訳
シェリ　コレット　工藤庸子訳

シェリの最後　コレット　工藤庸子訳
生きている過去　レニエ　窪田般彌訳
シュルレアリスム宣言・溶ける魚　アンドレ・ブルトン　巖谷國士訳
ナジャ　アンドレ・ブルトン　巖谷國士訳
ジュスチーヌまたは美徳の不幸　サド　植田祐次訳
とどめの一撃　ユルスナール　岩崎力訳
フランス名詩選　安藤元雄・入沢康夫・渋沢孝輔編
繻子の靴　全二冊　ポール・クローデル　渡辺守章訳
A・O・バルナブース全集　全二冊　ヴァレリー・ラルボー　岩崎力訳
心変わり　ミシェル・ビュトール　清水徹訳
悪魔祓い　ル・クレジオ　高山鉄男訳
失われた時を求めて　全十四冊　プルースト　吉川一義訳
子ども　全二冊　ジュール・ヴァレス　朝比奈弘治訳
星の王子さま　サン＝テグジュペリ　内藤濯訳
プレヴェール詩集　小笠原豊樹訳
ペスト　カミュ　三野博司訳
サラゴサ手稿　全三冊　ヤン・ポトツキ　畑浩一郎訳

岩波文庫の最新刊

ゲルツェン著／金子幸彦・長縄光男訳

過去と思索（一）

人間の自由と尊厳の旗を掲げてロシアから西欧へと駆け抜けたゲルツェン(一八一二―一八七〇)。亡命者の壮烈な人生の幕が今開く。自伝文学の最高峰。（全七冊）

〔青N六一〇-二〕 定価一五〇七円

ゲルツェン著／金子幸彦・長縄光男訳

過去と思索（二）

逮捕されたゲルツェンは、五年にわたる流刑生活を余儀なくされた。「シベリアは新しい国だ。独特なアメリカだ」。二十代の青年は何を経験したのか。（全七冊）

〔青N六一〇-三〕 定価一五〇七円

復本一郎編

正岡子規スケッチ帖

子規の絵は味わいある描きぶりの奥に気魄が宿る。最晩年に描かれた画帖『菓物帖』『草花帖』『玩具帖』をフルカラーで収録する。子規の画論を併載。

〔緑一三-一四〕 定価九二四円

ハインリヒ・マン作／今井 敦訳

ウンラート教授
あるいは一暴君の末路

酒場の歌姫の虜となり転落してゆく「ウンラート(汚物)教授」を通して、帝国社会を諧謔的に描き出す。マレーネ・ディートリヒ出演の映画『嘆きの天使』原作。

〔赤四七四-一〕 定価一二二一円

……今月の重版再開……

揖斐 高訳注

頼山陽詩選

定価一一五五円

〔黄二三一-五〕

魯迅作／竹内 好訳

野草

定価五五〇円

〔赤二五-一〕

定価は消費税 10% 込です

2024.5

岩波文庫の最新刊

太宰 治作

晩年

〈太宰治〉の誕生を告げる最初の小説集にして「唯一の遺著」、『晩年』。日本近代文学の一つの到達点を、丁寧な注と共に深く味わう。(注・解説＝安藤宏)

〔緑九〇-八〕 定価一一三三円

山根道公編

遠藤周作短篇集

遠藤文学の動機と核心は、短篇小説に描かれている。「イヤな奴」「その前日」「学生」「指」など、人間の弱さ、信仰をめぐる様々なテーマによる十五篇を精選。

〔緑二三四-二〕 定価一〇〇一円

バルザック作／西川祐子訳

「人間喜劇」総序・金色の眼の娘

「人間喜劇」の構想をバルザック自ら述べた「総序」。近代文学の重要なマニフェストであり方法論に、その詩的応用編としてのエキゾチックな恋物語を併収。

〔赤五三〇-一五〕 定価一〇〇一円

ヘルダー著／嶋田洋一郎訳

人類歴史哲学考 (四)

第三部第十四巻―第四部第十七巻を収録。古代ローマ、ゲルマン諸民族の動き、キリスト教の誕生および伝播を概観。中世世界への展望を示す。

〔青N六〇八-四〕 定価一三五三円

……今月の重版再開……

ウィース作／宇多五郎訳

スイスのロビンソン (上)

定価一一五五円 〔赤七六二-一〕

ウィース作／宇多五郎訳

スイスのロビンソン (下)

定価一一〇〇円 〔赤七六二-二〕